TISTELBLOMMAN

AMANDA HELLBERG

Tistelblomman

FORUM

Bokförlaget Forum, Box 3159, 103 63 Stockholm
www.forum.se

Omslagsbild Darran Rees / Getty
Omslagsdesign Jens Magnusson
Tryckt 2012 hos GGP Media·GmbH, Tyskland
ISBN 978-91-37-13725-4

POJKEN HETER KALEB och idag är den sista dagen av hans barndom. Hunden heter Maggie och hon har mjuk rödbrun päls. Pojken och hunden är utlämnade till varandra, sammanfogade av omständigheterna. Varandras enda bundsförvanter. Kaleb brukar tänka att de har ett osynligt band mellan sig. Att de kan känna varandras glädje och sorg, för att de delar allt och tar hand om varandra.

När Maggie får vittring på något och trampar iväg mot trädgårdens mest avlägsna hörn känner Kaleb på sig i förväg vad som kommer att hända.

Precis vid tomtgränsen stannar hon. Bortom den finns bara ett par kuvade träd, och sedan sträcker landskapet ut sig som en ocean av blåsig kalmark. Inga andra hus på många kilometer. Skotska höglandet.

Ja. Hunden stannar exakt där han trodde. Invid den kantiga stenbumlingen framför hasselsnåret, där ingenting riktigt vill växa. Den skuggiga fläcken som bara är täckt av en gles mossa. Inget gräs, ingen klöver, inga blommor.

Maggies andhämtning är stötig och het i den kylslagna vårmorgonen. Daggen ligger fortfarande kvar som en vitaktig hinna över grässtråna. De klistrar sig längs Kalebs bara ben när han rusar efter henne.

Hon är ingen ung hund längre. Pappa köpte henne som valp. Han hade vant sig vid att leva nära hundar i det militära, fått smak på det. Mamma blev tydligen arg, fruktansvärt arg. Kaleb vet inte varför. Han har accepterat att det är så, hon blir sådan ibland. Ofta. Han håller sig ur vägen så gott det går. Han kan ju inte bara försvinna ut i världen, som pappa. Har ingenstans att ta vägen. Vem skulle vilja ta sig an honom?

En snabb blick upp mot det ensliga stenhuset. De gulnade spetsgardinerna i mammas sovrumsfönster är fördragna och pojken kan se att det ena fönstret är upphaspat. Kaleb kisar. Ingen cigarettrök som snirklar sig ut. Hon är inte där.

Det blir ingen lagad mat för honom idag heller. Lika bra det. Han har ju hela trädgården, han och hunden, det här är deras kungarike. Kung Kaleb och drottning Maggie. Och ibland är de Kaleb indianhövdingen och Maggie den modiga lilla hästen. Fast han skulle förstås aldrig få för sig att försöka rida på henne som när han var mindre. Det är han för stor för nu, det vet han.

Det är regn i luften, Kaleb känner det på lukten. Om det regnar mycket eller blir outhärdligt kallt har han det gamla växthuset att krypa in i. Där pappas misslyckade försök att odla vindruvor fortfarande klänger i orkeslösa revor längs med den södra innerväggen. Det luktar virke och klorofyll där inne. Kaleb tycker om det.

Han har släpat dit ett par gamla trasmattor som han kan dra över sig när det blir riktigt kallt på kvällarna. Och så sin verktygslåda. Balsaträbitarna, snörstumparna, limmet och färgburkarna som inte är större än trådrullar. Tre fina penslar. De två små tvingarna han fått av pappa. Nubb och skruv i tygpåsar. Allt material han behöver till sina modellbyggen. Mamma tyckte ändå aldrig om att han höll på med sånt där inne i huset.

Han har också ett förråd av hårda brödbitar ute i sitt växthus, och en halvfull syltburk som han tagit ur skafferiet. Kaleb hade ont i magen för det i en vecka. Smög omkring och försökte göra sig ännu mer osynlig än vanligt. Men mamma märkte nog aldrig något, hon sa i alla fall ingenting.

Ibland sover de över där ute i det mörka växthuset, han och Maggie. Det har mamma inte heller sagt något om. Kanske är det skönt att slippa honom. Skönt att slippa alla.

Han skulle nog ha kunnat norpa några stearinljus och tändstickor från skåpet bredvid spisen också, men han har låtit bli det. Man kan somna ifrån ljuset och modellerna skulle kunna antändas.

Maggie har börjat få dåliga tänder så Kaleb brukar blöta upp brödkanter i vatten åt henne. De slafsar hon så gärna i sig, och sedan tycker Kaleb att det ser ut som om hon ler.

Men nu ler Maggie inte. Nu håller hon något i munnen. Något vitt och rött och... söndrigt. Det väser i hennes bröst.

”Schh, schh Maggie”, lugnar han den upphetsade tiken. Hon ser pojken rakt i ögonen, sedan släpper hon det hon hittat vid hans fötter och står där och trampar på stället.

Kaleb ser hur gärna Maggie vill skälla igen, hur hon

nästan biter sig själv i överläppen för att låta bli. Han faller på knä i det blöta gräset, håller hunden om halsen, klappar och lugnar. Viskar i örat att hon är en duktig flicka som är tyst.

Hunden har gnagt på det vita och röda. Hunden, eller något annat djur. Kaleb vill inte titta. Han får svårt att andas.

Då ser han något som gnistrar till. Maggies andning har lugnat ner sig lite men hon släpper inte Kaleb med blicken.

"Sitt! Sätt dig", säger han lågt. Hunden sjunker ner på sina beniga bakhasor men slappnar inte av. Hennes kropp skakar.

Det är en ring. Sex mörkrosa stenar formade som en blomma. En kall konstgjord blomma. Först tittar han bara på den. Sedan petar han bort några små jordklumpar runt omkring och frigör en del av smyckets infattning. Sirligt fläckigt silver. Han märker inte att det mjuka duggregnet övergått i sneda streck som piskar mot växthusets tak. Maggie ger ifrån sig ett pipande ljud som kommer inifrån strupen.

Kaleb lirkar för att få loss ringen. Han vrider och vickar. Men det går inte, den sitter fast för hårt. Han reser sig upp och ser sig omkring efter något redskap att ta till hjälp men hittar bara en pinne. Ena ändan är vass och pojken börjar hacka runt ringen. I det vita.

Ett hastigt ögonkast upp mot huset, och så mot grinden. Allt verkar suddigt genom regnskuren, han uppfattar egentligen bara byggnadens konturer och tornet som pappa lät bygga till. Som mamma tyckte var så onödigt och dumt. Helst hade hon väl velat ha det här stället helt för sig själv. Han ryser. Nej. Tänk inte på det.

När Kaleb tittar mot mammas rum tycker han att fönstret verkar vara stängt nu. Bäst han skyndar sig. Ingen får se vad han håller på med. Maggie huttrar bredvid honom. Hennes päls är matt och tung av vätan men hon viker inte från hans sida.

Pojken faller åter ner på knä, hukar sig över det som Maggie grävt upp. Egentligen ser det ut som en sorts rotsystem, tänker han. Spretande, utspärrat.

Han tar tag om ädelstenarna och bänder till allt vad han orkar. Han uppfattar inte grindens gångjärn som gnisslar. Hör inte hur det knastrar i gruset av fotsteg som närmar sig huset.

Kaleb är jäktad nu och använder mer kraft än vad som behövs. Det stela som håller fast i ringen bryts bakåt med ett knakande ljud. Det är ett finger.

Ringfingret på en avhuggen hand.

There's a fog along the horizon
A strange glow in the sky
And nobody seems to know where you go
And what does it mean?
[---]
Is it a kind of shadow?
Reaching into the night
Wandering over the hills unseen
Or is it a dream?
[---]
There's a high wind in the trees
A cold sound in the air
And nobody ever knows when you go
And where do you start?

Oh, into the dark.

Mike Batt, *Bright Eyes*

I

JAG STÅR FRAMFÖR en skinande ny gravsten på en svensk kyrkogård ute på landet. Äntligen har den kommit på plats. Och äntligen kan jag åka härifrån.

Solen gassar mot min rygg och gör grusgångarna vita. Gravstenen är precis vad jag beställde, solid och stilren. En symbolisk eftergift åt konventioner som inte är mina egna. Bra. Det känns bra. Men jag tycker inte om den här placeringen. Mitt i en bred gång i den nyare delen, nära kyrkporten. Det borde ha varit en undanskymd plats, drömlik och melankolisk, i skuggan av ett träd. Det hade de velat, de som vilar här i min familjegrav.

Jag kisar i det hårda ljuset. Begoniorna jag planterat är också fel. Fel blommor, fel färg. Skrikiga. Men det var vad som fanns kvar i handelsträdgården.

Gravarna ser så hjärtskärande små ut. En kall kåre jagar under huden trots sensommarvärmen. *Allt jag någonsin älskat ligger nu i en nygrävd grav.* Var kommer det där citatet ifrån? Mary Shelley? Det förföljer mig, det har det gjort ända sedan ... ja, i snart ett år. Hoppas jag slipper det nu. Nu när jag har gjort min plikt, satt upp en rejäl sten och tagit ett ordentligt avsked.

Och det är ju inte heller sant, det där med att alla jag älskar är döda. Jag har visserligen förlorat många på kort tid, men Jack finns.

Jack, med sina urmodiga kläder och sin gudabenådade målartalang. Med hundra olika gröna nyanser i ögonen. Nu räknar jag timmarna tills jag får lämna Sverige och åka tillbaka till Storbritannien och honom. Det är mitt hem nu. Inte det här. Inte Sverige.

Jag har åkt till en del platser i trakterna runt min gamla hemort Skardala under mitt korta sommarbesök, men jag vet egentligen inte varför. Kanske hade jag tänkt att mina små pilgrimsfärder kunde bli ett sätt att ta avsked, nu när jag vet mer om varför min familj gick sönder. Och kanske har det också fungerat, jag kan inte svara på det ännu. Det är nog för tidigt.

Jag har promenerat genom mitt gamla bostadsområde i utkanten av staden och häpnat över hur nergånget det ter sig. Ledsna, fula hyreshus som ser ut att vara byggda för att kunna stå emot världens undergång, men som verkar ha åldrats kusligt snabbt sedan jag flyttade härifrån förra sensommaren.

Jag försöker peta loss jord under naglarna medan jag går bort mot vattenkranen för att fylla en kanna. Man borde inte vattna så här mitt på dagen, men jag tänker inte komma tillbaka hit igen. Det är en lättnad att tänka på det.

Jag hade inte väntat mig att någon trygg eller välkomnande känsla skulle infinna sig, och det gjorde det inte heller. Flera av de tomma industrilokalerna har försvunnit helt, jämnats med marken. Jag känner inte igen busschaufförerna längre. Matvarorna i affärerna har hunnit få nya förpackningar och jag måste läsa noga för att inte köpa fel. Nya ansikten i kassan, uttryckslösa främlingsleenden.

Fast det är ju en projicering. Återskall från mina egna mörka minnen. Från en tid av tvivel och ovisshet och sorg, då jag var en annan. Ensam och sökande, utan mål. Man skulle förstås kunna bo kvar här i hela sitt liv och trivas utmärkt. Bara inte jag, jag ska inte vara här. Jag har fått svar på gamla frågor och nu är jag färdig med den här platsen. Färdig med mitt gamla jag.

Jorden dricker girigt. Jag häller på mer vatten runt begoniorna. Kanske är det ändå en vacker tanke, att mammas stoft vilar tillsammans med pappas och morfars och mormors nu. Ingen finns där nere förstås. Här på kyrkogården finns ingenting alls. I stället bär jag dem med mig, speciellt mamma. I allt som varit och i det som kommer att hända.

2

NÄR JAG FÅR SYN på Jack där han står i ankomsthallen löses omgivningen upp. Dovheten i mitt huvud efter flygresan försvinner. Han är med ens det enda som framstår tydligt och en mjuk hetta sprider sig i mellangärdet på mig. Det rufsiga huvudet är högre än alla andra och han håller en blombukett i handen. Yviga vildblommar. Har han plockat dem själv? Växer det sådana uppe vid huset? Tiden stannar upp och sorlet verkar sjunka undan. Eftermiddagsljuset faller snett in genom panoramafönstren och människornas skuggor blir till stora syrsor som klättrar över stengolvet.

Hans sökande blick far över de andra resenärerna, han har ännu inte upptäckt mig. Kroppshållningen är lugn och avspänd. Ett leende ligger på lur, samma leende jag ser framför mig så fort jag blundar. Det har jag gjort ända sedan vi träffades på konstskolan i Oxford. Och nu ska vi leva här, i Skottland, i ett gammalt hus som jag inte ens har sett på bild. Vi har bestämt det så. En överraskning. Och tydligen kan inga fotografier göra huset rättvisa.

Jag går rakt mot Jack och jag kan inte längre känna golvet under fötterna. Men jag törnar in i något och tappar andan. Det finns en avspärrning mellan oss som jag inte har märkt, ett räcke som skiljer de ankommande från de som står och väntar.

”Maja.”

Han lägger snabbt ner blommorna på golvet och lyfter upp mig, rakt över barriären av krom och glas. En äldre dam ler mot oss i förbifarten, och jag uppfattar en säkerhetsvakt i ögonvrån. Jag känner att han är irriterad på oss, men han låter det vara.

Jag tar mig över med Jacks hjälp, skrattar för att jag är så klumpig, skrattar av lättnad när spänningen släpper.

”Hur var det i Sverige?” frågar han direkt.

Hur var det? Jag vill inte prata om det. Jag vill inte prata alls, jag vill bli omfamnad och smekt, och sjunka ner i ett bilsäte och titta ömsom på Jack och ömsom på allt utanför. Nya landskap. Och jag vill komma fram till huset. Uppleva allt det som Jack berättat så lyriskt om på telefon. Huset där vi ska bo tillsammans, huset med det förtrollade namnet. *Tistelblomman.*

*

”Passa dig lilla vän”, säger Jack och girar för en hare som makar sig ur vägen för bilen och ut i hedlandskapet utan brådska. Han skakar på huvudet. ”Helt orädd.”

De stora händerna vilar tryggt på ratten och han parerar vant för hålor och gupp. Huden är sträv med enstaka revor och skavanker. Ett plåster på ena knogen, som om han jobbat hårt med huset. Men inga fläckar från några oljefärger. Han är orakad. Den nyduschade kroppen luktar gott genom bomullsskjortan och jag önskar att jag också vore nyduschad.

”Jag kan knappt få in det i skallen”, säger han och tittar snabbt på mig innan han fäster blicken på vägen igen. ”Att du är här nu, att du ville komma. Tiden har gått så fort och så långsamt på samma gång.”

Jag nickar och sträcker mig efter hans nacke. Vågen av värme i magen har fortfarande inte klingat av. Om jag vore en annan sorts människa skulle jag be Jack stanna till nu, vid kanten på den här ensliga lilla grusvägen, och kasta mig över honom i bilen. Kanske veva ner rutorna och släppa in den svala skotska sommarkvällen. Vi har varit ifrån varandra mindre än en månad och det är konstigt, men jag känner mig nästan blyg för min egen kille.

En vit skåpbil rundar en krök och kommer emot oss. Jack saktar in och väjer undan. Den mötande bilen saktar också ner och när vi möts jag ser att föraren ler och vinkar som om Jack var en god vän. Mannen är overallklädd och på sidan av bilen kan jag läsa:

Blake Ltd. Local Barnick Carpenter and Joiner

”Jaha, där avslöjade du dig, Jack”, fnissar jag. ”Nu fattar jag ju hur du har fått huset i ordning.”

”Inte alls! Eller, okej. Jag ger mig, du har genomskådat mig. Jag har fått en del tips av honom men jag har faktiskt vridit om varenda liten skruv själv.”

”Duktigt”, säger jag.

Jack söker efter min hand men bilen guppar till och han måste släppa mig snabbt för att ta tag i ratten igen.

”Lite konstigt att vi inte är i Oxford längre va?” frågar han efter ett tag.

”Jo. Fast jag kände mig klar med Oxford”, säger jag.

”Klar med Sverige och klar med Oxford.”

”Jag tror jag vet hur du menar.”

”Jag hör liksom inte dit längre”, säger jag tyst. ”I Sverige alltså. Om jag nu någonsin gjort det. Men det var nog bra ändå att jag åkte dit en sväng. Jag återbesökte en del platser, såg saker med nya ögon. Det känns som ett avslut, ett bra avslut.”

I samma stund jag säger orden känner jag att jag verkligen menar det. Men det finns så mycket jag inte talat om för Jack. Egentligen borde jag förstås ha gjort det för länge sedan. Berättat allt, precis allt. Också det obegripliga och mörka. Jag sneglar mot hans profil. Den vackra vinkeln där örsnibben möter käken. Mungiporna som ofta är lite uppåtvridna i ett sardoniskt leende, men som mjuknar och liksom tämjs när han tittar på mig.

Nej. Jag kan inte säga något om det där. Inte än. Jag är inte redo för allt det andra som skulle tränga fram då. Alla hans frågor som jag inte skulle kunna svara på. Skrämmande och omöjliga frågor om vem jag är. Vad jag är. Hur det kommer sig att jag kan se mer än andra.

Bilen kämpar sig upp för ännu en stigning i den vindlande terrängen. Vägen tycks bli smalare och sämre var femtionde meter.

”Titta, där är huset”, säger Jack upphetsat. Jag sträcker på halsen, lutar mig framåt i sätet. Ja, där är det. Uppe på en höjd ligger det, vårt ensamma hus. Jag glömmer bort att andas.

Det är en enastående gammal byggnad. Den liknar ingenting annat jag sett. Hög och smal med exponerade stenväggar, ingen puts. Fasadens linjer är strama men stenen ser nästan mjuk ut. Dess färg skiftar från grafitgrått till gräddgult och tillbaka igen. Det är så vackert att hjärtat snörps ihop. Jag kan inte riktigt förstå att jag ska bo här nu. Att vi ska bo här tillsammans.

"De där stenväggarna alltså", säger Jack. "Det kanske låter konstigt, men jag tycker nästan att huset växlar färg för varje gång jag ser det."

"Mm", säger jag. "Det är något med ljuset här. Det verkar föränderligt."

Han bromsar vant in på den lilla vändplatsen vid uthuset, precis framför den rostiga brevlådan. Lägger i handbromsen och skyndar sig runt för att öppna dörren åt mig.

"Välkommen hem då, ers majestät", bugar Jack.

Jag kliver ut. Låter hela bröstkorgen fyllas med blå luft. Ser mig omkring, spejar mot den ojämna horisonten. Bilvägen tar slut här.

En snirklig grind på rostiga gångjärn klagar och gnisslar när jag skjuter upp den. Jag tänker att den känns som ett slags markering: Här börjar ägorna. Nu har du stigit över en skiljelinje, nu har du trätt in på Tistelblommans domän.

Taket ser ut att vara i dåligt skick och tornet är skevt efter många år av bistra väderförhållanden. Fast den här kvällen är inte bister. Omkring oss stupar vindlande kullar ner mot mjuka dalgångar och här och var sticker klippor upp ur grönskan. Det finns något evigt över den här platsen, något ohämmat och viskande, bortkopplat från vår verklighet. Himlen är nästan svenskt stor och det luktar hemligt från örter och blommor som snart ska dö.

Jack lägger armen om mig och gestikulerar mot en stor rosenbuske som växer intill grusplätten där vi har parkerat. Rosen har blodröda taggar som vill rispa.

"Titta. Jag älskar när de blir så här", säger han och stryker de vita rosornas kronblad mellan fingrarna. Jag tror jag förstår hur han menar. När de blivit fransiga och brunfläckiga, som gammalt spetstyg.

Så tar Jack tag om mig med båda armarna så att jag nästan lyfter från marken och kör ner näsan i min hårbotten.

"Och jag älskar den här lukten, Maja", mumlar han. "Din egen doft. Tvätta inte håret ikväll."

En buske med vippiga blomställningar lutar sig in över gången och låter sina förtorkade klasar stryka utmed mina axlar, huvudet och halsen. Kelet. Jag tänker på kattsvansar, hukar mig och borstar bort det fina stoftet.

Trädgården är stor och vildvuxen. Jack har köpt två kaféstolar och ett litet bord i fransk stil och ställt in i en lummig krusbärsberså. Jag tar några steg in på gången. Närmare inpå känns husets underliga arkitektur mer proportionerlig. Intrycket är ståtligt och på samma gång återhållsamt, och jag förstår att Jack vill att vi ska stå här en stund och ta in varje detalj.

Ovanför det murade burspråket på markplan löper ett dekorativt räcke i smide, utformat som tistelblad och blommor. Ett likadant räcke pryder det smala tornet. Det är därför huset heter som det gör; *The Thistle Flower*. Tistelblomman.

Och jag kan se vad Jack ser. Huset är självklart här, i fulländad samklang med sin ödsliga omgivning trots att det egentligen borde se malplacerat ut. Men jag har aldrig upplevt en byggnad med så stark utstrålning.

"Vi har ett trasigt växthus och ett hasselsnår också,

längst ner", säger Jack ivrigt och nickar snett mot den sluttande tomten som är uppstyckad i tre etapper, som långa vida trappsteg av oklippt gräsmatta. "Fast jag vet inte om vi får några nötter som man kan äta. Ja, och tistlar så in i helvete förstås. Men det känns ju enbart passande."

"När byggdes det?" frågar jag utan att ta blicken från stenväggarna. "Säkert två hundra år sedan, väl?"

"Mm", säger Jack. "1800, gissningsvis. Det var tydligen något av ett svartbygge men det var ju ingen som brydde sig så mycket om sånt på den tiden. Inte här ute i alla fall. Jag har pratat med kommunens bygglovsgubbe och byggnadsantikvarien, kollat de gamla arkiven efter ritningar och så. Men det har varit svårt att hitta ordentliga juridiska dokument. Huset blev övergivet och stod tomt länge innan de nuvarande ägarna köpte det på exekutiv auktion. Men jag tycker att jag har gjort ett hyggligt jobb med reparationerna ändå, även utan ritningar. Har blivit rätt händig på kuppen om jag får säga det själv. Nej, kom så äter vi. Du ser utsvulten ut."

Jack kliver upp för trädgårdsgången kånkande på min resväska. Hans kropp är inte så smal som jag minns den. Axlarna och ryggen fyller ut skjortan på ett nytt sätt och han ser manligare ut. Kraftfull. När Jack tittar bort skyndar jag mig att knäppa upp en knapp i min blus.

Kvällsvinden sveper in från vidderna och för med sig en kylig doft av källvatten och ljung. Jag huttrar till. Det är dags att gå in nu.

"Du först. Men akta dig för stenplattan där vid förstutrappan bara", säger Jack. "Den är alltid så hal."

Jag går sakta upp för gången mot de fyra trappstegen i sten som leder upp till ytterdörren. Dess blekblå färg har nästan flagnat bort helt. Järnbeslagen är ålderdomliga och det kraftiga handtaget svänger sig i en elegant snirkel.

Då uppfattar jag ett ljusskensom fladdrar till där inne, precis innanför nyckelhålet. Det är över på en sekund men jag hinner ändå se.

"Har du lämnat ett stearinljus tänt i hallen, Jack?" frågar jag.

Han säger ingenting, rynkar bara på ögonbrynen och ser undrande ut. Självklart har han inte gjort det. Jag får en impuls att böja mig fram och sätta ögat mot det stora nyckelhålet för att försöka se ljuset igen.

"In med dig. Det är öppet", säger Jack som stretar upp för trappan bakom mig med min resväska. Jag reser mig snabbt innan jag hunnit kika genom nyckelhålet. Så grabbar jag tag i handtaget och skjuter upp den tunga dörren. Det står olåst förstås, vi är mitt ute i ingenstans.

Jag tycker nästan att det kommer ett svagt sus inifrån huset. Som om själva byggnaden drar efter andan.

3

VI HYR AV EN man som heter Fergus och är gammal god vän till Jacks pappa. Hyran är betald för ett halvår framåt, sedan får vi se. Det blev billigt eftersom Tistelblomman är tämligen fallfärdigt. Ägaren verkar ha försummat sin investering under några år då annat tydligen kommit emellan. Familjeliv och en författarkarriär som tagit fart.

Fergus bor nere i byn, som heter Barnick, med sin familj. Han och Jack har kommit överens om något slags avtal som jag inte riktigt har satt mig in i, men som i princip går ut på att Fergus betalar för det byggmaterial som behövs för att göra huset levnadsdugligt åt oss, och Jack jobbar gratis med att fixa stället. Jag har en känsla av att Jack ville ha det precis så. Att han behövde det efter den här våren.

Att säga att han har fått ett genombrott är en grov underdrift. Jacks soloutställning i London sålde ut, och det var redan innan han tog examen. Med pengarna han tjänade har han både kunnat betala tillbaka studielånet och föräldrarnas bidrag under studietiden, och ändå få en bra slant över. Mer än bra faktiskt. Men han har blivit fattig på arbetsro. Det har skrivits stora artiklar om honom, den förunderlige Jack Winter och hans verk, nästan som om han var ett underbarn. Folk från New York och Paris har hört av sig. Det finns ett sug efter honom i konstvärlden nu, han är ett namn och det har gått fort. Kanske för fort. Ett tag var det nästan mer fokus på Jack själv än på hans målningar. Men nu ska det bli annorlunda. Det var detta vi ville, det var hit vi siktade hela den där rusiga vårterminen. Mot avskildheten, mot ett liv tillsammans.

Bortom Tistelblommans smala hall ligger stora rum med högt i tak och inredning i gammal stil, men i bättre skick än jag hade vågat hoppas. Jack måste ha städat som en galning. Vi sitter i köket medan mörkret faller utanför och äter biff och tomatsallad med rödlök när han berättar att vi är bjudna till Fergus och Annie nästa vecka.

"Snällt av dem", säger jag och genomborrar min sista köttbit med den spetsiga gaffeln.

"Mm", säger Jack och tömmer champagneflaskan i mitt glas. Själv har han gått över till whisky; tjugofemårig Macallan. "Fergus är bra. Ni kommer nog att ha mycket att prata om. Han är författare, pappa lärde känna honom på den tiden han hade bokhandel."

"Jo, jag har förstått det. Kusliga böcker va?"

Jack nickar och låter whiskyn rulla runt i munnen.

Jag reser mig för att ta ut ett småkryp jag fångat upp från vaxduken. Det har nog ramlat ur vildblommorna.

Jack sträcker ut handen för att stryka mig över armen när jag går förbi. När jag försöker haspa upp köksfönstret för att släppa ut insekten går det inte. Fönstret sitter fast.

"Sorry", säger Jack. "Fönstren på nedervåningen

har blivit igenmålade eller något, inte ett enda går att öppna. Fast då drar det ju mindre förstås."

"Tänk positivt", ler jag ironiskt och går ut i hallen med krypet i mina kupade händer. När jag har blåst iväg djuret och ska dra igen ytterdörren knottrar sig huden av vinden som kommer ilande ner mot huset från viddderna. Ändå blir jag stående en kort stund och blickar bort mot grinden.

När jag kommer tillbaka in i köket har Jack skjutit sin tallrik åt sidan. Hans smala ögon återspeglar stearinljusens skimmer. Ögonfransar som mörk sammet. Det rister till i mig. Hans blick har fått ett drömmande uttryck och jag går fram till hans stol och sträcker ut handen mot honom. Stryker med pekfingret över ögonlockets tunna hud. Jack vänder upp ansiktet och blundar. Jag vill fråga om han har kunnat målat något, men jag vet redan svaret så jag håller tyst. Jack trycker kinden mot min mage, tar min hand från sitt ansikte och lägger den i sitt rufsiga hår. Han vill bli klappad, som en hund. Tröstad. Han har gjort så fint. Har han varit mycket ensam?

Det börjar där vid matbordet, med en djup kyss som smakar kryddigt och salt. Jack drar ner mig i sitt knä och jag gör mig slinkig och följsam. Han smyger in handen under blusen och kramar mitt bröst. Vi andas häftigt båda två och hinner inte ens få av oss alla kläder innan vi är nere på golvet. Jag skjuter undan stolen med hälen. Och så är han över mig, stor och upphetsad, och jag hjälper honom in.

Jacks njutning förvrider ansiktet till en grimas som ligger nära smärta. Jag ligger utspilld på golvet i det ålderdomliga köket, där ljuslågornas märkliga skuggor smeker kylskåpet, den djupa diskbänken av porslin, och resterna av vår middag. Jag har en ihoprafsad trasmatta under nacken och jeansen vid fotknölarna och det tar knappast mer än en minut förrän jag känner att jag är på väg mot slutet. Och när det kommer öppnar jag munnen och ger upp ett skrik. Ett högt och hämningslöst djurläte vars like jag aldrig har släppt ur mig förut. Skriket förstärker allting, kropparnas hetta och orkanen av känslor i bröstet.

Efteråt får jag lust att gråta och skratta på samma gång, men det klingar av snabbt. Jag tror att vi somnar där på köksgolvet en stund båda två. När jag vaknar sover Jack över mig och ett av stearinljusen har slocknat. Han är fortfarande inuti mig, fortfarande stor. Jag blundar och känner honom röra vid min insida.

4

JACK HAR SKALAT av sig alla kläder och lämnat dem i en hög. Han tar mig i handen och leder mig till det långsmala badrummet en trappa upp.

"Genuin art déco, så som fröken vill ha det", pekar Jack med tonfallet hos en stolt hotellföreståndare.

"Det här måste ha tillkommit senare", säger jag och snuddar vid kaklet.

"Ja, den senaste renoveringen var precis före andra världskriget", säger Jack.

Det är rostfläckar både i det stora turkosblå badkaret och i toalettskålen, men allt är renskrubbat och när Jack lämnar mig ensam skruvar jag på de stora kranarna, klättrar över badkarskanten och ställer mig under de ångande vattenstrålarna. Trycket är kraftigt. Jag måste le när jag ser att Jack har köpt den duschtvål som jag brukar använda.

Medan jag står där under det högljudda strilandet och försöker undvika att blöta ner precis hela håret tycker jag att jag hör bankande ljud i rören och lätta dunsar från våningen ovanför. Det är nog Jack som pysslar i sovrummet, bär upp min väska kanske. Jag skopar varmvatten över ansiktet, gnuggar ögonen. Tänk att vi ska leva här nu. Tillsammans. I det här sällsamma huset som knakar och sträcker på sig och bråkar, som efter en tid i dvala. Vanvårdat och oälskat så länge.

Huset kanske kommer att må bra nu, tänker jag och klappar den svartvita kakelbården. Nu när vi är här.

Efter duschen orkar jag inte rota fram något ur min resväska så jag gör som Jack och lämnar mina kläder i en hög på golvet. Jag lindar in mig i hans gigantiska frottérock som är så stor att skärpets öglor hamnar nere vid mina lår. En ny grå tandborste står bredvid en använd vit. Han har tänkt på allt. Maja Grå och Jack Winter, och deras båda tandborstar i samma mugg. Det är både banalt och vackert på samma gång.

Jag stryker bort imman från det lilla fönstret ovanför handfatet med en flik av morgonrockens ärm. Ställer mig på tå och kikar ut, men till ingen nytta. Den skotska natten verkar bestå av en enda tätt packad svärta som pressar sig mot huset.

Lite senare ligger vi i den rangliga järnsängen i vårt sovrum på andra våningen och viskar till varandra. På Jacks nattduksbord brinner ett ensamt stearinljus. Vi har tagit med oss ost och kex och vatten.

”Varför viskar vi?” frågar jag fnissande och ställer ifrån mig mitt glas på nattduksbordet med en loj rörelse.

”För att det skapar intimitet”, viskar Jack och lägger försiktigt sin stora hand över min mun. Jag biter efter handen, pillar i håret på hans bröst och snusar i mig den goda lukten från hans hals. Slickar prövande. Skäggstubb som sandpapper. Smaken av Jacks hud.

”Du är inte arg då? För … hålet?” frågar Jack drömmande och pekar rakt upp med en slapp arm. Jag tror att han är på väg att somna igen.

"Hur skulle jag kunna bli arg?" viskar jag. "Det är ju så fint."

Jag sneglar upp mot vårt sneda innertak och kan se rakt ut i den blåsvarta rymden genom ett trekantigt hål vid taknocken.

"Jag har kollat väderleksrapporten slaviskt ska du veta", mumlar Jack. "Klättrade upp i förmiddags och vek undan presenningen precis innan jag körde till flygplatsen. Jag hade väl nån romantisk föreställning om att vi skulle ligga här tillsammans och ... ja, under stjärnorna. Fast stjärnorna syns inte än, de kommer ju fram först i augusti, det tänkte jag inte på."

"Men det är väldigt snart", säger jag.

"Jag ska fixa taket ordentligt innan höststormarna kommer. Promise", säger Jack.

"Oanade talanger du har", ler jag.

Till svar krokar han ena armen runt min kropp och brottar enkelt upp mig på sig själv så att jag sitter gränsle över honom.

"Jag trodde att du var trött", säger jag och försöker fästa upp håret.

"Nej, snälla, låt det hänga ner", säger Jack hest. "Ser det ut som om jag är trött?"

*

"Det här är ju inte klokt", säger jag och låter fingret löpa längs med tapetens mönster. "Den är ofattbart välbehållen. När märkte du det här?"

Med ansiktet nära väggen kan jag se alla detaljer i

skenet från stearinljuset i Jacks hand. Mönstret är handtryckt och de mörka blomrankorna står ut nästan som i relief.

”Första dagen”, mumlar han. ”Ryser varje gång jag tänker på den. På ett härligt sätt. Jag visste att det inte skulle ta lång tid innan du upptäckte den också.”

Under oss drar det från golvplankorna. Tapeten är ett grafiskt tryck av stiliserade tistlar i William Morrisstil. Ett virrvarr av blad och de typiska bollformade knopparna toppade med lila fjun. Först när man går nära inpå och låter blicken slappna av och vila i den organiserade oredan ser man att tapeten är bebodd. Av hundratals, nej, tusentals spindlar med stirrande ögon.

Krypen är naturtroget tecknade och skickligt kamouflerade där de tittar fram bakom blad och taggar, men när man väl vet om att djuren är där är de det enda man kan fokusera på. Jag kisar och lutar mig ännu närmare väggen. Det kliar i min nacke som om något kröp omkring där. Spindlarna på tapeten har spetsiga ben med små, små hår.

Jag fortsätter följa mönstret med fingret fast jag helst skulle vilja dra tillbaka handen. Min nagel skrapar mot papperet. Det raspande ljudet låter högt i det mörka rummet. Jag låter blicken vandra upp för hela väggen. Det är högt i tak. Många, många små spindlar. Ända från golvlisten och hela vägen upp till taket.

5

JAG VAKNAR AV regnstänk som daskar mot pannan. Det kittlar när dropparna rinner ner över tinningarna. Ovanför oss i taket finns en ljusgrå triangel av morgonhimmel som perforeras av tunna projektiler. Små pilstreck av regndroppar som skjuter ner mot oss. Jaha, välkommen till Skottland, tänker jag.

Täcket är fuktigt och råkallt på ovansidan och det är lite samma känsla som när man sovit i ett tält. Det finns ingen klocka i sovrummet, men jag förstår att det är morgon. Jack vaknar alldeles efter mig, svär roat och drar upp täcket som ett skydd över oss båda. Vi borde egentligen vara bakrusiga och tröga men det är som om vi fortfarande går på återseendets adrenalin. Kylan i rummet gör mig skärpt och liksom upprymd. Vi fnissar medan Jack krånglar på sig kalsonger, byxor och tröja. Jag rotar i min resväska och får fram en mjuk klänning och en kofta.

Kylskåpet i köket brummar hemtrevligt medan jag radar upp ägg, smör, bröd, ost och tomater. Jack har skyndat sig ut och det skrapar mot huset när han drar fram stegen till väggen. Jag hör små lätta dunsar när han klättrar upp på taket och rör sig där uppe. Envist smatter av regn mot fönsterrutan. Något gör mig orolig. Ett stick av ängslan i mellangärdet. Han är väl försiktig?

Det står ett vinställ på köksbänken som ser nytt ut, fullt av flaskor. Barolo och bordeaux. Köksskåpen är välfyllda men de flesta förpackningarna oöppnade. Nej, vem vill stå och laga avancerad mat när man är ensam? Det finns marmelad, skotska shortbreadkakor och en bra uppsättning kryddburkar. Couscous, oliver och konservburkar med tomater och tonfisk. I en djup kökslåda hittar jag gladpack, ugnsfolie, tändstickor, en nyckelknippa, batterier och en bunt stearinljus. Ett par grytvantar i modern stil ser också nyinköpta ut, nästan oanvända.

Men i övrigt verkar de flesta redskap och husgeråd vara original, höra till huset. Som om vi fått dem i … arv. Jag fingrar på de repiga träslevarna. Får syn på en brödkavel som mer liknar en kort påle. Jag väger de spetsiga silverbesticken i nypan. Gaffeln får mig att känna mig som en liten flicka med små dockhänder. Stekpannan i gjutjärn kan jag knappt lyfta utan att ta båda händerna till hjälp. Till och med Jack måste sträcka sig efter saker här inne, det märkte jag igår kväll. I en hylla trängs gamla tallrikar med sönderdiskad blomsterbård. djupa nog att äta soppa ur. Alla dessa saker måste ha funnits kvar här hela tiden, tänker jag medan jag fyller porslinshon med varmvatten och en skvätt diskmedel och lägger gårdagens middagsdisk i blöt. Alltsammans måste ha väntat här i huset. Väntat på oss. Vems var sakerna? Vilka var det som bodde här förut?

Kaffebryggaren fräser och jag rycker till. Undrar hur lång tid det kommer att ta för Jack att täcka över hålet där uppe på taket? Ingen idé att börja med äggröran förrän han kommer tillbaka, den kallnar så fort. Jag drar en hårtest ur ögonen med handleden. Diskvattnet ångar under mig. Jag kan inte låta bli att snegla bort mot köksbordet, och ner under det. Där trasmattan fortfarande ligger ihoptrasslad. Och det är som om en kramp inom mig äntligen släpper.

Tack, från djupet av mitt hjärta. Tack för att jag får vara med om detta. Tack för att jag över huvud taget kan känna så här. Att jag kan känna kärlek.

Ett förvånat rop utifrån trädgården skär igenom regndiset och jag anar en skugga som flimrar förbi utanför köksfönstret.

Två fåglar lyfter förskräckta från trädgårdsmöbeln och flaxar iväg. Något klirrar till i diskhon. Jag dör i tre sekunder. Så känns det. Sedan hackar hjärtmuskeln igång igen och vita prickar börjar dansa framför ögonen. Jag kopplas loss från min kropp och ser mig själv utifrån. Ser hur jag nästan flyger ut ur köket och genom hallen. Det går på ett ögonblick, men det känns som om det tar en evighet. Som om golvet är gjort av trög sirap och jag sitter fast. Som om jag bara kan röra mig om jag uppbådar all min muskelkraft, men till och med då tar jag mig bara fram outhärdligt långsamt, som i ultrarapid.

Jack sitter hopkurad på stenplattan precis nedanför förstutrappan och vaggar stilla. Regnet har blivit till en fin dimma nu. Han är askgrå i ansiktet, blundar och håller ena handen mot bakhuvudet. Håret är alldeles klibbigt av mörkt blod och han har blod mellan fingrarna också.

Jag tar trappan i ett enda kliv, märker inte ens att

jag är i strumplästen, och kastar mig ner hos honom.

”Vad hände? Ramlade du? Säg någonting, hur är det, kan du resa dig?”

När jag stirrar upp ser jag att presenningen verkar fastgjord över hålet i takpannorna och stegen är redan nertagen. Vad som än hänt så föll Jack i alla fall inte hela vägen från taket.

Han gör en avvärjande rörelse med den klibbiga handen och vi får äntligen ögonkontakt. Hans blick är stadig och det lugnar mig. Jag får upp honom på fötter och stöttar, nästan släpar honom in i huset och upp för trappan till badrummet på övervåningen. Jack darrar och det gör jag också.

Jag lirkar av hans våta kläder, sveper morgonrocken om honom och ser till att han sitter på toalettstolens lock. Förbandslåda? Badrumsskåpet.

”Idiot”, muttrar Jack otydligt. Så vrider han sig över handfatet och spottar strimmigt. Han har bitit sig i munnen. ”Jag är en idiot”, fortsätter han. ”Halkade till på den där slippriga stenplattan bara och så … aj!”

Jag rycker åt mig handen med bomullstussen.

”Förlåt, jag var tvungen. Det ser inte så farligt ut faktiskt, men jag fattar att det känns”, säger jag.

”Jag ska inte kinka”, säger Jack och inspekterar tussen i min nypa. ”Nej, du har rätt, det ser inte så farligt ut. Jag blev nog mest bara rädd. Och lite snurrig. Men vad har hänt med din hand?”

Jag håller upp handen och tittar förvånat på den. Först nu ser jag ränderna av koagulerat blod mellan fingrarna. Koftmudden är genomdränkt och runt min handled finns rostfärgade avtryck som efter en indisk hennatatuering.

På golvet syns stora blodstänk och jag följer spåret av de ojämna dropparna från badrummet, det ringlar ner för trappan, fram till ytterdörren. Och från ytterdörren mot diskbänken i köket. Där är skvätten glesare, för där sprang jag. Här och där är dropparna utsmetade av fotsteg. Diskvattnet i den vita porslinshon i köket är aprikosfärgat av mitt blod och ett trasigt vinglas sticker upp ur skummet som en rakbladsvass fena. Jag märkte inte ens att jag skar mig.

*

Jack sitter vid köksbordet och håller sin emaljmugg med kaffe i ena handen. I den andra har han en tom gaffel. Blicken är fokuserad men hålögd.

”Finns det lite mer att äta?” frågar han.

Han är okej. Tack och lov. Det provisoriska vita bandaget får honom att se ut som en sårad soldat. Jag sneglar på min egen gasbinda om handloven. Vi har lappat ihop varandra.

Det är alltid något med ett hus, tänker jag och slappnar av en aning. Det pulserar och svider i min omplåstrade hand men inte värre än att jag står ut. Jag skakar på huvudet för mig själv. Perfekt. Det här är perfekt för Jack. Massor att pyssla med och fixa och stå i. Då håller han rastlösheten stången, då är han sysselsatt. Och slipper måla tavlor. Slipper försöka överträffa sin första, oväntade succé.

”Du, hur är det?” frågar jag mjukt. ”Du måste säga till mig om du börjar må sämre. Du mår inte illa va?”

Jack flinar och gestikulerar mot sin tallrik. Nej, han mår inte illa.

"Bra, men vi måste hålla koll. Du kan ha fått en hjärnskakning. Har du numret till Fergus? Vi kanske borde be honom om hjälp med att köra? För jag vet inte om jag kan med den här handen. Ifall du känner dig sämre alltså, och vi måste åka in."

Jack sprätter till, reser sig och kommer fram till mig vid köksbänken.

"Min räddare", säger han och stryker mig över kinden. "Min egen lilla sjuksyster. Det är ingen fara med mig. Är det någon som borde ses över så är det du. Det där såret kunde säkert behöva ett par stygn."

"Nä, det är okej."

"Kom och sätt dig i alla fall. Ta lite juice."

"Jack, tänk om huset inte är snällt", säger jag och ler svagt innan jag tar två klunkar. Jack drar mig intill sig och kupar handen om min kind. Det är skönt att sitta så, att luta sig mot honom.

"Jo, Maja", säger han. "Det är ett snällt hus. Men jag förstår att saker kan verka farliga och opålitliga efter allt som du har varit med om. Jag lyssnar gärna när du vill berätta."

6

DEN NATTEN BLIR en hinderbana av misslyckade insomningsförsök. Varje gång jag är på väg att slumra till vaknar jag och känner en sorts övergivenhet som får tårarna att rinna. Det måste vara rester från drömfragment jag inte kan komma ihåg, eller kanske från händelser som det gör så ont att tänka på att jag för det mesta låter bli.

Det sista jag ser innan jag till slut somnar är spindlarna på tapeten. De framstår tydligt för mig trots att sovrummet ligger i totalt mörker. De rör sig framför min inre syn som verkliga spindlar, snabbt och oförutsägbart.

Eftermiddagssolen lyser röd och retsam när jag vaknar. Fingrarna är svullna av för mycket sömn och ryggen är stel efter att ha legat så länge. Jag är ensam i sovrummet, ensam i sängen, och jag skäms redan innan jag hittar Jack ihopkrupen på golvet i badrummet. Han har mått dåligt under natten, haft balansrubbningar, och bandaget om huvudet har blött igenom. Han har inte velat störa mig, han är knappt medveten själv om hur länge han legat och dåsat på badrumsmattan under sin morgonrock. Han kan inte äta och när han försöker dricka lite vatten går inte det heller. Kroppen är svag som om han tappat flera kilo under natten, och läpparna är spruckna och torra.

Min skadade hand svider när jag rattar bilen mot byn och sjukstugan där, men det konstaterar jag bara som ett faktum, ingenting som angår mig. Bredvid mig i bilen sitter Jack och blundar. Jag tror knappt jag blinkar under hela färden, så koncentrerad är jag på vägens sträckning och på minsta tecken på att Jack ska börja känna sig sämre. Han urskuldar sig och försöker skämta om det hela, men jag kan se att han är febrig och lite orolig själv.

Det är nästan folktomt på läkarmottagningen som är inhyst i ett vanligt äldre radhus med egen liten parkeringsplats, på en sidogata från byns huvudstråk. Vi får träffa en gråsprängd doktor med en gång. Hon är sävlig men förtroendeingivande och ställer sig en aning frågande till hur Jack kan ha dragit på sig en hjärnskakning av det inte alldeles triviala slaget bara av ett fall från stående.

"Du blev inte knuffad, eller drattade ner från en cykel eller en trappa eller så?" frågar hon och spänner ögonen i honom på ett moderligt sätt.

"Nej, jag är bara klumpig och hade otur", svarar Jack och försöker sig på ett leende. "Jag var till och med spik nykter, för omväxlings skull."

"Korta stunder av medvetslöshet?" frågar hon i min riktning där jag står lutad mot dörrposten. Doktorns murriga mottagningsrum ser snarare ut som ett viktorianskt sällskapsrum med randiga sammetstapeter och alldeles för många tunga möbler, men bara en besöksstol.

”Inte vad jag vet”, säger jag och rodnar. ”Kanske inatt?”

”Hm. Det där med att tuppa av lite hur som helst är liksom det svåra för den med hjärnskakning. Man märker det inte alltid själv. Du tar väl hand om honom nu?” säger hon och låter förmanande. ”Han är inte så tuff som han vill verka, vet du. Man kan bli svag i badet, eller om man ställer sig upp för fort. Lita inte på honom om han säger att allt är okej. Inte på ett par dagar i alla fall. Mycket vila. Och ingen alkohol på … ett par timmar i alla fall. Det klarar du”, säger hon vänd mot Jack med något ömt i tonfallet.

Så tvättar hon såret, tejpar ihop kanterna och lägger på ett förband.

”Jag håller på och renoverar”, säger Jack. Under läkarbesöket har han fått tillbaka lite färg på kinderna. ”Vi hyr Tistelblomman.”

Doktorn tittar upp på honom med ett outgrundligt ansiktsuttryck, men hon säger ingenting. Så skruvar hon på sig och rättar till sina tjocka glasögon fast det inte behövs. Då upptäcker hon att hon fortfarande har latexhandskarna på sig, rycker till och rynkar ögonbrynen.

”Hej då. Var rädda om er nu”, säger doktorn kort och viftar mot dörren.

Därmed är vi klara och linkar ut. Det börjar redan skymma och eftermiddagssolen är bara ett minne nu, en mild kvardröjande värme mellan husen längs med Barnicks skuggiga smågator. Ingen av oss har ätit på hela dagen.

”Tror du att du kan få i dig lite mat?” frågar jag och tar Jack under armen.

”Pommes frites i så fall”, säger Jack efter en kort

betänketid och skiner upp. ”Kom, vi går till Catch of the Day. Barnicks fish’n’chips-restaurang och kulinariska höjdpunkt. Bättre har du aldrig ätit, jag lovar. De har till och med friterade chokladkakor.”

7

UNDERLIGT STÄLLE, växthuset. Linjerna är fina, det är byggt som en liten stuga med spetsigt sadeltak, men förfallet är totalt. Jag sträcker ut handen mot en liten glasruta som fortfarande är hel men ångrar mig, tänker att kittet är så torrt och sprucket att rutan kommer att falla ut och krossas bara jag nuddar vid den. Smutsen på insidan är som en grönbrun beläggning. Växthuset är uppenbarligen ett hemmabygge, man kan se att gamla kasserade husfönster fogats in här och var, men det är stilsäkert och skickligt gjort.

Dörren saknas. Öppningen är så låg att till och med jag måste huka mig när jag kikar in. Jordgolv, ojämnt med stenar och grus och vildvuxna grästuvor. Gamla krukor i en skev stapel. Ogräs som försöker slingra sig ut genom springorna. En lumphög på marken, kanske en gammal matta, det går inte att se. Ljuset är för dåligt och allt har samma smutsbruna färg. Det luktar rått och unket och jag kommer att tänka på lekstugan hemma hos en klasskamrat när jag var liten. Den lekstugan var en påkostad sak med förstubro, riktiga tegelpannor och rosa snickarglädje. På golvet låg en liten trasmatta och där fanns både docksäng, kökssoffa i barnstorlek och en fullt utrustad leksaksspis. Ändå ville vi aldrig vara i lekstugan, till min kompis mammas stora besvikelse. Den där lukten. Som om det alltid var en råkall höstkväll i oktober där inne. Med tiden iddes inte mamman kröka rygg med sopborste och skyffel för att hålla småkrypen borta längre, så insekterna kunde ta över fullständigt. De flyttade in i plywoodspisen och under lapptäcket i docksängen. När vi började i mellanstadiet minns jag att man hade rensat ur lekstugan, den hade blivit familjens cykelskjul. De små fönstren hade en grådaskig hinna på insidan. Samma lukt.

Jack hojtar något uppifrån krusbärsbersån. Trots att det är mulet ville han absolut sitta ute. Jag vrider på huvudet och vinkar. I samma stund prasslar något till inne i växthuset. Jag rycker till. Något nära marken, vid lumphögen. Päls, klor som krafsar i jorden. I det mörkaste hörnet. Är det någon där?

"Försvinn härifrån."

Det är en svag viskning och jag tror först att den kommer från någon som står alldeles bakom mig. Jag snor runt men det är ingen där. Kanske kom rösten inifrån växthuset? Eller hörde jag den bara i mitt huvud?

Jack ropar igen, högre nu.

"Va? Vad är det?" frågar jag högt och sliter blicken från dunklet. "Fryser du? Vill du ha en filt, eller mer kaffe?" Jag börjar småspringa tillbaka upp mot Tistelblomman.

"Nej tack, och i så fall kan jag fixa det själv", säger Jack. "Du har varit min betjänt så det räcker. Jag sa bara att du passar här."

"Vad då? Hur då?"

"Ja ... du är fin liksom. Där nere i trädgården. Självklar på något sätt. Du ser ut som *the Lady of the Manor.*"

Jack tittar ner i sin kopp. Den är nästan tom och han gör en ansats att resa sig.

"Nej", säger jag. "Sitt still och koppla av. Du måste faktiskt vila och ta det lugnt ett par dagar till, det lovade jag doktorn." Jag tar koppen ifrån honom och han låtsas göra motstånd. "Och jag ska inte lite på dig när du försöker spela tuff, det sa hon också", fortsätter jag. "Du är mitt ansvar nu."

"Yes, nurse Ratched", säger Jack entonigt och hänger med huvudet.

På kaffebrickan framför honom ligger tussar av hushållspapper som han rivit loss och rullat till små bollar.

"Jag kan hämta ditt skissblock om du vill", säger jag tyst.

Jack säger ingenting men hans blick far över trädgården och upp mot det provisoriskt övertäckta hålet i taket. Och så ut över markerna, kullarna och himlen. Han ser nästan sjösjuk ut.

"Det går inte", säger han så. "Jag skulle inte klara av att teckna. Det är något med mina ögon. Jag har svårt att fokusera, svårt för att verkligen *se.*"

"Det går över", säger jag. "Det var dumt att jag föreslog det. Ta det lugnt bara, det har säkert med hjärnskakningen att göra. Den kanske har påverkat balanssinnet."

"Tack, experten", säger han utan att möta min blick. I stället lägger han armarna i kors över bröstet. Det finns ett nedlåtande stråk i Jacks röst som gör mig tjock i halsen och jag undviker demonstrativt att se på honom när jag börjar plocka i ordning med arga rörelser. Men när jag sträcker mig efter min kaffekopp tar han tag om min handled.

”Förlåt. Jag blir galen av att inte kunna göra något vettigt”, säger han bedjande. ”Det är inte okej, och inte schyst mot dig. Jag känner mig så dum.”

”Det går över”, upprepar jag, lyfter upp brickan och går mot huset.

Jag blir stående i köket en stund, oförmögen att göra något. I stället stirrar jag mot den stängda dörren till källaren där jag vet att Jack ställt ner alla sina målarsaker. Hur länge ska de stå där orörda och samla damm egentligen? Är det här en svacka som kommer att vara i månader – eller år? Jag snyter mig och dricker lite vatten. Det spelar ingen roll. Det ordnar sig. Vi är två nu.

När jag kommer ut på trappan igen har solen brutit igenom molnen. Det varma ljuset ger färg åt buskarna och får glasrutorna nere i växthuset att gnistra. Jag vet att det egentligen är vackert men jag kan inte känna det. Jag tycker att solstrålarna vräker ner, att de slår emot mig och gör allting skarpt och hårt. Jag kniper ihop ögonen. En oro, en olust som skulle kunna liknas vid klaustrofobi har börjat pirra under huden. Tröjan sticks i nacken och jag längtar tillbaka in i huset igen, in i de skuggiga rummen.

Lantbrevbäraren har kommit med posten medan jag var inomhus. Jag ser på håll hur Jack kommer släntrande upp för trädgårdsgången med några brev i handen. Han går långsamt och tittar ner på kuverten och jag hinner precis uppfatta att han tar ett av dem och knölar ner det i bakfickan innan han märker att jag står där. Någonting får mig att låtsas som om jag inte sett det.

”Någon post till mig?” frågar jag glättigt för att visa att jag inte är ledsen längre.

Jack skakar på huvudet.

"Bara tråkiga saker till mig, och ett reklamblad. Kom", säger han. När jag närmar mig kramar han om mig och suckar.

"Jag har ju helt glömt att fråga", mumlar han. "Ditt bilderboksprojekt, har du hört något?"

"Jag fick en refusering från det första svenska förlaget jag skickade det till", säger jag och skrapar med tåhättan i gruset. "Precis innan jag åkte från Sverige."

"Nej, vad synd", säger Jack. "Sa de varför, fick du någon konstruktiv kritik?"

"Nope, standardrefusering bara", säger jag. Inuti mig händer det ingenting när vi pratar om mitt bokprojekt, inte ett spår av den ursprungliga besvikelsen över refuseringen finns kvar. Det gör mig förvånad. Har jag verkligen det rätta drivet för att syssla med det här? Bryr jag mig tillräckligt mycket?

"Väntar du på svar från andra förlag?" frågar Jack ivrigt.

När jag skakar på huvudet rynkar han ögonbrynen.

"Jag har inte hunnit skicka till några fler", säger jag.

"Jag hjälper dig gärna med att kolla på bilderna om du vill, det var ju ett tag sedan jag såg dem nu", fortsätter han. "Det kanske finns något vi kan slipa på? Jag älskar din bok, jag tror den har stor chans att bli antagen. Och sedan vet du ju att jag absolut tycker att du ska jobba fram en engelsk text också, så att du kan skicka till brittiska förlag också och inte bara de svenska. Mycket större konkurrens här visserligen, men jag tror det skulle vara värt besväret för det är ju ett större …"

"Språkområde", avbryter jag och ler snett. "Tack, experten. Jag vet."

8

”JAG HETER ADRIAN och jag är en ängel.”

Pojken i dörröppningen ser verkligen ut som ett himlaväsen. Vi står utanför ett hus i byn och väntar på att få komma in. Adrians hår är tunt och nästan vitt och han ler blygt mot oss. Jack släpper min hand och rufsar om i hans hår. Det ser silkesmjukt ut, svårt att låta bli. Jacks eget sträva hår täcker det lilla plåstret på huvudet nu, det enda spår som finns kvar från hans fall.

”Hej! Ja, du är en jättefin ängel”, säger jag. ”Men var har du dina vingar?”

”I mitt rum”, säger den lille allvarligt. ”Mamma gjorde dom till mig, på Lilla Teatern. Jag är en älskling också. Och en sötnos.”

En kompakt man med renrakat huvud, skrattrynkor och uppkavlade skjortärmar dyker upp i dörröppningen bakom pojken.

”Maja och Jack, välkomna! Det är jag som är Fergus”, säger han till mig, lutar sig fram och kysser min kind. ”Hör du du, min lilla skitunge”, skrattar han och vänder sig mot sin son. ”Ska vi inte ta och släppa in gästerna?”

Adrian stiger lydigt åt sidan.

"Det är ingen värme ute minsann", säger Fergus och hjälper mig av med kappan. "Sommaren sjunger definitivt på sista versen. Ja, Adrian har ni ju redan träffat", fortsätter han och knuffar varsamt sin son tillbaka inåt. "Roligt att ni ville komma."

"Jack och Maja är *kära* i varann, det vet jag", fnissar pojken och gör ett litet danssteg på hallmattan innan ordströmmen fortsätter. "Mamma och jag har bakat shortbread för att ni skulle komma, vi ska ha dom till efterrätt, med *apricot syllabub*, och jag hjälpte till. I finaste skålarna. Fast jag har redan ätit två."

Jack skrattar till.

"Har du plats för fler då?" frågar jag.

"Jag vet faktiskt inte", säger Adrian bekymrat och tar sig om magen. Den andra handen lägger han i min.

"Oj", viskar han när han nuddar vid mitt plåster. Något blänker i hans blick. Något oväntat vuxet. "Du skar dig på ett trasigt glas i disken. Stackars dig."

Jag kommer av mig helt.

Familjens hus är visserligen gammalt men betydligt yngre än Tistelblomman. Trots att det är fint renoverat finns det något opersonligt över den öppna planlösningen och de vita ytorna, men flera platsbyggda bokhyllor ger ändå värme och hemtrevnad. Adrian leder oss till det stora köket i husets bakre del och stojar sedan iväg från sin pappa och den stundande tandborstningen och godnattsagan.

Annie ser ut att vara minst femton år yngre än sin man. Hon har rött trassligt hår och spisrosor på kinderna. Jag tycker omedelbart om henne där hon står i ett gytter av puttrande grytor och nydiskade vinglas och halvskalade rotfrukter i ett alldeles för stort förkläde och ser ut att vara på gränsen till ett mindre sammanbrott.

Från ugnen strömmar en underbar doft av lök, smör och timjan och jag gissar att det blir *roast* av något slag. Grillad kyckling kanske.

”Välkomna”, säger hon och slår ut med händerna på ett ursäktande vis. ”Jag ligger tyvärr lite efter men det ordnar sig … Nu tar vi oss en drink och så får det här … fixa sig. Det blir *Scotch broth* till förrätt, äter ni det?”

”Åh, jag älskar broth”, säger Jack. ”Det är som en köttbuljong med lite vad som helst nerslängt i”, säger han till mig. Annie nickar och skrattar.

”Och efterrätten låter fantastisk”, fortsätter Jack, kysser Annie på kinden och överlämnar en vinflaska. Jag ger henne en blombukett som jag har plockat och knutit ett blått band om.

”Jaså, efterrätten har den lilla grodan redan avslöjat?” ler Annie och kramar om mig.

”Vem är en groda?” hojtar Adrian indignerat och sticker in huvudet i dörröppningen.

”Hörseln är det i alla fall inget fel på”, säger Annie med en suck. Hon ser plötsligt både bedrövad och stolt ut på samma gång och som jag förstår den där sucken är det något hon repeterar ofta.

”Den ungen …”, mumlar hon och skakar på huvudet medan Adrian fjantar iväg på jakt efter ett speciellt gosedjur. Fergus ger upp läggningsproceduren och tar med sig Jack upp på övervåningen för att titta på något.

”Alltid är det nåt … Det var inte så länge sen vi trodde att vi hade förlorat honom”, säger Annie dämpat.

Jag går närmare henne för att uppfatta vad hon

säger. Hennes tonfall är förtroligt och sorgset.

"Han bara stack för ett par månader sen, vandrade iväg ensam under en utflykt med förskolan", fortsätter Annie. Hon sänker rösten ytterligare och slänger ett skyggt ögonkast i riktning mot matrummet, nästan som för att försäkra sig om att ingen står där och lyssnar.

"Vad hände?" frågar jag.

"Han ramlade ner i ett hål ute på heden och fastnade. Du anar inte vilket pådrag det blev. Känslan när de hittade honom ... Jag trodde inte att man kunde vara så tacksam och så vansinnigt arg på samma gång."

Annies hand skälver när hon stryker sig över den fräkniga pannan och upp i håret.

"Han är en riktig liten drömmare. Har alltid varit speciell. Inte som andra barn."

Hon blinkar bort en glansig hinna från ögonen och vrider upp mungiporna i ett försök till ett leende. En skugga sveper över köket och det blir tyst i några sekunder för länge. Är Adrian sjuk, eller på vilket sätt är han inte som andra? Jag kan inte fråga, men jag kan försöka känna efter. Är det så att han är en liten drömmare, disträ och bräcklig, som hans mamma antyder? Nej. Det stämmer inte. Är det någon som har förmågan att se klart här så är det den pojken, tänker jag. Ett speciellt barn, visst. En liten särling. Lever i sina egna världar, leker helst ensam. Men är mycket mottaglig. Han påminner mig om mig själv.

Jag får en impuls att klappa Annie på kinden där hon står mitt på golvet i sitt rufsiga hår och sin ostrukna tunika och ser uppgiven ut bakom sin tappra fasad.

"Ska vi duka, du och jag?" frågar jag. "Så ropar jag hit Jack för att öppna vinet och hälla upp."

Tacksamheten i hennes ögon gör mig mjuk inuti. Men plötsligt får hon ett spänt drag över munnen. Handen far ut och kramar min arm medan hon viskar:

”Maja. Fergus gillar inte att vi pratar om det här. Han har svårt att acceptera Adrian för den han är ... och det har varit en del utmaningar på annat håll den senaste tiden också. Problem med hans nya bok ... Han är bra på att hålla masken, min man, men han har inte mått bra. Det är nog något i hans bakgrund, att man ska hålla skenet uppe och inte be om hjälp. Du vet kanske vad jag menar? Fergus och Jack är nog lite lika på det sättet.”

9

”MINNS DU DEN här tavlan då, Jack?” säger Fergus och stoppar en överbliven kaka i munnen. Han ser allt annat än bekymrad ut. ”Då var du inte gammal. Kommer du ihåg?”

Jack nickar muntert och smuttar på sin whisky. Utanför fönstret är kvällsmörkret blåsvart och Annie har tänt små marockanska ljuslyktor som står strategiskt utplacerade i vardagsrummet. Hon har sinne för scenografi, det är tydligt.

”Ja, du fick den av mig på din 50-årsfest eller hur?” säger Jack. ”Jag var där med mamma och pappa. Tyckte den målningen kunde passa dig. Du skrev väl ruskiga grejer redan då?”

”Stämmer bra. Jag försökte i alla fall. En annan var ju seg i starten. Men helvete, tänk om man bara hade haft vett att köpa upp alla dina alster på den tiden, för några hundringar! Då hade Annie och Adrian och jag kunnat bo i ett palats i Toscana vid det här laget. Med egen butler.”

Jack rodnar. Tavlan är omogen, han kan inte ha varit mer än i tidiga tonåren när han gjorde den, men den karakteristiska drivna stilen finns redan där i penseldragen. Duken borde ha varit större och av bättre kvalitet, men målningen har en slående komposition och är utförd i riktiga oljefärger. Motivet är kusligt, helt i linje med de mörka, morbida motiv som Jack utforskade när vi träffades, men nu målar han på ett annat sätt. Lugnare, inte lika angelägen om att chocka.

En hängd kvinna dinglar i en snara från ett spretigt träd på en karg kulle. Som en galgbacke, tänker jag och vänder bort blicken.

”Att ni vill ha den uppe”, mumlar jag till Annie som rör i sin lilla espressokopp. ”Adrian, menar jag …?”

”Äsch, han bryr sig inte om sånt”, säger hon. ”Inte på något negativt sätt i alla fall. Vi är väldigt fästa vid den och Adrian gillar monster och spökhistorier mer än något annat. Precis som sin pappa. Han är ju omgiven av ruskiga saker hela tiden, med en pappa som skriver otäcka böcker och en mamma som jobbar med ganska hemska pjäser ibland.”

Hon klämmer fast en förrymd hårslinga bakom örat innan hon fortsätter.

”Ja, fast inte här i byn på Lilla Teatern förstås. Det är ju ett amatörsällskap. Där har vi sällan vålnader på scen, om det inte kommer något turnerande sällskap då. Annat var det när jag jobbade i Stratford, där var det mycket blodiga dolkar och hemskheter som du säkert förstår. Men jag tycker det är så himla roligt att vara engagerad i något, även om det är på en helt annan nivå här. Fast Lilla Teatern i Barnick har en riktigt spännande historia. Du måste hälsa på någon gång.”

Annie smyger armen om Fergus. Han böjer nacken och pussar hennes rödhåriga hjässa. Jag kan inte låta bli att känna att det finns något demonstrativt över den ömma gesten, som om de spelar inför en publik.

”Det är en jäkla tur att Annie har Lilla Teatern så jag slipper ha henne drällande här hemma när jag måste jobba”, myser han.

”Lilla Teatern, det låter verkligen fint”, säger jag. ”Jag tittar gärna in vid tillfälle.”

”Gör det”, strålar Annie. ”Jag har ett eget litet kyffe där med mina sygrejer och sånt. Och vi är alltid tacksamma för frivilliga medhjälpare. Just nu skulle vi behöva värva ett proffs till lite kulissmålning till exempel, kan det vara något? Jag kan fresta med obegränsade mängder te och kakor, och en och annan rolig stund med oss teaterhäxor.”

”Hemskt gärna”, säger jag och känner att jag menar det.

”Och hur trivs ni i huset?” Fergus vänder frågan till mig.

”Jättebra”, svarar jag. ”Vilket ställe, det har verkligen en helt unik atmosfär. Det känns redan som om jag bott där i flera månader och inte bara någon vecka.”

Annie sträcker sig mot Jack i soffan och känner på hans överarm som för att kolla musklerna.

”Den här killen har slitit som ett djur för att få det någorlunda i ordning innan du kom ska du veta”, säger hon.

Jack ler förläget och hummar något. Han tar sig instinktivt åt bakhuvudet och plåstret. Några mörka hårtestar faller ner över ögonen.

”Ja, och det är vi väldigt tacksamma för”, säger Fergus. ”Du skulle ha sett stället när vi köpte det på exekutiv auktion. Totalt fallfärdigt, ja, det var rent förskräckligt. Ändå hade det tydligen bara stått obebott i några decennier. Men det blir ju så, ett gammalt hus tappar livsgnistan rätt fort när det inte bor någon där som pysslar om det."

"Varför köpte ni huset egentligen?" frågar jag.

Annie och Fergus utbyter ett snabbt ögonkast som jag inte kan tolka. Så harklar sig Annie.

"Det låter så löjligt när man säger det, men det har … affektionsvärde för oss."

"Jag hade precis fått min tredje roman antagen", tar Fergus över. "Och för första gången ett någorlunda vettigt förskott. Vi hade just flyttat hit till byn för att jag skulle få skrivro. Ja, jag vistades här ibland som barn. Det är en speciell plats. Lite avskild från övriga världen liksom. Annie var ju kostymdirektör på Royal Shakespeare Company tidigare men hon hängde på. Hon trodde på mig."

Fergus låter stolt. Han ställer ifrån sig sitt tomma glas innan han fortsätter.

"Du har visst vänner i Stratfordtrakten? Jag har för mig att Jack nämnde det."

Jag nickar och tänker på Ashley Morris och hans mamma Angela, som visat mig så stor gästfrihet under det senaste året. Tak över huvudet, mat och samvaro under både jullovet och påsklovet.

"Vi var klara med Stratford", fyller Annie i. "Barnick kändes som ett äventyr, en nystart. Adrian var ganska nyfödd och skrek mycket på nätterna, så vi brukade sätta oss i bilen alla tre och köra omkring en del här i trakten. Och av någon anledning hamnade vi ofta lite avsides, på de där guppiga småvägarna …"

"Då somnade han som en stock!" skjuter Fergus in och skrockar åt minnet.

”Ja, och så var det ju det där gamla ödehuset då. Tistelblomman. Vi såg det på lite håll och fastnade bara för det. Tyckte synd om det på något sätt. Jag hör ju själv hur dumt det låter, men det verkade så ensamt i månskenet och så … bedrövat liksom. Men ändå så vackert, under allt det där slitna och sorgsna och övergivna. Hänförande. Vi satt där i bilen, säkert smågalna av sömnbrist båda två, och viskade och hittade på sagor åt varandra om huset med Adrian snusande i baksätet. Minns du, älskling?”

Annie har fått något svärmiskt i rösten.

”Glömmer det aldrig”, svarar Fergus. ”Och den där natten när vi klev ut ur bilen. När vi smög upp genom den där vildvuxna trädgården. Upp för gången. Tänkte att vi skulle försöka kika in genom nyckelhålet …”

”Ja, fönstren på bottenvåningen sitter ju så högt så dit nådde vi inte upp”, säger Annie. ”Det var en förtrollad stund, vi liksom svävade upp för trappstegen. Jag tror knappt jag andades. Och precis när Fergus stod där på trappan och böjde sig fram och skulle titta in genom nyckelhålet hände något som nästan gav oss varsin hjärtattack.”

Jag lutar mig fram och väntar på fortsättningen.

”Det var Adrian”, säger Fergus. ”Han hade vaknat nere i bilen och började gallskrika. Det var ett blodisande tjut, som om någon höll på att riva hjärtat ur kroppen på honom. Jag sprang ner till vändplatsen så att gruset sprutade.”

”Ja herregud, vad vi har sprungit efter den ungen med andan i halsen”, säger Annie och nyper sig i örsnibben.

”Vad var det med Adrian då?” frågar Jack.

”Inte ett skit”, skrattar Fergus. ”Så fort vi kom utanför grinden blev han lugn. Jag tror banne mig att han sov igen när vi började riva i hans kläder, kolla efter getingstick, vad som helst. Han kanske bara hade en mardröm. Fast sånt lär ju komma senare egentligen, inte förrän i ettårsåldern. Tistelblomman är ett förbannat fint hus, hur som helst", ler han och ser mig rakt i ögonen och håller fast blicken en kort stund innan han fortsätter. "Och, jag vet inte, jag hade väl en tanke. 'Om den nya boken går bra, då ska jag köpa dig och rusta upp dig, ditt stackars vrak.' Nåt sånt flum."

"Jag kände likadant", säger Annie. "Ja, och sen kom tillfället och vi slog till och köpte det, egentligen utan att ha råd. Och utan att inspektera närmare. Vi hade en vag tanke om att bo där, men det visade sig snabbt vara ... fullständigt otänkbart."

"Impulsivt beslut att köpa", ler Jack.

"Ett jävligt idiotiskt beslut!" skrattar Fergus. "Men hör på fan, en annan hade ju lite flax då helt plötsligt, för min tredje bok började gå bra i USA. Det var helt oväntat. Och sen såldes filmrättigheterna, och filmen blev gjord rätt snabbt, och den gick också bra. Så då fick folk upp ögonen för de tidigare två böckerna. Och där stod vi och bara 'wow, tack, alla högre makter. Nu får vi råd att fixa huset'."

"Och sen då?" frågar jag och får lust att dra upp benen under mig i soffan men låter bli.

"Jaa ...", säger Annie svävande. "Livet kom emellan kan man nog säga. Familjepusslet, och Fergus jobb. Åren rann liksom iväg. Men så hörde vi ju ifrån Jack i våras, via hans pappa. Om att du Jack var sugen på att bo i de här trakterna ett tag. Komma bort från allt lite."

Hon nickar mot Jack, söker hans bekräftelse.

”Det var det bästa som kunde hända”, säger Fergus. ”Du har verkligen gjort underverk med huset. Det är så skönt att det är befolkat och ombonat nu.”

När Jack och jag fått på oss ytterkläderna och tackat för oss är det nästan midnatt. De få gatlyktornas gulvita ljus återspeglas i bygatans fuktiga yta.

”Det är nåt jag inte fattar bara”, säger jag och gnuggar min kalla nästipp mot ärmen på Jacks gamla tweedkavaj. ”Alltså, Annie och Fergus. De äger Tistelblomman och säger att de älskar kåken, okej? Men varför tog de inte in hantverkare för att fixa i ordning stället när de började få in lite pengar då? Det bör ju ha varit ett bra tag sen. Jag menar, de har ju uppenbarligen helrenoverat det här huset i byn sen dess. Om de hade lejt folk till Tistelblomman också, då hade de ju kunnat bo där själva vid det här laget. Så varför blev det inget gjort förrän du tog kontakt? Vad hade hänt om du inte hade flyttat hit? Hade Tistelblomman stått där alldeles öde och förfallet fortfarande?”

Jack drar in njutningsfulla andetag av den kyliga sensommarnatten och jag får ta dubbla steg för att hålla takten med hans långa kliv.

”Äsch. Det var visst nåt barnsligt med det där”, säger han och gäspar så det knakar.

”Vad då barnsligt?”

”Folk är så vidskepliga. Det var tydligen svårt för Annie och Fergus att anlita någon.”

”Svårt?” frågar jag och försöker svälja. Jag har med ens blivit torr i munnen.

”Japp”, säger Jack. ”Inga av de lokala hantverkarna ville befatta sig med huset. De var rädda för något.”

10

BARNICKS ENDA taxibil ägs av en tystlåten man i obestämbar ålder. Sportjackan är gubbig men frisyren ungdomlig och omsorgsfullt fixad med hårvax. På instrumentbrädan har han monterat upp en Mariastatyett av plast och ett radband med krucifix dinglar från solskyddet. Medan vi färdas genom mörkret börjar regnet trumma mot taket och jag känner hur en dov huvudvärk pulserar bakom ena ögat. Bilen luktar syntetiska tallbarr från en doftgran som ligger gömd någonstans nära golvet.

Jack lutar sig tungt mot mig i baksätet, blundar och andas djupt. Inom någon minut har han somnat.

Jag kan se förarens vaksamma blick i backspegeln. Han är inte härifrån, tänker jag. Inte från början. Han har flyttat hit från ... Polen. Ja. Jag kan känna det på mig. Ögonen är allvarliga och vakna, fästa på den slingrande vägen, men när han märker att jag tittar på honom ser han upp och våra blickar möts hastigt innan jag slår undan min. Det finns något kontaktsökande i hans ansikte.

Stämningen i bilen skiftar och blir spänd. Jag kan höra hur taxichauffören sväljer och harklar sig försiktigt som om han vill säga något men inte riktigt vet hur han ska börja.

”Polen?” frågar jag dämpat för att bryta det onaturliga läget. ”Kommer du från Polen?”

Ett skyggt leende far över ansiktet på honom och han slappnar av. Så trevar han vant i handskfacket.

”Garwolin”, viskar han och langar över en bunt tummade fotografier och vykort utan att vrida på huvudet. ”Min hemby. Tomasz heter jag.”

Jag blundar en stund medan jag låtsas bläddra igenom bilderna. Jag behöver inte titta, jag uppfattar tillräckligt med bilder inom mig nu. Huvudvärken kommer i molande vågor och det lindrar lite när jag sluter ögonen.

Jag ser en rödmålad kyrka framför mig. Och en äldre man med samma mjuka mörka ögon som Tomasz. Han håller i en sliten läderväska. En doktorsväska är det, för om jag anstränger mig kan jag se vad som finns inuti. Gasbinda i rullar, febertermometrar och ett gammaldags stetoskop.

En annan bild. Jag ser ungdomar som slår hö och skrattar och dricker mjölk ur glasflaskor, och jag förstår att en av dem är Tomasz.

Det skrapar till utanför bilen och jag slår upp ögonen. Vi måste ha kört in i några grenar som hängde ner över vägen. Regnet har övergått i ett explosivt skyfall, vindrutetorkarna går på högsta hastigheten och Tomasz måste krypköra längs med den vindlande vägen. Han lutar sig framåt för att se bättre genom vindrutan och jag noterar att hans käkar är hårt sammanbitna.

När det brakar till och en enorm åskblixt skär upp himlen fnyser Jack i sömnen och skruvar på sig, men han vaknar inte. Min huvudvärk är som en syl bakom ögat nu.

I en brant uppförsbacke får taxin plötsligt motorstopp. Bilen hackar till och tystnar. Tomasz slänger ett ursäktande ögonkast mot mig i backspegeln medan han vrider om tändningsnyckeln. Jack sover vidare. När vi startar igen börjar bilstereon av någon anledning spela på hög volym. En vemodig Art Garfunkel-låt svallar ut från de skorrande högtalarna och fyller bilen.

Is it a kind of shadow?
Reaching into the night
Wandering over the hills unseen
Or is it a dream?

Föraren skruvar febrilt på radion för att stänga av musiken. Jack rör sig oroligt och jag tror att han ska vakna men han lutar sig mot mig igen och vi skumpar vidare, allt närmare Tistelblomman. Jag stirrar ut genom sidorutan fast det inte finns någonting att se. Men så hör jag hur Tomasz mumlar något. Hans hand far ut och snuddar vid det dinglande krucifixet. En rysning kryper upp för min rygg.

”Draugen”, viskar han nästan ohörbart. Och sedan något mer, kanske på polska. Som en bön eller en besvärjelse. Jag kan se att hans händer kramar hårt om ratten och hela han verkar ha krympt ihop.

”Vad sa du?” frågar jag dämpat.

Han snörvlar till innan han svarar, hytter motvilligt med tummen snett bakom oss.

”Det var hon.”

Jag vänder mig snabbt om, försöker kika ut genom

bakrutan. Kanske finns där en mörk skugga intill vägen, men jag är inte säker. Det skulle kunna vara en förvriden gammal trädstam, vad som helst.

Tomasz lättar på gasen ytterligare och kör ett hundratal meter mycket långsamt, fram till den sista kröken innan man kan se vårt hus. Där stannar han. Vi sitter tysta i bilen en stund medan åskknallarna kommer glesare. Jack sover vidare men han håller hårt i min hand, eller snarare om de yttersta lederna av fingrarna.

Tomasz har gnuggat bort imma från vindrutan och tittar försiktigt ut genom sitt kikhål.

”Nu har det dragit förbi. Nu lättar det”, mumlar han.

Så sträcker han ut handen och tar ner krucifixet, kysser korset och hänger pärlkedjan om halsen med bestämda rörelser innan han talar igen. ”Nu måste jag be er att gå ut.”

”Men vad…” ,säger jag och lutar mig häftigt fram i utrymmet mellan förarsätet och passagerarsätet.

”Jag är ledsen”, säger Tomasz. Jag vill fånga hans blick men det går inte, han vrider sig undan.

”Ni behöver inte betala. Men jag kör inte längre än hit. Inte hela vägen fram till huset. Inte ikväll.” Tonfallet är lugnt men kompromisslöst.

”Vem var det?” nästan viskar jag.

”Jag vet inte vad du menar”, svarar taxichauffören alldeles för snabbt.

”Vem var det?” upprepar jag lugnt och lägger handen lätt på hans axel. Han darrar i kroppen, vänder sig om och ser mig rakt i ögonen.

”Den vandöda”, viskar han.

Jack hostar till och vaknar äntligen.

”Bra Tomasz, vi är ju nästan hemma”, säger han

oväntat glättigt. Rösten är hes och sömndrucken men han vet uppenbarligen vad han gör. Jag bara glor på Jack. Vad handlar det här om egentligen? Jack sträcker fram en skrynklig sedel och manar mig att följa med honom ut ur bilen. "Tack för skjutsen Tomasz, god natt och kör försiktigt."

Jack vinkar till och med mot taxin när vi klivit ur. Regnskuren har avtagit och den svarta himlen välver sig stum och stjärnklar ovanför oss. Månen är framme. Jack nästan drar mig med sig uppåt vägen med snabba steg mellan de vattenfyllda groparna. Vad var det som just hände? Någonstans i natten skriker ett ensamt djur.

När vi har gått femtio meter och är på väg att runda svängen startar Tomasz sin bil, vänder och kör iväg tillbaka ner mot byn. Jag stirrar frågande på Jack.

"Han är byns enda taxichaufför", säger han och försöker lägga armen om mig. "Lite excentrisk kanske, och vidskeplig av bara helvete. Det är inte första gången han vägrat köra mig hela vägen hem. Men i grunden är han bra, en kille man ska hålla sig väl med. För jag tänker då verkligen inte cykla hela vägen hem från byn i vinter när du och jag har haft en helkväll på puben."

Jag lirkar mig undan från Jack och kör ner händerna i kappfickorna. Vi går tysta en stund. Jag trampar i mittfåran där det växer grästuvor och man slipper vattenpölar men Jack håller sig nära kanten. Efter ett tag märker jag att han sneglar på mig och ler.

"Modigt", säger Jack. "Att du går mitt i vägen."

"Hur så, tror du att det ska komma någon långtradare här ute eller?"

”Nej”, säger han och sträcker ut handen. ”Men det finns annat man ska akta sig för.”

När jag tar fatt i hans hand drar Jack mig intill sig så häftigt att vi vinglar ut i vägrenen och nästan trillar ner i diket.

”Vad håller du på med?”

”Det är tradition i Skottland”, skrattar han och tar mig om midjan. ”Har jag inte sagt det? Man ska aldrig gå mitt i vägen även om den ligger helt öde. Fråga vem som helst, speciellt om de är över 70 år.”

”Men varför inte då?”

”För då kan man krocka med en skuggbegravning.”

”Usch. Vad är det för något?”

Jag låter honom linda armen om mig. Vi snubblar på varandras fötter. Jag kan urskilja Tistelblommans grind ett stycke framför oss.

”Ett begravningsfölje som inte finns. När ett sånt ekipage kommer emot en ute på en enslig skogsväg gör man bäst i att kliva ur vägen. Annars kan man knuffas med och tvingas gå med vålnaderna i flera mil, till och med tvingas bli en av kistbärarna. Men de vill egentligen inte det. Om en levande kommer med i processionen av misstag så gör gastarna allt de kan för att bli av med en. Man kan bli nerknuffad för ett stup eller i en sjö.”

”Och det här tror folk på?”

”Nej, självklart inte, inte numera”, säger Jack och öppnar grinden. ”Fast erkänn att det är en häftig historia? Fergus har till och med använt den myten i en av sina romaner om jag inte minns fel. Ingen som har blivit film, men jag gillade den ... Handlar om en kille som får se sig själv i ett sånt där spökfölje. Det är ett förebud förstås, ett varsel. Ja, resten fattar du säkert."

"Mm", säger jag. "När man får se sin dubbelgångare väntar sällan glada nyheter."

"Men mina farföräldrar växte ju upp med såna där berättelser", fortsätter Jack. "Och deras föräldrar trodde nästan säkert på gengångare och lyktgubbar och vad de nu heter."

"Och de där grönskimrande kvinnliga, som Fergus också skrev om", säger jag. "Den där boken som sålde jättebra och som blev en film, som jag aldrig hade tid att se och som jag inte kommer ihåg namnet på just nu..."

"Baobhan sith", säger Jack och myser.

"*Baa'-van shee*", upprepar jag. "Det låter ju lite som *banshee*, de irländska kvinnoandarna."

"Exakt. De har tydligen vissa likheter." Han krafsar mig i nacken och jag ryser medan vi promenerar genom månskenet upp för trädgårdsgången mot Tistelblomman.

"Fast här i Skottland är de mer som vampyrer", viskar han. "Baobhan sith är förföriska odöda i långa gröna kjolar som reser sig ur sina gravar en gång om året för att jaga i grupp och dricka de levandes blod. Men till skillnad från vanliga vampyrer har de inga huggtänder. De använder naglarna."

"Sluta", säger jag och skrattar till.

Jack har stannat precis nedanför trappan. Nu pekar han tankfullt upp mot ytterdörren.

"Det var något Fergus sa", säger han. "Innan de köpte Tistelblomman. När de kom hit en natt och fick en impuls att gå in här och kika genom nyckelhålet."

"Ja, vad var det med det?"

"Jag fick samma känsla första gången jag kom hit.

Och jag får faktiskt lust att göra det nu också."

"Gör det då", skrattar jag och puffar honom i riktning mot nedersta trappsteget. "Upp och kolla. Jag håller vakt så att inte baobhan sith smyger upp bakom dig och slår klorna i halsen."

Jack tar trappan i två stora språng. Så lutar han sig fram och kikar in. Det blir tyst omkring oss, bara några droppljud från stuprännan.

"Jaha", säger jag frågande efter en kort stund. "Vad ser du genom det förtrollade nyckelhålet? En alternativ verklighet, huset som det var i sin glans dagar kanske?"

"Äsch", säger Jack och reser sig upp. "Samma som sist. Bara liksom ... gult."

II

JAG LIGGER PÅ sidan på soffan i salongen och tittar ut på regnet. *The parlour*, som Jack kallar rummet. Precis som i köket fanns en del av originalmöblemanget kvar i gott skick. Fergus och Annie har köpt till några större grejer, det mesta bättre begagnat.

Soffan och de två stoppade karmstolarna har vackra linjer och är bekväma. Det finns också en pampig öppen spis med svart spiselkrans som når mig till hakan, och en golvlampa i 1940-talsstil med två klockformade skärmar som sprider ett milt sken. Golvet värms upp av trådslitna mattor i guld och rött.

Skurarna har kommit och gått under natten men nu har det vräkt ner utan uppehåll sedan jag vaknade vid sextiden och inte kunde somna om. Vi åt en långsam frukost på bricka och sedan drog jag en filt omkring mig och damp ner i soffan.

Nu ligger Jack på knä framför öppna spisen och gör upp en brasa. Då och då vänder han sig om och sneglar på mig. Mina ögon är halvslutna och jag tror inte att han vet att jag märker det men jag ser allt, varje detalj. De skrynkliga linnebyxorna och hans stickade tröja som är för stor i halsen. Jag lägger återigen märke till att Jack har blivit lite grövre. Håret är en aning mer kortklippt och framhäver nacken. Och vid tinningarna har den tjocka kalufsen börjat förändras. Ännu är han inte märkbart grå men silvret väntar som ett skimmer. Det skälver inom mig när jag tänker på doften i Jacks halsgrop och jag kurar ihop mig som en liten boll under filten.

"Men det satt ingenting inkilat i nyckelhålet?" frågar jag som inte har kunnat släppa det där med ljuset.

"Nej, det var min första tanke också. Det där gamla sjutillhållarlåset används ju inte längre så någon kanske hade korkat igen det, med en trasa eller träbit eller något. Men icke. Man kan känna vinden blåsa rakt igenom. Så det var väl något slags ljusreflex jag såg. Jag vet inte."

När han reser sig och går för att spana ut i trädgården följer jag kroppens rörelse genom rummet. Jack rör sig lätt och avspänt här, på ett självklart sätt som jag inte är van att se hos honom. Han har blivit en annan person det här året. Av framgångarna, och av tiden i Tistelblomman. Tryggare. Lyckligare?

Huset. En gammal konstruktion av sten och trä och järn, men tänk att det kan finnas så mycket själ här. Strålkraften är påtaglig och den smittar av sig.

Han kommer aldrig att vilja lämna Tistelblomman, tänker jag. Insikten drabbar mig med en sorts stelhet som jag inte kan tolka.

"Har du ritat något", frågar Jack och böjer sig över soffans armstöd för att pussa mig på huvudet. Jag gestikulerar lojt mot mitt skissblock som ligger på golvet. Jag har inte tecknat på långa vägar så mycket som jag borde sedan jag kom hit. Man lägger av sig snabbt, måste hålla igång handen, musklerna, kontrollen.

"Spindlar", flinar Jack och bläddrar mellan sidorna i mitt skissblock. "Och mer spindlar. Lysande. När du har hela höglandet som inspiration precis utanför dörren."

"Ska du säga! Jag har inte direkt sett dig rusa till dina målargrejer den senaste tiden", säger jag med spelad surhet. "Förresten får jag inte den där tapeten ur skallen. Den är ju helt makalös. Du tror på allvar att det var den gamla barnkammaren alltså? Att det är nån unge som kluddat dit det där för hundra år sen?"

En stormby vräker regndroppar mot rutorna så hårt att det låter som om någon står där ute och kastar småsten på glaset. Är det så här det är att bo i Tistelblomman på hösten? På vintern?

"Ja det tror jag", säger Jack och smyger in handen under min filt. "Det fanns gamla järngaller omkring fönstret, såna där skydd så att inte små barn ska kunna ramla ut."

Eller knuffas ut, tänker jag och ryser åt den obehagliga tanken.

"Eller ...", viskar Jack, "... så att ingenting utifrån ska kunna ta sig in!" Han kittlar mig i sidan och jag börjar sparka vilt.

"Lägg av, jag vill inte bli tvungen att skada dig", tjuter jag.

Han slutar och jag slappnar av och pustar ut.

"Tänk att det fanns så mycket saker kvar här", säger jag. "Jag tycker det är fascinerande. Möbler och husgeråd, och i så gott skick."

"Mm ... Det är väl inte direkt så många som är pigga på att plundra ett ödehus här ute i obygden", säger Jack som sitter på golvet framför soffan där jag ligger. "Gissa om jag skrubbade alla tallrikar noga. En del var liksom lite, eh, mögliga."

Jag skrattar till och huttrar under filten.

"Fryser du?" mumlar Jack och stryker mig över mellangärdet där hans hand hittat en öppning i mina kläder. Jag har små knottror över huden.

"Får jag krypa ner hos dig?"

Jag nickar och makar på mig i soffan. Jack kurar ihop sig bakom min rygg med knäna invikta i mina knäveck. Hans andedräkt är varm mot min hals och den blir snabbt djupare.

"Det är exakt en sån grej jag hade velat göra som barn", fortsätter han viskande. "Rita tusen spindlar över en tråkig blomstertapet. Om jag inte hade varit så jävla rädd för morsan hade jag nog gjort det också. Ja, du har ju träffat henne och sett med egna ögon. Skräckinjagande."

Jag ler snett in mot soffdynan när jag tänker på vår weekendresa tidigare i år. Till Jacks gamla hemstad, hans människor och hans barndomshem. Det lilla slitna huset och de två som ännu bor kvar. Huset där Jack växte upp med sin skjuksköterska till mamma, oförmögen att sitta stilla och med vackra sorgsna ögon. Och med sin långa pappa, eftertänksam och lite tilltufsad av livet. Båda två bokstavligen glänste av stolthet över sonens framgångar. Och kanske också över sig själva. En häpen stolthet över att ha fostrat en av vår tids största nya konstnärer i sitt lilla radhus längst ner i en återvändsgränd med sprucken asfalt, i utkanten av en försummad skotsk stad.

Bokhyllorna var fullproppade med böcker från pappans konkursdrabbade bokhandel. Överallt hängde fotografier av Jack; från mörklockigt spädbarn till blazerklädd skolpojke med pottklippning och frusna knän. Jag la märke till att han hade samma uttryck i blicken på alla bilder. Att han redan som liten höll sin värme dold bakom det skyddande skal av ironi som jag lärt känna så väl.

Ovanför föräldrarnas soffgrupp hängde en alldeles för stor oljemålning under det låga taket. En av Jacks bästa. Motivet var en röd soffa där två spädbarn glor ilsket på varandra från sina positioner i knät på varsin starkt beskuren förälder. Rött, grönt, orange och vitt i Jacks kraftfulla penseldrag. En djärv komposition, ett mästerligt utförande. Verket skulle vara värt många av mammans månadslöner om det var till salu. Och precis som med alla hans målningar skulle man kunna sitta och studera det i timmar.

Jack. Hans glöd värmer oss båda. Jag lindar hans armar runt mig och vi dåsar så i Tistelblommans murriga salong medan regnet och stormen leker utanför som två våldsamma syskon.

12

"KOM HIT Maja! Det är skönt."

Jack ropar utifrån trädgården genom den öppna dörren men ljudet dämpas av Tistelblommans skyddande stenväggar. Jag snörvlar och drar handen genom håret. En hastig blick i hallspegeln. Trots dunklet kan jag se hur glåmig jag är och att jag har fått rödfnasiga näsvingar av min sommarförkylning. Snuvan vill inte ge med sig. Den kom efter natten i regnet, när taxin inte ville köra ända fram och vi fick gå sista biten.

Jack sitter vid utomhusmöbeln och ser finurlig ut. Händerna är knäppta över magen och han nyper med sina bara tår i gräset. Jag sätter mig i hans knä och blinkar mot ljuset medan solen värmer upp runt omkring oss. När det blir för obekvämt att sitta på varandra hämtar Jack en filt och brer ut i gräset.

Sensommarslöa humlor brummar dovt omkring buskarna. Jag kikar upp mot huset och tycker att det vilar som en åldrad dignitet bakom oss. Platsen framstår inte längre som speciellt enslig. Väggarna ser ljumma ut i solskenet, nästan gyllene. Att någon skulle kunna uppfatta det här stället som skrämmande, så skrämmande att man inte ens vill sätta sin fot här, framstår som en fullkomligt befängd tanke.

”Vad tänker du på?” frågar Jack.

”På huset”, säger jag. ”På att du verkar må bra här. Och… så tänker jag på att jag är så glad över att vi är tillsammans.”

”Men ändå ser du så ledsen ut.”

”Det gör jag väl inte”, säger jag förvånat.

”Jo, det gör du.”

”Men du, visst är det lite underligt hur folk pratar? Om Tistelblomman alltså”, frågar jag.

Jack suckar och gnuggar sig i ögonen. När han ser upp har han irritation i blicken.

”Alltså, gamla legender och skräckfilmer och sånt, det är en sak. Men det där pratet”, säger han. ”Jag försöker att inte tänka på det för jag blir bara så förbannad. Jag hatar vidskeplighet och allt sånt flum, vet du det?”

Jag skakar storögt på huvudet.

”Hatar…”, säger jag. ”Det är ett hårt ord.”

”Inte tillräckligt hårt. Sånt där leder bara till en sak: Skada.”

”Hur menar du”, frågar jag försiktigt.

Jack kniper ihop läpparna och stryker med handen över några grässtrån.

”Min mamma brukade gå till en så kallad klärvoajant”, säger han tyst, nästan som om han skäms. ”Eller rättare sagt, hon blev utnyttjad. Fast pengarna var inte det värsta. Det värsta var hur hon mådde. Inget gott kom ur det där, bara mer smärta.”

Min mun blir torr och det snurrar till för mig. Jag kör ner naglarna hårt i handflatan. Tvingar mig att hålla ett normalt tonfall när jag frågar:

”Varför? Varför sökte din mamma upp en sån person?”

Jack blinkar ett par gånger och ser förkrossad ut.

”Jag har svårt för att prata om det här. Men det var så att jag hade ett syskon som ... dog. Och vi sörjde förstås, men mamma ... Det var liksom bortom sorg, det var vansinne. Hon kunde inte acceptera det som hade hänt och hon ville så gärna tro att det fanns ... ett sätt. Att få kontakt. Att det inte var slutet.”

Jack slår handen för munnen. Jag sitter där alldeles kall, vill säga något men kan inte. Efter en stund fortsätter han prata men handen håller han kvar.

”Men det rev ju bara upp en massa sår, gav henne falska förhoppningar om andra dimensioner och spöken. Andebarn från andra sidan graven som vill skicka en hälsning, men det kostar förstås pengar ... Sånt djävulskap. Det var hemskt att se henne sugas in. Jag var inte speciellt gammal men jag minns allt. Allt.”

Jag får lust att lägga armen om honom, smeka hans kind, men det ser inte ut som om Jack skulle vilja att jag gjorde det.

”Jag visste inte att du hade ett syskon. Jag är så ledsen”, säger jag.

”En bror”, säger han och rösten är inte mer än en viskning.

”Då förstår jag att du känner en väldig avsky för ... såna som håller på med det övernaturliga”, säger jag långsamt.

”Jag tycker synd om dem. Om folk som luras att tro på sånt där. För det är rena lögner och manipulation under förevändningen att hjälpa folk, men det är bara lurendrejeri, bara en business. En smutsig sak att hålla på med, så himla cynisk. Att utnyttja människor som vill ha tröst och hopp, hitta en mening i den stora meningslösheten. De är inte bättre än trollkonstnärer på cirkus."

"Nej", säger jag tyst. "Faktiskt värre. För en trollkonstnär är ju öppen med att det bara är trick och fingerfärdighet. Underhållning. De låtsas ju inte att de faktiskt kan…"

"Exakt", avbryter Jack. "Den person som sa sig kunna ge min mamma lindring och stå i kontakt med andevärlden, han rev ju bara upp hennes sår ännu mer. Det bröt ner pappa också förstås."

"Och dig", säger jag.

"Det var värst för mina föräldrar. Jag har aldrig berättat det här för någon. Och nu kan jag inte prata om det mer känner jag. Men nu vet du vad jag anser om vidskepelser och flum."

Vi sitter tysta och efter en stund blundar Jack och lutar sig tillbaka. Värmen strålar upp från marken och genom gräset och filten. Jag stryker med fingrarna över hans ögonbryn. Pulsslagen på halsen är snabba men andningen är långsam. Det bränner i min hårbotten av solen.

Jag borde ha berättat tidigare, nu är det omöjligt. Borde inte hålla mitt mörker för mig själv, jag vet det. Men jag hade rätt som kände ett motstånd, en tveksamhet.

"Jag har funderat lite på en sak", säger jag dämpat. Jack slår upp ögonen och tittar på mig med en rynka mellan ögonbrynen. Han reser sig upp i halvsittande och jag ryggar undan.

"Det låter allvarligt", säger han.

”Nej, det är inget farligt”, säger jag och försöker le men det känns mest som en konstig grimas. Jag blir medveten om att min blus glipar. Den har hasat ner över axeln och mitt ena bröst syns nästan. Med en plötslig självmedvetenhet rättar jag till plagget, som om jag frös eller ville skyla mig inför en främmande blick.

”Jag har bara funderat lite på jobb och så. Vad jag skulle kunna jobba med. Vi måste få in pengar, hittills har ju du betalat nästan allt.”

Jack slappnar av och skrattar till. Ett lättat skratt. Så försöker han dra mig intill sig.

”Det där behöver du inte grubbla på. Inte nu, inte på länge. Vi klarar oss, jag har ...”

”Jo”, avbryter jag.” Det är härligt här, och jättesnällt av dig, men alltså, även om vi nu utgår från att jag får barnboken antagen i år så blir det ... kanske två tre mediokra månadslöner? För nästan ett års jobb? Så kan man ju inte leva. Inte jag i alla fall. Jag måste tänka lite på ...”

”Du måste sluta tänka i de där banorna”, avbryter Jack.

Det svider i min handflata. Såret är bara ett tunt streck nu, men jag känner det ändå.

”Vad då måste? Vilka banor? Du vill ju inte förstå hur jag menar”, säger jag och hör själv hur gnällig jag låter.

Jacks ögon svartnar. Jag sträcker ut armarna mot honom i en vädjande gest men han gör sig kall, låtsas inte märka det.

”Jag tänker på framtiden”, försöker jag förklara. ”Det är så fint här, men jag vet faktiskt inte riktigt vad jag ska ... ta mig för här i längden. Vet inte om jag kan hålla på och komma på böcker som ingen vill ha. Lägga ner allt det där arbetet i onödan ... jag har aldrig jobbat så och jag har inga besparingar att falla tillbaka på. Och det blir ju snett om jag ska vara beroende av dig, och jag ska gå här som något slags ... lyxhustru eller något. Pilla lite med mina små teckningar liksom. Det vill inte jag. Det vill väl inte du heller?"

Jack drar upp knäna och kurar ihop sig. Han möter inte min blick, svarar inte på frågan. Jag borde kanske sluta nu, lugna ner mig och hålla tyst, men det går inte.

"Jag tycker faktiskt att du borde bli glad", säger jag vasst. "Över att jag vill jobba. Och jag vill inte stressa dig, det har ju gått så himla bra bara i år, men du har väl inte målat någonting alls på ett tag nu?"

"Du ska inte ta några fler skitjobb", säger Jack och stirrar på mig. "Det är slöseri med din energi och din begåvning, jag förbjuder det."

"Förbjuder? Ursäkta mig men jag är vuxen. Jag har klarat mig bra själv i flera år innan du kom och började diktera hur man ska leva."

Han svarar inte men blicken är svart. Jag kan inte titta, vänder mig bort. Inom mig skakar jag. Vad är det som håller på att hända?

En kyla har lagt sig mellan oss, en hemsk kyla som jag inte vet hur jag ska hantera och som får det att värka i kroppen på mig. Mitt hjärta är för stort, tänker jag. Så känns det. Jag klarar inte det här. Det är så jävla många fel på mig.

Då brummar det till i Jacks byxficka. Han svarar i sin mobiltelefon efter första signalen och gör ingen ansats att ursäkta sig. I stället reser han sig upp och går demonstrativt iväg ner för gräsmattan mot hasselsnåret för att få prata ifred. Jag tycker till och med att hans rygg ser arg och avståndstagande ut. Jag känner mig straffad för en oförrätt jag inte begått. Tårarna sticker i näsan men jag motar bort dem.

Nej. Fan heller. Det här bråket kan han inte vinna, för jag har inte gjort något fel. Eller har jag det? Med hårda steg springer jag mot huset. In i skuggan och den skyddande ensamheten.

13

SVALKAN FRÅN HALLEN slår emot mig redan vid ytterdörren. Köket badar i ett skarpt ljus som framhäver kladdiga glas och smulor. Jag vänder ryggen åt alltihop och går in i salongen i stället.

Här inne kan man fortfarande känna av de tidigare dagarnas regn som en fuktig närvaro som dröjer sig kvar i gardinerna och i möblernas stoppning. Det tar ett tag att vänja sig vid murrigheten. Jag har suttit där ute och blivit solblind. Det knäpper i trossbottnar och plankor när Tistelblomman sträcker på sig. Bra. Torka i lugn och ro. Värm upp dig i din egen takt.

När jag kommer ut igen har jag en stråhatt i handen och känner mig på försonande humör. Jack vill ju bara väl, jag är för stolt, tjurskallig och fjär. Jag borde ta emot allt han vill ge mig.

Först kan jag inte se Jack någonstans. En svag varningston börjar ringa i huvudet medan jag söker med blicken över trädgårdsmöblerna, grinden, tvätten som hänger på tork på klädlinan. Men efter en liten stund upptäcker jag hans rufsiga huvud längst ner i trädgården. Jack har stått halvt dold bakom det gamla växthuset och nu vankar han fram, lite framåtlutad mot hasselsnåret. Han håller sig om huvudet med båda händerna och jag tycker att han vinglar. Varningstonen ringer i mitt huvud igen, högre nu. Han har väl inte fått känningar efter fallet på stenplattan?

Jag släpper stråhatten på marken och rusar ner för gräsmattans tre plan. Här är det skugga och fortfarande vått och kallt i gräset. Jack tar ingen notis om mig.

Först när jag kommer nära inpå inser jag att han fortfarande pratar i telefon. Han håller för örat med andra handen, det måste vara en dålig linje. Jag klappar honom otåligt på ryggen och han vänder sig om och möter min blick, blinkar och ler på ett blidkande vis. Vänner. Vi är vänner igen. Lättnaden är som att plötsligt kunna andas igen efter att ha varit på väg att drunkna.

Jag kan höra på Jacks telefonröst att det är jobb. Ett jobbsamtal. Det finns en snabbhet där, och en insmickrande underton. Nej, rättar jag mig själv medan jag går tillbaka upp mot huset för att låta Jack fortsätta prata ifred. Han låter inte insmickrande. Artig och positiv bara. Proffsig. Det kanske är hans gallerist i London.

Det var det inte, berättar Jack ivrigt mellan försoningskyssarna och de snabba tuggor av rostat bröd som vi äter stående vid köksbänken. Det var någon som är intresserad av att bli hans gallerist i Paris. Någon mäktig och inflytelserik, som Jack träffade när han ställde ut i London. Det finns ett fåtal målningar kvar från den utställningen; de riktigt stora dukarna som prissatts därefter. Tavlor som kräver mycket av sin placering och av sina köpare.

Man har tydligen haft ett möte och man är väldigt entusiastiska. Man vill bjuda över Jack till Paris, träffas och diskutera. Äta middag. Visa upp sina hypermoderna utställningshallar i anslutning till Centre Pompidou. När? Snarast möjligt. Alla utgifter betalda. Ett privilegium, ett rent nöje.

”Charmoffensiv med andra ord”, säger Jack syrligt och gör en liten trumvirvel med pekfingrarna på skärbrädan. Men glittret i hans blick skvallrar om äkta glädje. Jag har inte sett honom så uppspelt sedan … Inte sedan jag kom hit faktiskt.

Har jag något emot att han åker, och blir borta några nätter? Jag kanske vill be någon kompis komma hit, kanske Ashley, så att jag slipper vara ensam?

”Det är lugnt”, försäkrar jag. ”Det är ingen stor grej, jag trivs med att vara ensam.”

Men jag hör själv att mitt tonfall är en aning tillgjort. Jack verkar inte uppfatta det.

”Du är duktig du”, säger han, och trots att jag letar efter ironi i hans tonfall så hittar jag det inte. ”Jag vill ju ta hand om dig”, mumlar han mot min tinning. ”Jag tycker ju synd om … alltså, du är värd att vila och ta det lugnt. Efter allt du varit med om. Kan du inte låta mig göra det? Ta hand om dig lite.”

Han vaggar mig i sina armar som om jag vore hans barn och jag bara står där på köksgolvet med näsan tryckt mot hans hals och låter mig kramas tills stelheten inuti mig börjar släppa.

Det är inte förrän långt senare som något slår mig. Först när Jack ringt tillbaka till det franska galleriet och bekräftat att han kommer, och fått hjälp med att fixa biljetter och hotell.

Först när jag sitter för mig själv på knä på golvet uppe i sovrummet framför mina halvt ouppackade lådor och tummar på ett nästan oanvänt ritblock.

Då går något upp för mig. Något som strukit omkring i utkanten av mitt medvetande halva dagen. En fråga som aldrig kom. En ond aning som inte har velat kliva fram i ljuset och se mig i ögonen förrän nu:

Varför snuddade Jack inte ens vid tanken att jag skulle kunna följa med honom till Paris?

Men jag säger ingenting. Jag skrattar och pratar och lagar middag med Jack. Äter maten lite för snabbt och glömmer att smaka. Sitter uppkrupen på en köksstol medan kvällsmörkret driver in från vidderna. Sitter där i vårt kök och gör tappra försök att underhålla honom med svenska snapsvisor medan han diskar den tunga grytan. Han skrattar och sprätter vatten på mig och det är så här det ska vara, jag vill inte ha en massa hemligheter. Det ska vara lätt och glatt och kärleksfullt mellan oss. Och tillit. Vi måste ha tillit. Han måste få vara som han är, med perioder av självständighet, och jag... Ja, vad behöver jag?

Nej. Inte ett ord säger jag när jag ligger vaken på Jacks arm och lyssnar till hans sömnljud.

Presenningen har nog börjat släppa från taket igen. Den daskar och smäller svagt i vinden där uppe. Det är inga problem. Jag ska inte säga något om det heller. Inte tynga honom med något praktiskt nu, nej, inte med någonting alls. Jag kan fixa taket själv om det skulle behövas. Jag kan bära fram stegen bara, och klättra upp.

Men jag kan aldrig gå tillbaka, tänker jag och måste plötsligt gripa tag om Jacks arm i mörkret.

Jag kan aldrig gå tillbaka till mitt ensamma liv. Inte som det var. Låt mig få ha detta. Snälla, snälla, låt mig få ha detta. Jag gör vad som helst för att få behålla oss. Även om det betyder att jag måste släppa in Jack och försöka berätta om det jag knappt förstår själv. Och riskera att han stöter bort mig.

14

AVRESAN KOMMER snabbt, bara några dagar senare. Jack är annorlunda, uppspelt och prydligare än vanligt. Jag märker att han har använt rakvatten och putsat sina bästa skor. Paris kallar och Jack spelar spelet, det står klart. Han luktar som någon annan.

Just när han ska gå tar jag hans ansikte i båda händerna och låser fast hans blick med min i några sekunder. Nej, så här glad har han inte varit på länge. Så tutar taxin och Jack kramar om mig hårt en sista gång. Omfamningen är snabb och jag njuter lite av det bitterljuva i den känslan, av tomheten som ett sug inuti när han försvinner från mig. Han slänger sin weekendväska över axeln och går ner till den väntande bilen utanför Tistelblommans grind med långa kliv.

I dagsljus är det tydligen okej för Tomasz att köra hela vägen fram.

Jag har varit ensam i huset i tre timmar och kan fortfarande uppfatta den främmande doften från Jacks rakvatten på mina händer. Halvskymningen har övergått i kväll och jag sitter vid köksbordet och ögnar igenom ett par textrader från min barnbok som jag tänker försöker översätta till engelska. Men det känns nästan oöverstigligt svårt. Jag vill skriva längre, men vet att det inte är tillåtet. Inte om jag ska ha en chans till antagning. Kort ska det vara, och kärnfullt och spirituellt, men med enkla ord. En eller två meningar per uppslag, inte mer. Jag kan höra rösten på min handledare från illustratörskursen i Oxford: "Det är ingen slump att många illustratörer också försöker skriva sina egna barnboksmanus hellre än att illustrera andras. Varför bara få femtio procent av arvodet om man kan få hundra?"

Då händer det. Taklampan sprakar, blinkar två gånger och slocknar med en smäll som får mig att hicka till. Det blir underligt tyst när kylskåpets brummande dör ut. Strömmen har gått och det är så typiskt att jag nästan måste skratta.

Jag hittar stearinljus och tändstickor, och den tunga ficklampan i skåpet under diskbänken. En kort stund leker jag med tanken att ringa någon, eller rättare sagt att ringa Jack. Vem har jag egentligen att ringa annars? Jag låter bli. Det skulle vara meningslöst, Jack är i Paris och det går ingen nöd på mig här inatt. Jag klarar mig själv.

Men det är som om tystnaden innanför Tistelblommans väggar förstärks av mörkret. Det är en fyllig tystnad som nynnar och viskar. Jag ställer mig nära köksfönstret och spanar ut med händerna på ryggen. Känner mig lite som en hemmansägare eller en gränsvakt. Jag intalar mig att jag kan urskilja bilens matta metallglans där den står parkerad utanför grinden, men i själva verket ser jag inte ens grusgången. Fast bilnycklarna ligger i en skål på hallbordet och bensintanken är fylld, det har Jack sett till. Det känns tryggt.

Vaksamheten får det att spänna och sticka i axlarna på mig. En förhöjd beredskap som får pulsen att öka. Det är bara naturligt, intalar jag mig. Om det hade varit en månklar kväll hade situationen inte varit lika dramatisk men nu är himlen nersläckt och trädgården ligger helt osynlig framför mig, utplånad av ett väldigt mörker, som om den aldrig funnits.

Då bryts svärtan. Något förflyttar sig där ute. Jag lutar mig närmare glasrutan. Glömmer att blinka, glömmer att andas. En skiftning igen. Kyla strålar från glaset och mina ögon svider. Jag känner hur hela min hud krymper när något flyger emot mig över den mörka gräsmattan med flaxande rörelser. Omöjligt långa armar som slänger utmed sidorna, ett nedböjt huvud som dinglar. Det går så fort och jag uppfattar bara att det är något enormt, något fasansfullt, på väg mot huset, på väg rakt mot mig. Något som rör sig med en fruktansvärd snabbhet och störtar fram i oförutsägbara kast.

Men när jag förstår vad det är jag sett känner jag mig på samma gång löjlig och lättad. Det är vår tvätt som flaxar på klädstrecket i trädgården. Lakanen blev till en demon, en synvilla som tornade upp sig och rusade mot huset. Det vänder sig i magen och fingertopparna pirrar obehagligt när adrenalinet ebbar ut i kroppen. Jag tar ett djupt andetag och håller kvar det en stund medan jag väntar på att hjärtat ska börja slå normalt igen.

15

JAG RÖR MIG vaksamt upp genom huset. I de tysta rummen gömmer sig frågor. Det är som om varje föremål här är laddat med kraft från en annan tid, från andra människor. Jag tvekar en stund på tröskeln till badrummet innan jag tar mig samman och går in. Gamla spöken hemsöker mig fortfarande, kanske mer än jag vill låtsas om själv.

Korridoren på övervåningen verkar dubbelt så lång i mörkret. Ett avlägset surrande. Det tycks komma inifrån själva väggarna. Ljudet stiger och sjunker, och det frammanar en bild hos mig.

En liten pojke. Han sitter hukad över en transistorradio och ansiktet är bortvänt. Radion är påslagen men den är inte inställd på någon sändande frekvens. Bara det statiska knastrandet mellan stationerna hörs. Han vrider på volymknappen fram och tillbaka så att bruset stiger och sjunker. Då och då uppfattar jag musik, men bara en enda ton, sedan mera krasande, väsande sus. Ibland kommer det mänskliga röster. Mummel. En kvinnas röst. En vokal eller några lösryckta ord som klipps av. Mera knaster.

Pojken gungar med överkroppen i takt med oljudet.

Jag förstår att han förmodligen kan sitta så i timmar.

Innerväggarna omkring mig verkar plötsligt luta skevt, som om de vore lösa kulisser. Skärmar som kan skjutas åt sidan när en föreställning är över. Som om huset ruckats från sin grund under natten. Som om Tistelblomman mycket långsamt håller på att kollapsa under ett väldigt tryck. Men jag förstår att det är ännu en hallucination. Är det så här det känns när man är nära ett sammanbrott?

När jag passerar den smala trappan upp till tornet hör jag hur vinden nynnar en vaggvisa genom springorna högt där uppe.

Då blir jag medveten om att det knäpper långsamt men regelbundet i den gistna trappan. Det låter som fötter som går i den. Någon är på väg ner. Jag stannar upp, lyssnar mot mörkret, och in mot mig själv. Blundar. Ljudet blir högre. Ja, någon rör sig i vindstrappan. På väg mot mig. Någon finns här. Någon, eller något.

”Vad vill du?” frågar jag. Min röst bär knappt. Då stannar stegen i trappan upp.

Jag måste sträcka ut handen och stötta mig mot väggen. Först famlar min hand genom den täta luften utan att hitta något, men när jag får fatt i ett stycke trälist vid min sida är det som om själva materialet ger mig stadga.

”Är det ditt hus?” frågar jag dämpat.

Ingenting.

”Knacka en gång om det är ditt hus.”

Det är alldeles tyst. Flera andlösa minuter passerar och jag står stilla så och väntar, i den mörka korridoren vid uppgången till tornet, med handen på träpanelen och med ögonen stängda.

Men det händer ingenting mer.

Dubbelsängen känns alldeles för stor och sovrummet är kyligt. Hur jag än försöker stoppa om mig själv förblir fötterna iskalla.

Jag vet att jag borde gå upp och leta reda på några varma sockor men jag vill inte röra mig från sängen. Vill bara att timmarna ska passera snabbt och att solen ska gå upp. Ångest och onda aningar ligger på lur och jag tänker att jag kan hålla undan dem bara jag slår armarna om mig själv och ligger alldeles stilla här, och låter de många små spindlarna stirra stelt på mig från tapeten. Min mobiltelefon ligger avstängd på nattduksbordet.

På något vis somnar jag ändå, och när jag vaknar strålar sensommarsolen in från en hög punkt på himlen. I min svettiga hand håller jag mobiltelefonen i ett krampaktigt grepp. Den är påslagen och displayen visar nytt textmeddelande.

Framme, Paris galet. Så mkt folk. Saknar dig, och friden! Allt väl? Sweet dreams. Jack xx

Jag läser orden på den lilla blå skärmen och blinkar nyvaket. En dovhet ligger som ett band över pannan, nästan som en baksmälla fast jag inte druckit en droppe.

När jag testar sänglampan upptäcker jag att strömmen inte har kommit tillbaka. Varken Fergus eller Annie svarar i telefon och Jack vill jag inte ringa och störa.

En ilska börjar bubbla i mig när jag tänker på maten som ligger och blir förstörd i kylskåpet. Känslan bryter igenom luddigheten, gör mig stark och beslutsam.

Jag måste ta tag i det här, åka ner till byn och be om hjälp. Sedan skulle jag inte ha något emot att få reda på lite mer om Tistelblommans historia, om det nu finns någon enda levande själ där nere i byn som törs prata.

16

JAG KÖR GENOM dalgången mot Barnick och ser hur dimsjoken rullar ner för sluttningarna. Det är som att vara på botten av en grön amfiteater. Jag känner mig säker bakom ratten och tänker på Ashley och hans mamma Angela. De pushade mig att köra bil och bli bekväm med vänstertrafiken när jag fick bo hos dem i Stratford.

Jag måste höra av mig, kanske bjuda upp dem till oss. Efter att vi tog examen från konstakademin för knappt tre månader sedan har Ashley hunnit göra två bokomslag till klassiska romaner och en nästan outhärdligt vacker bilderbok om älvor. Han har pojkvän, lägenhet i London och en agent som hjälper honom att få uppdrag och titta på avtal. Jag inser plötsligt att jag saknar honom oerhört. Ashley och hans mamma är de två som jag har kunnat prata med, om mig och det jag är, och om den jobbiga tiden efter händelserna i Oxford. Angela har också ett slags seende, en oförklarlig förmåga som hon använder sig av i form av healing och helbrägdagörelse.

Jag kan höra Angela Morris ord ringa i öronen:

”Du måste berätta för Jack. Man kan inte fungera

normalt om man inte berättar för de som står en allra närmast, det är omöjligt. Jag har sett det på nära håll. Vi känsliga, vi behöver stöd och förståelse. Det är ingen lätt sak att ta till sig för en anhörig, men om han älskar dig så kommer han i alla fall att försöka. Det handlar ju om att omvärdera allt man vet, världen blir helt ny och ibland ganska skrämmande. Men då har han i alla fall fått veta sanningen, sedan är det hans val. Resten är upp till honom, bortom din kontroll. Men om du inte berättar om vad du är för din livskamrat, då kommer du att förvandlas till den ensammaste människan i världen. Med eller utan honom."

Och så inspektör King förstås. Han vet också, förutom Ashley och Angela Morris. Han höll i mordutredningen om min mamma i Brighton och han lyssnade på mig, på det obegripliga, det som ingen egentligen kan förstå. Han såg mig och då fick jag på något sätt en fastare form, ett värde.

Det är lätt att parkera i byn. De kulliga gränderna är trånga men glest trafikerade och de kantas av pittoreska korsvirkeshus med vit puts och halmtak. Rådhuset är av grå granit från Aberdeen. På marken utanför ligger det riskorn mellan kullerstenarna efter någon vigsel, kanske från i våras, eller till och med från förra året. Kyrktornet i sandsten ser ut som en äldre syster till det lilla tornet på Tistelblomman. Men runt kyrkans tak löper långa vassa spikar på rad. Här är inga fåglar välkomna att slå sig ner.

Dekorativa tunnor med pelargoner och brudslöja står uppställda utmed huvudgatans butiker. Blå- och vitrandiga vimplar pryder både postkontorets, bageriets och fish'n'chips-ställets fasader. Skottlands flagga.

Träden mot gatan har växt sig sturska i den nordliga vinden. Ett kyligt stråk i luften får mig att ångra att jag inte tog kappan. Solen värmer skulten, men nästippen är kall där jag står lutad mot bilen. Det är dags nu. Jag har inte velat störa honom med mina problem på hemmafronten men nu knappar jag in ett sms till Jack:

Allt OK men strömmen har gått, har det hänt tidigare? Any ideas? Annars allt bra, saknar dig. xx

Symbolen för "skicka" blinkar länge och sedan kommer ett meddelande upp: *Sorry, your message could not be delivered.*

Jag minns vägen till Fergus och Annies hus. Det ligger nära byns centrum på en idyllisk sidogata där stockrosor klättrar upp för spaljéer. Jag kan inte se ett enda skräp på marken, och inte en människa.

När jag närmar mig suterrängvillan känner jag genast att något är annorlunda. Soptunnan står övergiven på sniskan på trottoaren och de bredspjäliga träpersiennerna i fönstren på framsidan är nerdragna. Buskarna ser dammiga ut trots allt regn de senaste dagarna, och när jag knackar på dörren ser jag att en bunt reklamblad och en tunn lokaltidning sitter fastklämda i brevlådan. Det är något slutet och otillgängligt över huset. Hur i hela friden kan de välja att leva här? tänker jag. När de skulle kunna bo i Tistelblomman.

Jag släntrar tillbaka ner mot Barnicks huvudgata för att köpa ost, smör och bröd, och för att höra efter om någon annan haft problem med strömmen.

"Hej Maja!"

Först fattar jag inte var den ljusa rösten kommer ifrån. En liten hand sträcks ut från ett gallerstaket till höger om mig. Den vinkar.

"Hej hej hej! Jag tänkte att du skulle komma förbi."

Det är Adrian. Jag har gått förbi Adrians förskola. Hans ansikte strålar bakom stängslet. I bakgrunden kan jag se flera andra barn vid en lekplats med gräs och sandlåda framför en låg brunbetsad skolbyggnad med urklippta blommor och blad upptejpade på insidan av fönsterrutorna. Det tunnlockiga håret är lite svettigt och stripigt omkring hans panna. Kinderna blossar och jag kan se alla de vassa små mjölktänderna.

"Men hej Adrian! Vad kul att se dig."

Pojken nickar ivrigt.

"Jättekul. Vad gör du här Maja? Ska du bli min nya fröken?"

Jag skrattar till förvånat.

"Nej, jag försöker hitta din mamma eller pappa faktiskt."

Adrians ansikte blir gravallvarligt, som en parodi på sorgsenhet.

"Dom är inte här", säger han med en dramatisk suck.

"Nähä ...", säger jag tvekande och hoppas att allt står rätt till. "Vet du om din mamma är på Lilla Teatern?" fortsätter jag.

"Mycket möjligt", säger Adrian, lägger armarna i kors och nickar förnumstigt som en liten farbror.

"Men du har det bra här va?" frågar jag och gestikulerar mot skolan och lekplatsen. Pojken skiner upp.

"O ja! Idag pysslade jag med Sophie, vi gjorde en skål av lera. Det var svårt, men också lätt. Och sen sjöng vi, och åt bakad potatis med ost och bacon."

En stor grå spindel klättrar över metalltrådarna i stängslet mellan mig och Adrian.

"Kolla", säger jag. "Vilken stor spindel."

"Mm, fin", säger Adrian utråkat.

"Nähä, vad gillar du för djur då?"

"Vargar!" säger pojken och ser mig rakt i ögonen. "Jag älskar vargar. Pappa har sagt att det finns vargar i Sverige där du kommer ifrån, är det så?"

"Jo, det finns nog en och annan varg där."

"Jag önskar mig en varg på min födelsedag", säger Adrian längtansfullt. "Du kommer väl på mitt kalas? Alla måste ta med en present och ett grattiskort. För det måste man när någon fyller år. Det är reglerna. En present och ett kort. Okej?"

"Okej", ler jag. "Jag kommer, jag lovar. Med en present och ett kort."

"Din kille får också komma. Han kan vara med på samma present och kort som du, ni behöver inte köpa extra bara från honom."

"Okej, vad bra."

Då ser jag i ögonvrån att en av förskollärarna har upptäckt oss och närmar sig sävligt. Adrian viskar något och jag märker att han blundar.

"Det finns nån i huset."

"Va?" säger jag och rätar på ryggen.

Det flimrar för mina ögon. Min hand hittar hans mjuka fingrar genom staketets öglor. Han låter mig krama dem, stryka över huden. Han vet något, tänker jag. Den här pojken, han är som jag. Han ser saker. Fast annat. Kanske mer än jag.

Lilla vän, tänker jag. Hur har du det egentligen? Vad är det du kan se, och hur mycket av det kan du förstå?

Förskolläraren har stannat ett par meter från oss och staketet. Hon harklar sig frågande. Jag blinkar till, det kanske ser illa ut att en främmande står så här och pratar med ett av barnen genom ett stängsel. Hon kanske tror att jag ...

”Det här är min kompis Maja”, säger Adrian med bestämd röst. ”Hon känner mamma och pappa och hon ska sitta barnvakt åt mig snart.”

Han har ännu inte tittat upp, inte vänt sig om. Förskolläraren verkar nöjd för tillfället och kommer inte närmare, men hon går inte heller tillbaka till gruppen. Snart kommer hon att ropa med sig Adrian.

”Huset?” viskar jag knappt hörbart. ”Vad var det du sa om huset?”

Adrians ansikte blir spänt. Han öppnar ögonlocken en liten bit så att bara en tunn skära av ögat syns. Så drar han efter andan och när han börjar mumla låter rösten underligt vuxen.

”Det finns nån i huset där du bor”, säger pojken. ”Nån som har ont och plågas. Jag vill inte att det ska vara så.”

17

PÅ BÅDA SIDOR om ytterdörrarna till Lilla Teatern i Barnick sitter affischer i glasskåp, och jag förstår att lokalen också fungerar som ortens biograf. Den klassiska teatersymbolen pryder valvbågen över dörrarna; två gyllene masker, den ena diaboliskt hånskrattande och den andra med förvriden mun som i djupaste förtvivlan.

Tre äldre damer är på väg mot entrén när jag kommer traskande ner för den kullerstensklädda backen som leder dit. Två av tanterna är runda och beigeklädda men den tredje står ut. Hon är inte bara mager, hon är ett vandrande skelett. De manhaftiga jeansen skulle kunna stå av sig själva och hennes praktiska skor verkar nästan för tunga för de pinnsmala benen att lyfta. Under jackan sticker en polokrage upp. Hennes profil får mig att tänka på en vänlig häxa med utskjutande haka och böjd näsa. De pigga ögonen lägger märke till mig där jag kommer gående men jag ser att hon tvingar bort ansiktet, inte vill låtsas om sin nyfikenhet.

”Maja, du kom!” Annie skyndar emot mig och ger mig en kram.

”Ja, jag stötte på Adrian, han sa att du nog var här.

Jag skulle behöva lite hjälp med huset", säger jag.

Den lilla klungan av kvinnor i foajén tittar nyfiket på oss. Medelåldern ligger runt sjuttiostrecket. Där finns ett fällbord dukat med termoskannor och trekantiga smörgåsar, och i ett hörn står städhinkar och en dammsugare av 1960-talsmodell och väntar.

"Vad tycks?" frågar Annie och slår ut med handen.

Jag är mållös. Marmorkolonner bär upp den himmelsblå takkupolen. En kolossal kristallkrona svävar över oss och högt där uppe leker målade keruber och satyrer tafatt mellan rosenknoppar, sommarmoln och ringlande sidenband. Biljettluckan och baren har infattningar av blankpolerat ädelträ och förgyllda paneler. Stengolvet har tjocka röda mattor som dämpar ljuden. Baren ramas in av sammetsdraperingar med guldtofsar som nog ska fungera som ett visuellt eko av den stora scenen och ridån inne i själva teatersalongen. Det doftar svagt av popcorn, smink och möbelpolish och jag känner hur det darrar till inom mig. Som om dessa dofter på något vis är en kod, en nyckel som låser upp känslor av spänning och förväntan.

"Det kan man inte tro från utsidan va? K-märkt, allt-ihop", strålar Annie.

"Jisses", viskar jag. "Lilla Teatern, det namnet måste ju vara århundradets underdrift."

"Jag vet", myser Annie. Några av tanterna skrockar och deras sorl stiger sakta omkring oss. "Vi ska feja lite här", fortsätter hon. "Och sedan ska vi diskutera en ny uppsättning med amatörsällskapet. Det lutar åt pjäsen Top Girls, den har ju gott om kvinnoroller."

Några av damerna som står närmast och lyssnar fnissar kokett.

”Men här står jag och babblar”, fortsätter Annie. ”Var det något med huset sa du?”

Jag kan se att den magra kvinnan försett sig med mat från smörgåsbrickan och att hon står lite vid sidan av de andra. Hennes ögon viker inte från mig, de studerar mig ingående.

”Precis. Det verkar som om det blivit något fel med elen ute vid Tistelblomman”, säger jag.

Det rycker lite i Annies ögonlock.

”Strömmen har gått och jag kan inte fixa det själv”, fortsätter jag.

”Själv?” säger Annie. ”Du är själv i huset? Jack då?”

En av de runda tanterna har klivit fram till oss. I handen har hon en rutmönstrad temugg som hon ger mig.

”Är det här tösen som bor i Tistelblomman?” frågar hon dämpat. Annie verkar inte höra.

”Ja, jag är ensam för tillfället. Jack är bortrest några dagar”, säger jag, tar emot muggen och ler mot tanten. ”Det är min fästman och jag som hyr Tistelblomman. Maja heter jag. Och tack för det här, en *cuppa* är precis vad jag behöver.”

”Det kanske är en propp som har gått”, säger Annie svagt, mest för sig själv.

”Jag har ingen aning”, säger jag och smuttar på teet. ”Jag är inte så bra på sånt, och jag vill inte ge mig på att mixtra med det elektriska. Kanske Fergus kunde …”

”Nej, vi får inte störa honom”, säger Annie snabbt och tittar på mig med något vädjande i blicken.

”Jag kan åka med och hjälpa dig.”

Rösten är bestämd. Alla vänder sig om för att se på personen som talar. ”Du har väl bil? För du får lova att skjutsa tillbaka mig till byn sedan.”

Det är den magra kvinnan. Hon har ställt ifrån sig sitt tomma fat och nu vinkar hon otåligt med en benig hand. ”Kom, vi åker genast. Jag vill inte gärna vara där ute i obygden när mörkret kommer.”

18

"JAG HETER LILY", säger kvinnan och spänner fast säkerhetsbältet. "En gång var jag lika söt som du men nu har jag en sjukdom som gör att jag tynar bort."

Hennes tonfall är märkvärdigt muntert.

"Gasa gärna på lite du", fortsätter hon. "Jag tycker det är roligt att åka bil."

Hon slätar till den tunna pagefrisyren, reser upp kragen på sin jacka och ger sig själv ett nöjt leende i spegeln i solskyddet innan hon fäller upp den mot biltaket med en snärt. Jag ser att hon förmodligen låter färga håret brunt.

"Och du är alltså elektriker?" frågar jag med spelat allvar och slår på höger blinkers trots att inga andra bilar är ute på vägen. Hon snörper på munnen.

"Nej. Logoped, före pensioneringen. Men jag har nog lite mer koll på praktiska saker än herr och fru Mer-pengar-än-vett, som du hyr av."

Detta vet jag inte riktigt hur jag ska svara på så det blir tyst i bilen en stund.

"Varifrån i västra Sverige kommer du då?" frågar Lily med en utstuderat frånvarande ton medan hennes blick följer en raggig ko med kalv i en inhägnad.

Jag skrattar förvånat.

"Du är jäklar i mig ingen dålig logoped du Lily."

Den spröda damen knycker på nacken och även om jag inte vrider på huvudet för att se henne i ansiktet så vet jag att hon flinar tyst för sig själv.

Och för ett ögonblick ser jag en glimt av den unga Lily, med scarf virad om håret, solglasögon och rödmålade läppar. Skrattande i en öppen sportbil med solen och vinden i ansiktet.

Kullarna omkring oss ser nästan bruna ut men jag vet att på nära håll skiftar de i mossgröna toner, klädda med ljung och ormbunkar.

Jag försöker köra försiktigt för något säger mig att hon inte har det bekvämt, att det gör ont i henne att sitta. Att Lilys egna ben skaver mot hennes tunna kött från insidan. Tystnaden mellan oss är behaglig och jag tror till och med att Lily slumrar till.

"Vad snällt av dig", säger jag efter en stund, när hon skruvar på sig och klipper med ögonen. "Att följa med och försöka hjälpa mig."

Hon nickar nästan omärkligt, och jag svänger in på den sista sträckan upp mot Tistelblomman.

Men när vi kommer inom synhåll för huset stelnar hon till och håller upp ena handen som en stoppgest.

"Sakta ner", säger hon dovt.

Jag vet inte vad jag ska säga men gör henne till viljes.

"Jag tycker inte om tanken att en ensam flicka ska vara här ute i ödemarken utan elektricitet", fortsätter Lily liksom för sig själv. "Så jag ska följa med och ta en titt, så långt in jag… klarar."

Hon slappnar av en aning och borstar bort några osynliga dammkorn från instrumentbrädan.

”Men vad handlar det här om egentligen Lily?” frågar jag.

”Jaha, hon vill ha detaljer”, säger min passagerare med ett tonfall som om jag vore ett irriterande barn. Hon blundar en kort stund och verkar överlägga med sig själv. Så drar hon ett djupt andetag innan hon fortsätter. ”Det du inte vet”, säger Lily och vänder sitt urgröpta ansikte mot mig, ”det har du inte ont av.”

Hon gestikulerar vagt upp mot huset. Det retliga stråket i rösten är borta.

”Hur vet du det?” frågar jag. Jag känner mig stel och kall, men det är samtidigt skönt att prata med någon. ”Hur kan du avgöra det? Jag kanske vill veta.”

Lily svarar inte genast. Hon kniper ihop läpparna som om hon är fast besluten att inte säga för mycket.

”Du måste berätta”, säger jag.

Jag tål det, är jag på vippen att säga. Jag är nog mer van vid att försöka förstå det ofattbara än du tror. Men jag håller tyst.

”Jag måste ingenting”, säger Lily. ”Kom nu. Ut med dig.”

Tistelblommans fönster är blanka och svarta. Grinden klagar när jag skjuter upp den och Lily hajar till när hon hör gnisslandet.

”När kommer han tillbaka, din fästman?” frågar hon dämpat.

”Om två dagar”, svarar jag.

Det blir tyst en stund, vi står bredvid varandra på gången och ser mot huset. Lilys handlingskraft verkar ebba ut ju närmare vi går. Jag börjar känna mig frusen i min tunna tröja. Hur länge ska vi stå så här?

”Du har alltså varit här förut?” frågar jag.

Lily nickar kort.

”Så då vet du ... lite om hur huset fungerar?”

Hon snörvlar till och blinkar och jag tolkar det som ett ja. Sedan står hon orörlig igen och stirrar upp mot ytterdörren. Men hon tittar snett från sidan, som om hon inte riktigt törs konfrontera Tistelblomman rakt framifrån.

”Ska vi gå in då ...”, säger jag och gör en ansats att ta henne under armen. Men Lily vacklar till under min beröring och jag tror nästan att hon ska ramla.

”Det skymmer om ett par timmar”, säger hon snabbt. Hennes utmärglade kropp verkar ha krympt och sjunkit ihop sedan vi kom hit ut.

Då märker jag att hon darrar.

”Lily, du fryser ju”, säger jag. ”Vi struntar i det här, sätt dig i bilen, jag skjutsar hem dig genast. Det finns en filt i baksätet. Jag får hitta nån lokal hantverkare som kan komma ...”

”Ingen kommer att hjälpa dig”, avbryter den magra kvinnan. ”Nej, ingen annan i Barnick kommer att hjälpa dig, det är jag nästan helt säker på. Jag ville i alla fall försöka, men du får förlåta mig. Jag klarar det inte.”

19

LILY MUTTRAR något för sig själv medan jag vänder bilen för att köra tillbaka mot Barnick. Hon avböjer filten från baksätet. Ovanför oss har tunga moln samlats och regnet klamrar sig fast i dem, tvekar fortfarande, men inte länge till.

”Är du arg?” frågar jag förvånat och kastar en sista blick mot Tistelblomman i backspegeln innan huset försvinner bakom kröken.

”Ja, det är jag”, svarar hon.

Sedan vågar jag inte säga något mer och hon låter mig vänta på fortsättningen. Vänta tills regnet börjar smattra på biltaket, ända tills vi kommit in i byn igen. Och genom den, förbi Barnicks pittoreska centrum och mot det mer nybyggda området, nästan på väg ut igen på andra sidan. Jag kör förbi en stormarknad med platt plåttak och en skola med fotbollsplan, kanske för mellanstadiebarn. Lily pekar buttert där jag ska svänga.

”Jag är arg på mig själv”, säger hon, en aning mjukare. ”Trodde inte att det skulle kännas så starkt. Inte efter alla år. Jag hoppades väl att jag hade blivit klokare med åldern, och kanske att huset skulle ha … Jaha, här är det.”

Lilys hem ligger i yttersta utkanten av Barnick, i den minst charmfulla delen där gatorna är breda och sliten äldre bebyggelse blandas med trista nya flerfamiljshus.

Men Lilys stuga är fin med fönsterluckor och halmtak, och ett tillbyggt inglasat rum som vetter mot en liten trädgård där några knotiga äppelträd kämpar mot blåsten.

Jag kliver ur bilen och väntar in Lily som haltar så snabbt hon kan genom regnet med sin dörrnyckel i högsta hugg.

Glasverandan är inredd som ett allrum med modern eldstad, tegelmurad skorsten och ett rottingmöblemang i kolonialstil. Soffan pryds av flera lapptäcken, plädar och mjuka kuddar. Med tanke på hennes skick får Lily fart i den öppna spisen snabbt. Hon måste ha förberett brasan i förväg och det syns att eldstaden är välanvänd.

Jag lirkar av mig skorna och sträcker ut fötterna mot den sprakande värmen. Lily stapplar ut i köket och avböjer bestämt mitt erbjudande om hjälp. Jag kan precis höra genom regnsmattret hur hon drar korken ur en vinflaska och är på väg att gå ut i köket och protestera, jag ska ju köra tillbaka. Men jag orkar inte. Mikrovågsugnen brummar och det skramlar från glas och tallrikar.

Då känner jag hur ett par ögon stirrar på mig. En bjässe till orangeröd katt sitter alldeles stilla och kikar in genom dörröppningen. Hon betraktar mig med öppet förakt samtidigt som Lily ropar:

”Skit i katten, hon är bara sur för att du tagit hennes plats i soffan. Ger du mig ett handtag här?”

Lily har hällt upp varsitt glas vitt vin till oss.

"Du får gärna sova över här", säger hon allvarligt. "Faktum är att jag insisterar."

"Det gör jag gärna", säger jag och lättnaden sprider sig i bröstet som värme.

Champinjonsoppa och valnötsbröd. Vi äter inne i allrummet och elden från den öppna spisen kastar ett varmt ljus över Lilys ansikte. Hon balanserar sin bricka på de tunna låren och slevar i sig soppan som om hon vore en skeppsbruten som inte sett mat på flera år. Jag har vant mig vid hennes utmärglade yttre nu, ser det knappt längre.

Ute i trädgården skymmer det snabbt. En väggfast lykta på uteplatsen tänds och släcks i oregelbundna intervaller. Varje gång lampan tänds hajar jag till och förväntar mig att någon ska stå i dunklet utanför altandörren och titta in. I dess kalla ljuskägla kan jag se att regnet nu faller så hårt att dropparna river upp hål i kronbladen i Lilys blomlådor.

"Jag vet, jag borde koppla ur den där lampan", säger hon. "Rörelsesensorn är alldeles för känslig. Det påminner mig om en historia som en heltokig farbror brukade berätta när jag var liten. En hemsk historia, rena barnmisshandeln."

"Legend från trakten? Ser jag fram emot att höra", säger jag, lutar mig tillbaka och kupar händerna om vinglaset.

"Mm … låt gå", säger Lily och det blänker till i ögonen på henne. "Du har säkert hört talas om vita damer som hemsöker gamla borgar och slottsruiner? Menlösa typer som mest vrider sina händer och kvider och försöker tvätta bort blodfläckar från särken."

Jag nickar och tar en stor klunk.

"Här i höglandet har vi en … annan sort", fortsätter hon och ser riktigt nöjd ut.

"Baobhan sith?" frågar jag.

"Just det, fast nu tänkte jag på ett annat slags kvinnogast", säger Lily. "Men med liknande aptit, absolut. Jag föreställer mig att de här spökhistorierna kom till för att häxprocesserna var ovanligt många och grymma här. Kyrkan och staten gick samman och många, många som avvek det minsta lilla från normen om vad en lydig, kristen och kysk kvinna skulle vara råkade förfärligt illa ut. Enligt min mening är de här makabra skotska vita damerna en extrem polarisering …"

"Tack för föreläsningen Lily", avbryter jag leende. "Kör på nu."

"Man måste ju värma upp sin publik", fnissar hon och drar en pläd över benen. Utebelysningen flimrar till men slocknar snabbt igen.

"Det sas att en vit dam spökade på landsvägen mellan High Ardwell och Portpatrick", börjar Lily. Rösten är dämpad nu. "Det fanns en handelsresande som ofta reste där, en ung man som tog den vägen mellan sina kunder i distriktet och hamnen. Och han fick träffa spöket på nära håll. Först skymtade han henne som en mystisk vålnad i trasig vit klänning som gick hukad i mörkret intill väggrenen. Hästen blev skräckslagen och började skena men det hjälpte inte. För inte nog med att hon skrämde vettet ur det stackars djuret, hon visade sig dessutom vara omöjlig att åka ifrån. Hon var alldeles för snabb, och innan mannen visste ordet av blev det isande kallt bredvid honom på kuskbocken. Hon satt intill honom uppe i vagnen."

”Vänskaplig dam”, säger jag.

”Vänta bara”, säger Lily och håller upp pekfingret som för att hyscha på mig. ”Den unge handelsresande krängde och vred sig, han försökte komma undan hennes kalla händer, men de var överallt på hans kropp. Plötsligt lutade vålnaden sitt hiskeliga ansikte mot honom för en kyss. Det blev för mycket, mannen stod inte ut. ’Vad vill du’, frågade han. ’Säg vad du vill ha av mig, men sedan måste du lämna mig ifred.’ Då började hon tala. Om han bara ville lyssna på henne, förklarade hon, och ge sig hän med henne, och omfamna henne en endaste gång. Hon var ju så förtvivlat ensam! Då skulle hon låta honom vara ifred sedan. Mannen började tycka synd om den osaliga vandrerskan, men han hade ändå tillräckligt med självbevarelsedrift för att inte låta sig omfamnas av spöket just då, ute på den ödsliga vägen mitt i natten. Kunde hon komma till hans stuga nästa söndagsnatt i stället? Om hon bara visade sig vid hans sovrumsfönster så skulle han minsann öppna och låta henne få sin vilja igenom, en kärleksstund med honom.”

Katten klipper med ögonen och vänder ansiktet mot elden. Lily dricker det sista ur sitt vinglas och lyfter det som för att be mig hämta lite mer. Det lilla köket känns råkallt eftersom jag vant mig vid värmen från brasan och jag skyndar mig tillbaka med flaskan.

När vi båda fått mer i våra glas harklar sig Lily.

”Jag vet inte om jag borde … det kanske är dumt”, säger hon.

”Nej men sluta, jag blir tokig om du inte berättar klart”, säger jag.

Hon suckar och ler.

”Kom inte och lipa och väck mig om du får mardrömmar bara", säger hon. "Okej. Tillbaka till vår unge handelsresande. Han förberedde sig noga inför nästa söndag för han var ingen dumbom. Han skaffade en gammal hästskalle och fäste den på en stör. Denna bisarra anordning förvarade han nära sitt sovrumsfönster i väntan på att den vita damen skulle visa sig utanför. Och när den avtalade natten kom ställde han sig i skydd av gardinen. Där stod han och väntade länge tills han kunde urskilja en blek svävande varelse som närmade sig hans stuga. När hon stod precis utanför gläntade han en aning på fönstret. Den vita damen sträckte in ansiktet genom glipan som för att kyssa honom. Men i stället för att göra henne till viljes stack han upp hästskallen på pålen. Spöket kastade sig fram och bet tag i det som hon trodde var den unge mannens ansikte. Det krasade och halva skallen bröts loss. Mannen vräkte igen sitt fönster och den vita damen backade långsamt tillbaka in i mörkret igen. Under tiden nynnade hon en klagosång: 'Hard, hard, hard are the bones and gristle of your face.' Men efter den natten besvärades han aldrig mer av vita damen när han var tvungen att färdas på den ensliga landsvägen mellan Portpatrick och High Ardwell."

20

”HERREGUD. OCH det här fick du berättat för dig som barn?” säger jag.

”Jag vet, galna skottar”, säger Lily. ”Varenda söndagskväll efter rostbiffen om min farbror var på besök, och det var han som regel. Och ville han inte berätta så tjatade jag tills han gjorde det.”

Jag skakar på huvudet och stryker med fingrarna över mobiltelefonen som ligger avstängd i fickan. Egentligen skulle jag vilja kolla om Jack har hört av sig men jag låter bli. Dels vill jag inte verka oartig, och dessutom har jag inte tagit med mig laddaren och jag är rädd att få slut på batteriet. Och Jack har säkert fullt upp i Paris, för mycket för att hinna lyssna på mina små besvärligheter här hemma.

”Din familj”, säger Lily tvekande. ”I Sverige. Vad tycker de om att du flyttat?”

”Har ingen”, svarar jag.

”Jag beklagar. Vad jobbar du med?”

Jag plockar åt mig en ny brödskiva och börjar bre smör på den medan jag funderar på vad jag ska säga. Är hon verkligen intresserad eller försöker hon bara vara artig? Undviker hon det som hon säkert förstår att jag helst vill prata om – Tistelblomman?

”Jag är … mellan jobb, eller vad man ska säga”, svarar jag. ”Tog examen i våras, pluggade bilderboksillustration i Oxford. Jag har varit i Sverige en sväng nu i sommar för att ordna med en del saker, och så försöker jag få en barnbok antagen. Försöker ha lite ledigt också, men det går ärligt talat inte så bra.”

Lily skrattar till.

”Så du ska frilansa?” frågar hon. ”Då hjälper det faktiskt om man är en sån som är dålig på att ta ledigt.”

”Frilansare ja. Det är väl så jag har tänkt. Men jag har liksom ingen koll på … Ärligt talat så är jag rätt orolig för det här. Hur det ska bli. Jag har aldrig jobbat så förut. Ingen i min familj …” Jag avslutar inte meningen men jag känner på mig att hon har förstått.

”Det ger sig”, säger Lily och torkar sig omsorgsfullt om munnen. ”Min far fattade aldrig vad jag sysslade med. Hur kan det vara hederligt arbete om man inte använder en spade? Om man inte måste stiga upp i svinottan, och inte avskyr varje sekund?”

”Nåt sånt”, ler jag.

”Man bär med sig det där mer än man tror”, säger hon. ”Värderingarna, eller vad man ska säga. Saker och tings värde. Sitt eget också.”

”Det har du rätt i”, säger jag. ”Man tar med sig mycket av dem man kommer ifrån.”

Vi sitter så en stund och ser in i brasan. Det känns verkligen inte som om jag träffade den här människan för första gången idag. Håller jag på att få en ny vän? Lily stryker sig frånvarande över kinden. Hon vill inte berätta mer om Tistelblomman, det är tydligt, men jag måste ändå försöka.

”Det finns ett rum i Tistelblomman där tapeten är full med spindlar”, säger jag dämpat. ”Massor av spindlar. Någon har ritat dit dem. Det känns som om det är något maniskt över det. Och det måste ha tagit en evighet. Man undrar ju lite vem det kan ha varit.”

Det blir helt tyst i rummet och jag inbillar mig till och med att regnet utanför stannar upp. Det är som om själva brasan slutar spraka och knäppa. Jag lutar mig försiktigt fram.

”Jag vet ingenting om några spindlar på väggarna”, säger Lily knappt hörbart. Hon stirrar tomt, vill inte möta min blick. ”Men jag var förstås aldrig inne i alla rum.”

”När då?” frågar jag.

Svaret kommer snabbt och tyst. ”När jag var ung.”

Katten hoppar plötsligt upp i soffan, trampar runt och glor anklagande på mig. Lily ser mycket trött ut. Jag ångrar att jag tog upp det här, hon blir uppenbarligen illa berörd. Vad har hon råkat ut för egentligen?

”Förlåt mig”, säger jag. ”Det känns bara så konstigt, att bo i ett hus som alla pratar om. Eller snarare, inte pratar. Som folk verkar vara rädda för, men själv har man ingen aning om vad det handlar om.”

”Jag sitter i en lite konstig sits nu”, mumlar Lily efter en stund. ”På ett sätt vill jag inte spä på … Alltså, bara det faktum att ni, två unga människor, har flyttat in där och verkar trivas, det är bra tror jag. Jag tycker det är roligt med gamla legender och folktro, visst, det säger mycket om kulturen och samhället här, om hur folk hade det förr. Men jag vurmar inte för vidskeplighet och struntprat när det blir destruktivt. Inte när det faktiskt påverkar människor negativt. Jag vill tro på rationella förklaringar, vi lever ju inte på medeltiden."

"Fast jag anar ett *men*", säger jag.

"Nej. Inga men. Jag vill inte ge näring åt ryktesspridningen bara", säger hon och tittar äntligen på mig. Ögonen är uppspärrade och mörka.

"Men du mådde dåligt av att åka dit ut idag", säger jag försiktigt.

"Det handlar om mig, vad som finns inuti mig. Inte om vad som finns, eller fanns, i Tistelblomman", säger Lily.

Så sluter sig hennes ansikte lika plötsligt som man smäller igen en bok.

"Du får ta min säng", fortsätter hon och gör en ansats att häva sig upp. "Jag är van att slumra här nere på soffan när jag inte orkar klättra upp till sängkammaren. Det är rätt ofta numera faktiskt. De här stugorna har så fruktansvärt branta trappor."

Hon gestikulerar mot ett litet sidobord i bambu. Där ligger flera böcker, läsglasögon på ett broderat fodral och en ask halstabletter. Lilys nattduksbord.

"Men jag skaffar mig ingen invalidhiss, där går min gräns. Sitta på en sån där löjlig stol och åka upp för sin egen trappa, som man har dammsugit i alla år. I snigelfart! Nej, det skulle ju vara förödmjukande. Då kan jag lika gärna gå i sjön. Bli det nya Loch Ness-odjuret."

"Kommer inte på frågan", säger jag. "Jag sover här nere inatt. Jag hjälper dig upp, det måste väl vara skönare att sova i en riktig säng?"

Lily rycker på axlarna och drar ner mungiporna för att visa mig att det inte spelar henne någon roll alls, men jag kan se att hon blir glad över erbjudandet. Det ger mig en klump i halsen.

21

DET ÄR TIDIG förmiddag när jag kommer hem från övernattningen i Lilys hus, men det är mörkt som på kvällen. Himlen är djupgrå med överhängande risk för åska.

Jag märker redan på långt håll att någonting har förändrats. Elen har kommit tillbaka till Tistelblomman, och det lyser från köket och uppe i vårt sovrum.

Jag lastar ur mina två matkassar från bagageluckan och skyndar mig upp för trädgårdsgången. Bryr mig inte om att putta igen den gnisslande grinden bakom mig.

Först kånkar jag in mina matkassar i köket och släpper dem på bordet. Undrar hur varmt det hann bli i kylskåpet? Kaffe, jag måste ha en kopp kaffe. Och ändbiten på brödet jag just köpt. Med en rejäl osbit på. Om osten fortfarande verkar okej, annars slänger jag alltihop och tar av den nya. Det blir bra. Det ordnar sig. Jag fixar det här.

Jag sparkar av mig skorna medan jag knappar in Jacks nummer. Flera signaler går fram och till slut kopplas jag till röstbrevlådan men jag lämnar inget meddelande. Sedan snyter jag mig i en bit hushållspapper och slänger det i papperskorgen under diskbänken, och då märker jag det.

Lukten.

Det är bara ett stråk i luften, en ytterst fin gradskillnad, men jag blir ändå som förstenad.

Det luktar av någon annan inne i huset. En okänd människa. Någon som har varit här när jag var borta.

Min hörsel skruvas upp. Vad var det där för raspande ljud? Kom det inte från övervåningen? Blicken flackar och far över köksgolvet som om jag försöker se fotspår, främmande fläckar, vad som helst. I övrigt är jag orörlig.

Någon har smugit sig in här, finns kanske fortfarande kvar. Skräcken fladdrar till i bröstet. De har rätt, hinner jag tänka. De som viskar och pratar, sprider rykten i byn. Det här är inte en bra plats. Vi borde inte vara här. Och Lily hade rätt, jag borde inte stanna här ensam. Men så går något upp för mig.

Det måste vara Fergus. Och i samma stund svallar det till i kroppen av lättnad. Jag blir alldeles mjuk, nästan lealös. Musklerna i ansiktet är de sista som slappnar av. Så är det ju. Så måste det vara. Måste. Hyresvärden har varit här och fixat elen. Självklart.

”Hallå?” Min röst låter för ynklig, tunn och liten. Den når liksom inte ut genom huset. Jag väntar, andas ytligt, det rycker lite i ena ögonlocket på mig. Inget svar. Hördes det? Ska jag ropa igen?

Nej, jag ropar inte igen. I stället rör jag mig så tyst jag kan mot dörren med små snabba steg. Varför gör jag så? Det är ju bara Fergus som varit här inne. Eller?

Jag sniffar försiktigt i hallen. Kan inte lokalisera var den här lukten kommer ifrån, kan inte artbestämma den heller. Det är inte någon parfym och inte heller en direkt dålig lukt. Bara … okänd. Mänsklig, väl? Lite som avlagda kläder och jord. Hud. Nej, det är fel. Inte hud. Hår. Vått hår.

Och en underton av något annat. En djurisk odör, en blandning av ylle och något köttigt, kryddigt, lite unket. Lever. Tillagad lever. Då inser jag det: Hund. Det luktar hund.

Jag ryser i hela kroppen och kastar en sista blick mot trappan till övervåningen innan jag tar tag i handtaget till ytterdörren, öppnar den och glider ut på förstutrappan.

Blåsten har tilltagit, det är en kvalmig vind. Jag är svettig i pannan. Det kommer snart en urladdning, luften är trög och syrefattig.

Jag står där på trappan i strumplästen och trots att det är kvavt så känns det ändå som en lättnad. Skönt att komma ut och slippa ifrån det där inne i huset, vad det nu är.

Det dröjer inte länge förrän de första regnstänken smäller till mot glasrutorna nere vid växthuset. Tänk att det kan höras ända upp till huset.

Kanske är det utomhusluften som hjälper till, som får mig att tänka mer rationellt, men jag börjar snart känna mig fånig. Jag stirrar på mobiltelefonen i min hand. Inga missade samtal, inga röstmeddelanden, inga sms. Jag ringer Fergus nummer och låter så många signaler gå fram att hans röstbrevlåda kopplas in. Då avslutar jag samtalet och stänger av min telefon.

Borde jag ha försökt med Jack? Nej, vad skulle jag säga?

”Hej det är Maja, det gäller huset. Det är något som är fel här, jag känner det på mig. Tror jag. För ibland är det så med mig att jag känner på mig saker och de stämmer. Ibland ser jag saker också. Men de stämmer inte alltid. Fast alla viskningar nere på byn, de konstiga reaktionerna vi får när folk får veta att vi bor här, jag är rädd att det har påverkat mig. Så jag vet inte om jag vill vara här. Om vi borde vara här."

Dumt. Så dumt det skulle låta. Så kan jag inte säga. Jag harklar mig och stryker mig över håret. Regnet tilltar, tränger sig igenom tröjan. Här kan jag inte stå. Det är dags att gå in. Skärpa sig och göra i ordning något varmt att dricka, och göra lite nytta för en gångs skull.

22

MITT VATTENFASTA kandaharbläck har torkat i svarta flagor inuti glasburken. Jag skakar runt den men det verkar inte hjälpa speciellt mycket.

Mina bilder är beroende av en linjekvalitet som jag får fram genom att använda just det här bläcket och ett spetsigt ritstål. Annars blir de inte bra, eller i alla fall ingenting som skulle fungera som bokillustrationer. Medelmåttigt.

Jag ritar med ett nåltunt atostift av en sort som användes av arkitekter och kartritare i gamla tider. Stålet sviktar mot papperet och kan sprätta hål om man inte jobbar på rätt sätt. Resultatet blir spretiga och lite oberäkneliga konturer. Levande illustrationer som ”berättar en historia”, som min handledare på konstkursen uttryckte det. Stilen är min egen, min signatur, och ganska distinkt. Igenkänningsbar, hoppas jag. Nästan som en autograf. Det tog tid och möda att arbeta fram tekniken, och jag värderar den högre än något annat jag lärde mig under studietiden på konstakademin i Oxford.

Kandaharbläcket är skönt att teckna med, lagom tjockt men lättflytande och går att måla över med akvarell när det har torkat. Någon sa att man måste ha ett visst mått av självförtroende för att kunna använda det, eller snarare en frånvaro av tvekan. Ett speciellt driv i handen och en förståelse för att ibland blir det fel och plumpigt, men då är det bara att bita ihop och börja om. Man får inte vara för petig och inte bli besviken. En bra illustratör är ihärdig och ger sig aldrig förrän en figur verkligen sitter. Förrän hon skapat bilder som lämnar avtryck hos mottagaren.

Lite som det här bläcket faktiskt. Det är extremt pigmentstarkt och har förmågan att bita sig fast och torka blixtsnabbt, nästan som lack, på alla slags ytor. En av mina professorer fick något lyriskt i blicken när hon berättade om den gången hon stod och skissade elefanter på London Zoo och råkade välta sitt bläckhorn. Fläcken på järnräcket vid elefanternas inhägnad finns fortfarande kvar, nio år senare.

Jag får ta i ordentligt för att få av korken. När jag tippar på den lilla glasburken ser jag att det finns en gnutta kvar, precis så att det räcker att doppa ritstiftet några gånger och leka fram några få figurer.

Jack har nästan säkert något slags svart bläck eller flytande tusch bland sina målarsaker nere i källaren som jag skulle kunna låna, men jag har ingen lust att klättra dit ner och rota. Jag får be honom att köpa med sig nytt hem till mig när vi hörs. För nog borde han ha tid och lust att besöka en eller annan konstnärsbutik när han är i Paris?

Raspandet från stålstiftet som skrapar mot papperet fyller köket och jag märker att jag har saknat det ljudet. Pennskaftet vilar perfekt i gropen i långfingret, den som formats under många långa ritpass den sista teminen.

Det krävs ett par försök, men sedan ser det riktigt bra ut på arket framför mig. Min lilla sagoboksfigur vargungen finns fortfarande i fingrarna och ögonen på mig, i själva muskelminnet.

Jag förlorar mig i arbetet en stund och märker inte att regnet trappas upp. Kanske är det bakgrundsljudet av smatter mot rutor och takpannor som gör att jag först inte uppfattar det andra ljudet.

Men det finns där ändå, och insikten kryper sig på mig: Det raspar inte bara av mitt ritstift mot papperet här i det trivsamma köket. Det raspar någon annanstans också. Från ett annat rum i huset. Från övervåningen.

Jag hejdar mig mitt i en rörelse, låter stålet bli stilla. Det svarta bläcket som finns kvar i dess lilla uppsamlingsskåra glider ut som en stor plump och blir en svart pöl när det sugs upp av papperet. Det avlägsna krafsandet upphör också. Men först en halv sekund efter att jag slutat.

Jag börjar rita igen utan att titta ner. Stora svepande cirklar, huller om buller, utan något bläck kvar i stiftet. Det låter ganska högt. Under tiden lyssnar jag med öronen på helspänn. Ja, där är det igen.

Rafs, rafs, rafs.

Svagt men helt märkbart. Jag slutar tvärt. Ljudet där uppe slutar också, som ett eko, som om någon härmas. En ögonblickskort stund efter mig.

23

AV DE FYRA dörrarna i den smala korridoren på övervåningen är en öppen. Det ser jag så fort jag smugit upp för trappan. Sovrumsdörren i bortersta ändan står på glänt.

Springan avtecknar sig på golvet som en ljus trekant. Det kommer inget raspande ljud därifrån nu. Jag tänker på spindlarna. Spindlarna som någon ritat dit, minutiöst och maniskt, tusentals spindlar i ett virrvarr över tapeten.

Ingenting rör sig. Det känns som om jag står där i en evighet och jag är precis på väg att ge upp när det krafsar igen. Det är någon i sovrummet. Eller något. Det som finns där inne har suttit hukad och ritat på väggarna men nu har hon rätat på ryggen. För det är en hon. Ja, det är jag säker på. Hennes närvaro är så intensiv nu att den får luften i Tistelblomman att flimra. Varför har jag inte uppfattat henne tidigare?

Jag blir iskall när jag förstår svaret. Hon har väntat på att jag ska bli ensam.

Adrians ord fladdrar genom mig. Det konstiga som han sa när vi pratade genom förskolans stängsel. Att det finns någon i huset som plågas och har ont.

Hon lyssnar nu. Lyssnar efter mig. Tystnaden är laddad, jag andas knappt men hon vet ändå. Hon vet att jag har kommit tillbaka, att jag står här ute i korridoren. Kanske tänker hon gå mig till mötes? Ja. Där. Ett släpande steg inne i sovrummet. Försiktigt, tvekande. Men så ett till.

Kom ut du, tänker jag. Kom och visa dig. Och visa mig vad det här handlar om. Jag kan ta emot dig, jag kan lyssna på vad du har att säga.

Men min kropp reagerar inte med samma lugn. Handen far ut av sig själv och griper tag i ledstången som om jag kunde få tröst och hjälp av det blankslitna träet. Jag märker att jag är klibbig av svett.

Ingenting händer. Min blick är fixerad på den ljusa triangeln på golvet, jag står på helspänn och väntar på att den ska vidgas, att springan ska bli större när hon där inne öppnar dörren och tar nästa steg. Jag stirrar så länge att konturerna börjar se disiga ut, linjerna mellan ljus och skugga blir oskarpa och nästan upplösta.

Där. Växte den inte lite? Nej, triangeln är oförändrad. Det är ögonen som spelar mig ett spratt. Ljusfliken är spetsig och snäv, den löper snett över de mörka golvplankorna och det är något med formen, den påminner om något. Och hur kan det stämma, borde inte spetsen peka åt andra hållet …

Men nu ser jag. Plötsligt blir det så tydligt, det är som en lättnad. Det är ju en pil. En ljuskägla formad som en udd. Är det detta du försöker säga?

Jag följer dess riktning. Den pekar mot en av de stängda dörrarna i korridoren. Den minsta, som jag aldrig öppnat. Luckan till det lilla utrymmet under trappan upp till tornet.

En liten brun nyckel sitter i låset. Tänk att jag aldrig lagt märke till det tidigare. Den glider runt med ett svagt klickljud och i samma stund lättar något. Stämningen skingras och det är som om huset blir tomt sånär som på mig. Tomt och fridfullt. Det är tecknet, tänker jag. Jag såg och jag tolkade rätt och jag gör rätt som låser upp den här dörren.

Öppningen är så låg att jag måste huka mig för att komma in. En instängd lukt av kartong och trä slår emot mig. Här inne har ingen varit på länge. När jag trevar på väggen hittar jag en strömbrytare.

Jag upptäcker att jag kan resa mig upp en aning men bara på en begränsad ruta på golvet. Baksidan av trappan som leder upp till tornet skär upp genom den lilla skrubben som ett kugghjul. Jag ser ett gammaldags proppskåp och en huvudströmbrytare. Bra. Då har jag i alla fall lokaliserat dem. I övrigt är det nästan tomt, med undantag för en bunt gråaktiga papprullar som ligger staplade under trappan. Förmodligen tapetbitar som blivit över.

Då rasslar det till inne bland papprullarna och något rör sig i skumrasket. Jag kvider högt och tar ett steg bakåt. En mus eller en råtta? Jag glömmer att huka mig i hastigheten och drämmer bakhuvudet i dörrposten med en smäll som ringer i öronen och gör mig dimmig.

När vimmelkantigheten klingar av ligger en av papprullarna precis vid mina tåspetsar. Det är ingen gammal tapetbit. Ett kvinnoansikte tittar upp på mig.

24

PAPPERET ÄR TJOCKT och glättat; veläng tror jag att det kallas. En gammal affisch, löst ihoprullad utan gummiband. Jag petar den försiktigt åt sidan med foten. Ingen lång naken svans sticker fram. Inga kloförsedda små fötter rusar ut ur rullen och in i hörnet.

Jag följer en impuls, böjer mig hastigt och tar upp den. Sedan vecklar jag mig ut ur skrubben under trappan och går ner i köket. Det bultar i bakhuvudet men inte värre än att jag står ut.

När jag rullar upp mitt fynd kan jag se att affischen är i gott skick med starka färger trots att den förvarats med motivet utåt.

Guldgula och gröna ränder formar den djärva bakgrunden i 1950-talsstil. Små stjärnor och månar i stiliserad utformning ligger strödda över de olika färgfälten. Och så ett fotografi ovanpå den grafiska fonden. Ett uppförstorat porträtt av en skådespelerska. Det är tydligt att hon är huvudrollsinnehavaren, hennes svartvita ansikte täcker två tredjedelar av planschen. De själfulla ögonen och välvda ögonbrynen är i fokus och hon blickar mot något bortom betraktaren. Hennes hår är förevigat i rörelse, de glänsande lockarna dansar på en bris. Förmodligen en fläkt i fotografens ateljé. Man ser inte mycket av hennes klänning mer än att den är av enkelt snitt. Ena handen vilar smeksamt mot halsen och där kan man ana ett enda smycke. En ring av slipade stenar, infattade som en blomma.

ROSE MCCORMICK

IN

JUPITER'S SAPPHIRE

Så säger det art déco-influerade teckensnittet. Längre ner är texten mindre och namnen på de andra stjärnorna i filmen radas upp. En del känner jag igen, Hollywood-doftande snärtiga artistnamn från en annan tid. Längst ner tronar den stora filmstudions pampiga logotyp. Hörnen är oskadade, den här planschen har aldrig varit uppsatt.

Rose McCormick. Vem är du? Namnet låter skotskt men filmbolaget är definitivt amerikanskt. En skotsk skådespelerska i Hollywood? Jag känner inte igen henne. Ändå är det något bekant över ansiktet, i ögonen kanske. Som ett släktdrag, eller som om jag mött henne i en dröm.

Jag rullar försiktigt ihop affischen och drar girigt efter luft. Den främmande lukten finns fortfarande kvar i mina näsborrar men svagare. Eller så är det jag som vant mig.

Det känns som om jag inte har andats normalt på flera timmar och jag önskar att jag kunde slå upp fönstren mot regnet, släppa in hela höglandet och låta vinden röra om och stöka till det här inne. Kanske skulle fler intressanta detaljer komma upp i ljuset då.

Hemligheter som legat undangömda och väntat på rätt tidpunkt. Och kanske på rätt person. På mig?

Jag sitter i två timmar med översättningen av min bilderbok. Känslan av rofylld ensamhet ligger kvar i huset. Kylskåpet brummar och av min huvudvärk finns inte ett spår. När mobiltelefonen ringer blir jag inte rädd, bara lite förvånad över vem det är.

”Hej, jag har visst missat ett samtal från dig”, säger Fergus. Det ekar ihåligt omkring honom, som om han står i en gångtunnel eller på en kaklad toalett. Rösten är lite stressad och det får mig att börja prata så snabbt jag kan.

”Ja, det var det där med elen”, babblar jag. ”Strömmen gick här, och jag pratade med Annie, men jag menade inte att ringa och störa dig, och nu är det ju ändå fixat.”

Det blir tyst i andra ändan.

”Det var dumt, det beklagar jag”, säger Fergus slutligen. ”Men det visste jag faktiskt ingenting om. Ingen har sagt något till mig.” Rösten låter tveksam, nej, misstänksam.

”Och jag som trodde det var du som hade varit här ...”, säger jag.

”Har någon varit där?” frågar Fergus snabbt.

Jag får en konstig känsla av det här samtalet. Jag vill att det ska vara över.

”Nej. Och allt fungerar nu i alla fall, men tack för att du hörde av dig”, säger jag och försöker låta käck och bestämd.

Efteråt sitter jag kvar en stund i köket. Det är här jag helst vill vara. De andra rummen känns inte lika ombonade hur många lampor jag än tänder. Men den tidigare arbetsron är förstås borta och jag fingrar rastlöst på affischen som ligger på bordet, dricker lite kallt kaffe och går igenom mobilen för att se om jag har några missade samtal eller meddelanden fast jag vet att jag inte har det.

25

JAG STÅR PÅ tröskeln mellan hallen och salongen en stund och föreställer mig att golvlampan är tänd och att en brasa knastrar i öppna spisen. Jag kan nästan se Jack sitta där inne också, jag manar fram bilden av honom i den stickade tröjan som är lite för stor i halsen.

Det är mörkt utanför huset nu och bara ett svagt smattrande avslöjar att det fortfarande regnar. Jag lyssnar uppåt övervåningen men inget annat ljud hörs. Inget raspande från sovrummet. Och inget smällande, daskande …

Hålet! Herregud, hålet i taket. Presenningen måste ha släppt helt, det är därför den inte slår i vinden. Jag rusar upp för trappan. Så som det har regnat kan det mycket väl vara rena översvämningen där uppe nu, vatten i sängen, alla kläder …

Men i sovrummet är det torrt och rent. Taklampan lyser och sängen är prydligt bäddad. Med ett undantag. Det finns ett avtryck i täcket på min sida, påslakanet har format sig omkring det. En grop i människostorlek, som om någon legat där.

Jag klär av mig sakta och tvekande, undviker att titta på sängen. Det är säkert ingenting, kanske jag själv …

Men bäddade jag så noga innan jag åkte till byn? Täcket är hårt sträckt, väl instoppat. Ja, det måste jag ju ha gjort. Eller? Jag minns inte.

Mina strumpklädda fötter trampar ljudlöst över plankorna när jag letar fram en stor t-shirt att sova i. Tröjan känns råkall mot kroppen.

Blicken glider in under sängen. Jag fryser om tårna, kommer att behöva de tjocka mjuka frottésockorna på mig inatt. Jag vet att de ligger där någonstans för jag brukar krångla av mig dem när jag vaknar och är för varm, släppa dem över sängkanten bara och somna om. Ibland far de in under.

Men jag kan inte se dem nu. Jag får sätta mig på huk, gå ner på knä. Händerna trevar i mörkret under sängen och jag sträcker mig långt in men ingenstans finns sockorna.

Ett kyligt drag tränger upp mellan golvspringorna. Den främmande lukten är där igen. Den har smugit sig in och blandat sig med luften, osynliga strimmor av en närvaro.

Jag drar snabbt åt mig händerna. Reser mig upp och hittar ett par av Jacks strumpor i stället. Tar på mig dem hafsigt, de är alldeles för stora. Jag tänder sänglampan och river upp täcket, släcker i taket och kastar mig ner på hans sida av sängen. Hjärtat bultar som om jag blivit jagad. Jag ligger länge med ryggen mot ljuset, hopkurad och kall. Jag vill varken titta eller blunda, men till sist somnar jag ändå med näsan nerkörd i Jacks kudde.

*

Boulevard Bourbon står det på skylten som flimrar förbi i drömmen. Det ser jag tydligt, fast den bara skymtar förbi hastigt. En gata i en storstad. Det är som att titta på film, en ryckig och kornig hemmafilm, amatörmässigt gjord av någon som inte riktigt förstår hur man hanterar kamerautrustningen. Något fladdrar till uppe i hörnet. Böljande hår. En kvinnas hår.

Hennes mörka lockar dansar och ringlar sig i vinden. Håret har en ofattbar lyster, det är skinande blankt. Fler delar av henne hamnar i fokus och försvinner igen. Ibland är det oskarpa bilder, ibland smärtsamt tydliga. Jag ser vita jämna tänder, mycket nära. Rosiga kinder. Äppelrunda.

Och där är en hand. En manshand snuddar vid det där glansiga håret. Långa starka fingrar med en och annan halvläkt skråma. Kortklippta fyrkantiga naglar. En hand jag känner igen. Jacks hand. Och en annan kvinnas hår.

Jag skruvar på mig, försöker vrida bort huvudet. Det gör ont. Jag vill komma undan den här synen. Men det går inte.

Då försöker jag fokusera på omgivningarna. Det är suddigt, grynigt, men jag uppfattar uteserveringar, hus och lite himmel. En stadsmiljö. Bord med små ölglas på fot. Människors ansikten som diffusa ovaler. Ögonen och munnarna är svarta fläckar. Det är mulet men ljummet i luften. Kanske lider det mot kväll.

Kvinnan är där igen. Hon är barbent. Jag kommer inte undan henne. Solbränd hud med små guldiga fjun. Just denna detalj ser jag distinkt i närbild. Mer tänder. En rosa tungspets. Och där är handen igen. På hennes hud. Kramande hennes överarm. Hon särar på läpparna. Hans bakhuvud, hans axlar förmörkar bilden. Han verkar vara så nära henne som man kan komma, utan att faktiskt vara … i henne.

Jack. Jack, vad gör du?

Jag mår illa. Vill inte uppleva det här. Underlakanet har lossnat och snott sig som rep runt mina ben i sängen. Känslan av maktlöshet gnager i magen.

Jag är blöt av svett när jag vaknar. Mina ögonfransar klibbar. Örngottet har tårfläckar och halsen svider som om jag legat och skrikit rakt ut i sömnen.

Jag hasar mig upp. Sänglampan är släckt. Jag testar den flera gånger. Av. På. Av igen. Ingenting. Strömmen måste ha gått igen någon gång under natten. Under ett ögonblick är jag rädd att jag ska börja gapskratta hysteriskt.

Jag huttrar under täcket, men ett slags lugn kommer ändå över mig. Lättnaden över att det bara var en dröm. Känslan av sorg och förtvivlan som kändes så äkta när jag vaknade börjar redan klinga av. Bara en svartsjuk dröm. En sådan som vem som helst kan ha.

Det syns på den grå halvdagern i sovrummet att morgonen är mycket nära. Jag klarar det här, tänker jag. Snart är den här jävla natten också över.

Mobiltelefonen vilar på nattduksbordet. Jack och jag har inte pratat med varandra sedan han reste till Paris.

26

NÄR JAG TASSAR ner för trappan känns huset utkylt och ekande. Golven knäpper tveksamt under mina fötter och jag får en förnimmelse av att någon flyttat runt alla möbler och småsaker under natten, ljudlöst och smygande, för att sedan ställa tillbaka allt på plats igen. Nej, inte på plats. Nästan. Men lite snett. Lite fel. Lite ur gängorna.

En spindel har vävt ett nät tvärs över hallen, i ansiktshöjd. Jag märker ingenting förrän jag går rakt genom de tunna silkestrådarna och trasar sönder dem. De kittlar obehagligt och klibbigt över pannan och näsan en lång stund efteråt.

Ute på trappan är det som om dagen exploderar omkring mig. Ett genomträngande ljus som får mig att känna mig illa till mods.

När jag satt mig på plats bakom ratten och är på väg att starta bilmotorn får jag syn på något i ögonvrån. En liten grön papperstriangel sitter inkilad mellan sitsen och ryggstödet på passagerarsidan. I samma stund går solen i moln.

Jag vet var det där papperet kommer ifrån. Det är en lapp från ett block som Jack gillar att använda för inköpslistor och sånt. Ett mintgrönt Post-it-block i lite större format.

Jag drar djupt efter andan. Det skulle kunna stå vad som helst på den där gröna lappen som uppenbarligen ramlat ur Jacks ficka, men något säger mig att den har större betydelse än så. Långt större och obehagligare. Jag tar upp den.

Mina fingrar är så svullna och sömnklumpiga att jag först tappar det lilla papperet på bilgolvet. Där ligger det på gummimattan, prydligt ihopvikt med klisterremsan utåt. Bruna fibrer inifrån Jacks kavajficka har fastnat i klibbet. Han har skrivit med lätt hand för det syns inga avtryck efter bokstäverna på baksidan av lappen. Jag kröker ryggen, plockar upp den och läser.

Marielle A
18:30
Blvd Bourbon

Jag måste blunda. Om jag tittar dansar svarta prickar framför mitt synfält. Det glansiga lockiga håret. Det måste vara Marielle A:s mörka hår. Jacks hand i det där omöjligt vackra håret. På Boulevard Bourbon.

På något sätt får jag upp dörren, tar mig ur sätet och kanar ner på marken. Jag blir sittande i gruset i skuggan av bilen så länge att fåglarna tror att jag inte längre är en levande människa. De vågar sig fram en efter en och börjar picka vid mina fötter innan de första snyftningarna skrämmer bort dem.

Jag börjar dra med handflatorna upp och ner längs med benen, upp och ner, som om jag försöker trösta mig själv, gnugga värme i kroppen. Chocken släpper sakta och jag upptäcker att jag kan lyssna igen, lyssna inåt, till mig själv och tänka avslutade tankar.

Res dig upp och borsta av dig, säger en bestämd röst inuti mig. Gå och tvätta av ansiktet. Du har saker att ordna med.

Är det mammas röst? Finns hon inom mig nu, försöker hon hjälpa? Jag vet inte. Jag vet ingenting.

Lappen har försvunnit, jag böjer mig in under bilen, letar på marken men kan inte hitta den. Blåsten har tagit lappen, städat bort skräpet. Men det går inte att ta bort det som jag har sett. Ingen vanlig svartsjukedröm. Ett varsel eller återskall.

Det här kommer aldrig att gå. Jack och jag, det var fåfängt att tro att det skulle kunna fungera. Att jag skulle kunna få ha det här förhållandet, något som bara var mitt. Som jag kunde hålla avskilt från allt det andra, från mörkret och skuggorna inom mig.

Men nu inser jag att det är lönlöst. Jag kan aldrig klippa av mitt seende, aldrig önska bort det. Och jag är ju inte heller bra nog åt honom. Inte tillräckligt uppseendeväckande, varken till utseende eller begåvning. Jag blir aldrig lika framgångsrik som han, kan aldrig mäta mig med de eleganta kvinnor som kommer att kanta hans yrkesliv. Jag måste stiga åt sidan, dra mig bort från det här.

Nu är allt bara praktikaliteter, och sedan väntar ett liv i ensamhet. Jack och jag, det borde aldrig ha blivit vi. Det kan ju aldrig fungera. Och nu är det över.

27

I BYN ÄR DET så kyligt att jag börjar huttra så fort jag kliver ur bilen. Chocken spelar säkert in också, och jag kör upp axlarna och borrar ner hakan innanför kragen, men det hjälper inte.

Det är ingen hemma hos Fergus och Annie idag heller. Huset verkar igenbommat och utanför står Adrians lilla röda sparkcykel och ser övergiven ut. Jag svär tyst för mig själv.

När jag provar Lilys nummer svarar hon inte. Jag tänker på hennes utmärglade kropp, den nästan omöjligt tunna halsen. Hur orkar hon ens hålla huvudet uppe?

Men just när jag stoppat undan mobilen börjar den surra i fickan. Min första tanke är att det är Lily som ringer upp, att hon inte hann fram för att svara, men det stämmer inte. Det är inte hon.

I andra ändan hälsar en mörk och välmodulerad mansröst. Det känns som om något hinner ikapp mig där och då och jag måste luta mig mot en mur och dra några djupa andetag innan jag kan svara på hans första fråga.

”Allt väl, Maja?”

”Allt väl”, ljuger jag.

Inspektör King. Han sa att han ville hålla kontakten och det har han också gjort. King kom till och med tillsammans med sin fru och lille son till min examen i Oxford. Pojken tyckte mycket om vår elevutställning med alla sagofigurer och roliga bilderboksillustrationer, och jag var glad över att ha dem där. Efteråt firade de mig på en liten restaurang. Jack var inte med, han hade varit tvungen att åka iväg för att förbereda en utställning i London.

Det kanske verkar underligt för en utomstående men det känns inte konstigt. Det känns naturligt, nästan som ett familjeband. Kanske kan det bli så när två människor flätas samman av svåra upplevelser. Ibland kommer jag på mig själv med att tänka på honom som en äldre bror.

Skeptikern Steve King, med den välputsade engelskan, de oklanderliga kostymerna och rötterna i Jamaica. En av de tre som vet vad jag är.

”Så de släppte ut dig från Sverige?” frågar Steve King nu.

”Ja. Det är inte Sovjetunionen”, svarar jag.

”Nej. Men en del av vodkabältet, väl?”

”Allmänbildat, Steve. Bra. Är det nya jobbet okej?” säger jag snabbt så att han inte ska börja förhöra sig om hur jag egentligen har det i mitt skotska kråkslott med min skotska målare. För om han gjorde det skulle jag nog inte kunna fortsätta samtalet.

”Du får väl komma ner hit till civilisationen och titta själv”, svarar inspektör King. ”Och apropå det. Jag har postat en sak åt dig. Hoppas du har funderat lite på det där jag nämnde i våras.”

”Nej”, säger jag. ”Eller jo, tänkt lite på det förstås, men jag trodde inte att du menade allvar. Eller ... i alla fall inte att det var realistiskt.”

Steve King harklar sig och jag tycker att jag till och med kan höra hur han stramar upp sig och rätar på ryggen.

”Nej, nu ska jag inte uppehålla dig längre Maja”, säger han. Av tonfallet förstår jag att någon kommit in på hans kontor, förmodligen i ett brådskande ärende som kräver kriminalinspektörens fulla uppmärksamhet.

”Håll utkik i brevlådan, så hörs vi igen”, fortsätter han och avslutar sedan samtalet.

Jag går mot det lilla bageriet med vinden i ryggen. En sak i taget. Jag klarar det här.

Jag köper lite bröd och får det nerpackat i en brun papperspåse. Bagarens fru expedierar mig och vi är de enda där inne. När jag sträcker mig över disken för att ta emot växeln snurrar det till för mig. Hon märker det.

”Du är likblek, my love. Får jag ge dig en kopp te?”

Jag orkar inte göra motstånd. Hon visar in mig till ett litet rum bakom butiken som doftar starkt av vaniljsocker. Där inne ber hon mig att sätta mig på en pall och jag lyder.

”Jag behöver väl inte oroa mig för dig? Hur är det fatt?”

”Jag vet inte ... det är bara det att min ... sambo är bortrest. Och jag har problem med strömavbrott hela tiden”, säger jag. ”Elen kommer och går, det är lite obehagligt. Jag vet inte riktigt hur sånt fungerar. Vi bor avsides och ...”

”Tistelblomman?” säger bagarfrun och tar nästan ett

helt steg tillbaka. "Ni är det unga paret som hyr Tistelblomman?"

Jag nickar.

"Ägarna", fortsätter jag. "Fergus och Annie som de heter, jag får inte tag på dem idag. Vet du händelsevis om de har rest bort eller så?"

Hon trutar med munnen och rycker på axlarna. Jag tycker nästan att hon himlar lite med ögonen också.

"Vet du om det finns någon som skulle kunna åka med dit och hjälpa mig?" frågar jag.

Ute i affären pinglar dörrklockan och hon visar med ett ögonkast att hon måste gå dit. Men först sträcker hon mig ett styvt pappersark. Det är en almanacka inramad av en bård med småannonser för lokala företag.

"På andra sidan har du nummer till alla byggfirmor, rörmokare och såna gubbar", säger hon och spänner käkarna. "Hoppas verkligen du kan övertala någon."

"Det är så många här, kan du rekommendera nån kanske?" frågar jag hennes rygg.

Bagarfrun vänder på klacken och ser mig rakt in i ögonen, som om hon granskar mig, mäter mig. Så harklar hon sig nervöst.

"Jag ska säga som det är. Det finns bara en som kan hjälpa dig. Kanske."

"Är det något ute vid Tistelblomman som smittar?" frågar jag i ett blekt försök att skämta.

Bagarfrun höjer på ögonbrynen men svarar inte. Så böjer hon sig snabbt fram och knackar med pekfingret på annonsbladet.

"Mr Blake", säger hon och i samma stund minns jag. Den vita skåpbilen på vägen, mannen som vinkade mot oss när vi kom från flygplatsen. Hantverkaren som givit Jack råd under arbetet med huset.

”Där har du numret”, fortsätter hon. ”Han är den ende som möjligen kan hjälpa dig. Hygglig karl, och så har han redan klarat sig från ett renoveringsarbete i Tistelblomman med livet i behåll. Nätt och jämnt. Det sägs att man kan … om man en gång har … Nej, jag vill inte prata om det. Men du ska veta att ingen av oss som bott länge här i byn vill se ännu en ung människa dras ner i mörker och elände där ute. Prata med mr Blake.”

Med de ödesmättade orden skyndar hon sig ut till sin kund.

28

MR BLAKE LÅTER trevlig på telefon och hans dialekt är lätt att förstå. ”Högkvarteret”, som han kallar sin verkstad, ligger bara en kort promenad från Barnicks huvudgata. Upp för en liten backe och till vänster vid skolhuset, säger han. Jag lämnar bilen stående där den är och medan jag går proppar jag i mig en kakskiva jag fått med mig av bagarfrun. En ekorre iakttar mig från en låg mur och en liten blå hyrbil med turister kör förbi mig i krypfart, men i övrigt ser jag ingen.

Så fint här är ändå. Flera av stenhusen har halmtak och små timrade verandor. Mellan två stugor finns en bred ny grind av tryckimpregnerat virke och en skylt som säger ”Vandringsled”. Lummiga snår av hallon och hassel ramar in gångvägen och sluter sig över den som ett levande valv. Vägen förgrenar sig säkert i mindre stigar ut i det vindlande landskapet.

Infarten till mr Blakes ställe vaktas av två beskurna träd med besynnerliga stammar. Barken ser ut att vara gjord av mörkt stål. Innanför står skåpbilen prydligt parkerad intill vad som måste vara världens mest pedantskötta skrotupplag. Det är nästan som konst.

Över hela gårdsplanen har han sorterat in bildelar,

gamla handfat och återvunna byggnadsdetaljer i snörräta rader i sina respektive kategorier. Knoppar, skruvar, packningar och olika slags kopparrör.

Från ett öppet fönster i en låg verkstadsbyggnad tystnar ett maskinljud. En musikslinga hittar ut, det låter som charleston. Jag vandrar längs med gångar av sockerlådor med händerna på ryggen. Kikar ner i gamla koffertar med kranar, stryker över snirkliga gjutjärnskaminer och beundrar en dörrknopp av blåblommigt porslin.

"Jag täcker över på kvällarna", säger en djup mansröst. Han är hesare än på telefon och det är något skyggt i blicken.

"Alltihop täcker jag över", fortsätter han. "Ja, hur skulle det se ut annars?"

Jag sneglar bort mot husväggen och en bunt ihoprullade presenningar.

"Maja", säger jag och sträcker ut handen. "Hej. Vi pratade i telefon för en liten stund sedan."

Hans leende är smalt och passar inte ihop med den väldiga kroppen. Blake torkar av sina enorma labbar på en bunt trassel i bakfickan innan han tar min utsträckta hand. Snygg karl, tänker jag förvånat. Han är stilig. Eller har i alla fall varit. Annars skulle han framstå som ett vidunder. Det vita skägget är trimmat och hjässan renrakad.

"Jadå. Flickan från Tistelblomman. Du är Jacks fjälla förstår jag."

När mr Blake säger Jacks namn rycks jag omedelbart tillbaka till en situation jag inte vill tänka på. Fan också. Måste ta mig igenom det här.

"Trevlig kille, Jack. Han var ofta här och frågade om

råd när han rustade upp kåken. Innan du kom. Blev det till belåtenhet? Jag har en del fina kökskrokar och prylar här som skulle kunna passa …"

Han sveper med armen ut över sitt lager.

"Huset är helt fantastiskt", säger jag. "Men nu är det så att jag behöver hjälp, jag vet inte om jag fick fram det på telefon. Strömmen har gått, den har varit borta hela natten och det är andra gången på ett par dygn. Jag kan inget om sånt. Jack är bortrest i jobbet och jag vet inte riktigt vad jag ska göra. Har du hört om någon annan i trakten verkar ha problem med elen, eller är det bara jag, tror du?"

Mr Blake rynkar på ögonbrynen och skjuter ut den kraftiga hakan.

"Nej … jag har inte hört något. Det är nog bara du", säger han.

Jag nickar, rycker lite på axlarna.

"Alltså, jag vill inte vara den som … men det är ett speciellt ställe. Har du pratat med ägarna om det här?" frågar Blake.

"Nej, de verkar vara bortresta."

Hantverkaren flackar med blicken och harklar sig.

"Jaså, jaha. Bortresta, de också? Hm."

"Ja. Så jag undrar om du har tid att följa med mig och ta en titt?"

"Förlåt mig", säger han och knyter nävarna. "Tid har jag nog men …"

"Du har inte lust?"

"Det har hänt saker där ute. Och nu menar jag inga spökhistorier eller skrönor. Det har hänt … hemska saker. Jag har varit med om det själv. Jävligt egendomligt ställe. Minst sagt."

Jag står handfallen, vet inte vad jag ska säga. Blake gnuggar sig häftigt i ögonen. Jag suckar och han tittar upp, som om han är förvånad över att jag fortfarande är där.

"Okej då", säger han och stryker sig över det korta skägget. "Okej, jag kommer."

29

NÄR JAG NÅR fram till Tistelblomman har mr Blake just hunnit parkera och börjat ta sig ur sin skåpbil. Jag svänger in och stannar bredvid honom. Redan från den lilla grusplätten ser jag det. Ett tryck växer i huvudet.

Jag får snabbt av mig säkerhetsbältet men jag är fumlig och trasslar in armen. Måste slita mig loss innan jag öppnar dörren. Bultandet i skallen lugnar sig en aning när jag kommer ut och kan dra in den blå sensommarluften.

Det känns som om någon retas med mig. Bråkar och leker med mig och försöker få mig ur gängorna. Och det är på väg att lyckas. Vad är det som pågår här egentligen? Tistelblomman är upplyst. Strömmen har kommit tillbaka av sig själv för andra gången.

Mr Blake har också sett det. Han rycker på axlarna och skakar på huvudet. Jag slår ut med händerna i en uppgiven gest. Står kvar vid bilen. Blake är vaksam, vill inte gå närmare.

Huset ser konstigt ut. Som en skenbild, artificiellt på något vis. Inte mitt hem.

Fast det är det inte heller, viskar en röst i mitt huvud. *Det här huset tillhör ingen, det är sitt eget.*

Det är hypnotiskt att stå och stirra på de ljusa fönstren. Som att vara utanför ett väldigt dockskåp och se in på rum som stelnat i tiden.

Blake harklar sig. Jag ruskar av mig de underliga tankarna och vänder bort ansiktet från Tistelblomman.

”Jaha, det här var ju ett lätt jobb för mig”, säger han och blinkar. ”Tänk om alla kunde vara såna! Då åker jag väl igen ...”, säger han men tystnar när jag håller upp handen.

”Vänta lite.” Min röst låter tveksam.

”Jaha ... vad vill du att jag ska ...”

”Det är ju lite skumt ändå”, säger jag. ”Jag skulle vara hemskt tacksam om du ville ta en titt på proppskåpet, eller huvudströmbrytaren eller vad det nu kan vara. När du ändå är här, om det är okej. Det är kanske något ... glapp?”

Den björnliknande mannen krafsar sig i nacken. Det finns en tvekan i blicken men så bestämmer han sig.

”Självklart”, säger han.

Jag skjuter upp den gnisslande grinden. Lämnade jag inte den öppen när jag åkte? Jag minns inte. Det spelar ingen roll. Uppe vid huset kretsar några fåglar i snäva cirklar omkring tornet. Vi går upp för trädgårdsgången sida vid sida. Allt närmare huset. Jag vill inte att han ska åka, tänker jag. Få honom att stanna, få honom att kolla upp det här ordentligt. Få honom att berätta mer. Vad har jag att bjuda på? Kaffe? Kex av något slag?

Ytterdörren är i alla fall låst, precis som jag lämnade den. Jag vrider om nyckeln och trycker ner dörrhandtaget. Bakom mig står Blake nästan som i givakt. Precis innan jag ska skjuta upp dörren får jag en känsla av att det står någon precis innanför, i hallen, och väntar på oss och jag hejdar mig i ett ögonblick. Någon som står hukad där inne i mörkret, någon som har väntat länge.

Men när jag öppnar dörren är det alldeles tomt. Blake sväljer hårt när han tar klivet över tröskeln.

”Du har varit här förut alltså?” frågar jag dämpat.

Han nickar.

”Tack”, säger jag. ”Tack för att du kom. Även om det är jobbigt.”

”Det ska nog gå bra”, säger han men rösten låter kvävd, ihopklämd.

”Vill du berätta?” frågar jag.

”Aldrig”, säger Blake häftigt och jag rycker till av det hårda tonfallet. Hans ansikte är plågat och i den murriga hallen ser jag att han har tunga påsar under ögonen.

”Det elektriska är där uppe, i skåpet under trappan till tornet”, säger jag.

Jag ser att Mr Blake inte vill gå dit, men han kavlar ändå upp ärmarna på sin overall och kliver upp för trappan till övervåningen.

Jag går ut i köket för att sätta på kaffe och perkulatorns fräsande fyller snart rummet. De vardagliga sysslorna gör mig lite lugnare men oron vill inte skingra sig helt och huvudvärken bara ökar. Jag drar ut några kökslådor, letar efter en värktablett. Du borde inte, säger en röst inom mig. Du borde inte trubba av dig nu, du känner så här av en anledning.

Men jag ignorerar rösten, hittar en karta och sväljer två piller med samma vattenklunk.

Just då knäpper det till högre upp i huset och kylskåpets brummande tystnar. Men en mikrosekund senare knäpper det till igen och elen återvänder.

Blake ser skärrad ut när han kommer ner för trappan.

Händerna plockar oavbrutet med verktygsbältet.

”Jag hittade inget utöver det vanliga”, säger han snabbt. ”Huvudströmbrytaren verkar fungera fint, inga proppar … jag vet inte vad jag ska säga.”

”Tack ändå. Vad blir jag skyldig?”

”Åh, ingenting. Ingenting alls.”

”Bensin då?” frågar jag men han skakar bara avvärjande på huvudet.

”Jaha, då är det säkert något fel hos elbolaget, avbrott i … flödet kanske”, säger jag utan att ha en aning om vad jag pratar om. Svamla på bara, se till att han inte sticker genast. Ta reda på vad han varit med om.

”Kaffe?” säger jag.

Mr Blake ser osäker ut.

”Jag tänkte att vi sitter ute”, fortsätter jag och lyfter upp den dukade brickan. ”Det är inte så kyligt längre, solen tittar faktiskt fram så man ska väl passa på att njuta. Och jag måste få bjuda dig på något i alla fall.”

När han förstår att jag tänkt mig att vi ska dricka kaffe utanför huset, vid utemöbeln i trädgården, blänker det till av lättnad i ögonen. Ute i friska luften verkar det som om hans förskräckelse klingar av en aning. När Blake har slagit sig ner och lyfter kaffekoppen ser jag att hans hand darrar.

Var tyst nu, tänker jag. Sluta pladdra, låt honom fylla i tystnaden.

”Allt är tipptopp som sagt. Jag såg inget fel”, säger han efter en stund och sträcker sig efter ett chokladkex. ”Men det kan ju vara som du säger, något tillfälligt problem hos elleverantören. Om det skulle kännas bättre så kan jag svänga in hos närmaste grannen på vägen hem och höra om de har haft samma ...”

Hans blick glider bort mot huset, flackar över ytterdörren, Tistelblommans väggar och upp mot taket. Där tappar han tråden och avslutar inte meningen.

”Närmsta grannen är ju i princip inne i byn”, säger jag. ”Så tack, men det kvittar. Fast, det finns ju en sak som skulle få mig att känna mig bättre.”

Blake tittar upp. Blicken är beslöjad, som om han inte riktigt är närvarande.

”Vad då?”

”Om du berättade”, säger jag lugnt. ”Om du talade om för mig vad du varit med om här.”

Samtidigt skjuter jag fram kakfatet mot honom på nytt.

Blake sitter tyst en lång stund och stirrar på sin kopp.

”Du menar allvar”, säger han till slut och drar djupt efter andan.

”Ja, det gör jag. Du har kanske förstått att jag inte är den lättskrämda sorten”, säger jag. ”Jag har varit med om en del så du behöver inte skona mig. Men jag måste få veta.”

”Nej. Det går inte. Jag kan inte. Men jag vill varna dig för en sak”, säger den store mannen och rösten spricker.

Jag lutar mig framåt för att kunna höra. Fåglarna rör sig fortfarande ovanför oss, ljudlöst och vaksamt.

”Nyckelhålet”, säger han och ser ner i bordet. ”Kika aldrig genom nyckelhålet i ytterdörren, även om du ... längtar efter att göra det. Speciellt inte då.”

”Varför?” frågar jag tyst.

”Folk säger olika. Det finns en legend ... om ett underligt gult ljus ... nej, jag vet inte. Men jag vet att om du kikar genom nyckelhålet till Tistelblomman, då förändras allt. Jag trodde att det var en spökhistoria, struntprat och vidskepelse, men nu vet jag bättre. Det förvränger synen på en, man blir ... förändrad. Och sedan går det illa. Ibland mycket illa."

"Ett gult ljus?" frågar jag.

En kort nick.

"Du tittade", säger jag tyst.

Han skakar häftigt på huvudet.

"Inte jag", säger mr Blake. "Men min gesäll, en fin kille. Noggrann och duktig. Bara sexton år, ville så gärna bli byggnadssnickare. Hade nog blivit det också om han bara ..."

Återigen far Blakes blick upp mot taket och han förlorar sig i tankar.

"Hände det när Fergus just hade köpt huset?" frågar jag dämpat. "Anlitade han er för renoveringen men så hände det något? En olycka?"

En sista nick. Så snörvlar han till och reser sig.

"Jo", säger han. "Jo, så var det. Nu måste jag åka."

Och så hoppar han in i sin skåpbil, rivstartar och kör iväg som om han inte kan komma bort från Tistelblomman snabbt nog.

30

STRÖMMEN STANNAR kvar i huset och timmarna går och blir till dagar. Jag håller mig sysselsatt, tappar inte fotfästet. Men ensamheten och tystnaden omsluter mig på alla sidor, också inifrån. Det är som om någonting har stängts av, något slags förbindelse har brutits, och jag drömmer ingenting mer. Kanske är det jag själv som slagit av ett reglage inom mig, för att orka.

Och så kommer den dag som jag har väntat på och bävat inför. Jag har stått länge vid köksfönstret och spanat ner mot vägen, stått som förstenad och sett dagsljuset mattas och kullarna runt omkring bli mörka. Jag har dukat bordet och druckit ur ett glas vin och hällt upp ett nytt, men inte känt någon smak. Jag har inte ställt fram några ljusstakar, inte förmått mig att tända levande ljus. Det skulle kännas olämpligt på något sätt, som en charad som har gått för långt.

Det här är den första dagen av den sista tiden med Jack.

Och så kommer han. Jag ser inte när han anländer, plötsligt står han bara där nere vid grinden i kvällsljuset, och någonting sjunker inuti mig och jag blir alldeles svag.

Hans långa gestalt, armarna som hänger längs med sidorna. Han bara står på det viset, sina väskor och kassar har han ställt ner på marken vid fötterna. Det ser ut som om han blivit tvungen att stanna upp, stå stilla en stund och överblicka alltsammans, huset och himlen och vidderna. Den sista solen ligger bakom huvudet och skuggar ansiktet svart.

Han är här och nu kan jag inte gömma mig. Nu måste jag gå ut och möta honom. Nervositet och sorg brottas i magen, jag får kväljningar, vet inte hur jag ska klara av att spela normal. Fast jag har bestämt mig för att lämna honom, lämna huset. Jag borde aldrig ha kommit hit.

En snabb blick i spegeln. Jag har försökt göra mig lite fin och jag skäms över det nu. Över att jag inte är vackrare och mer spännande, att jag inte kunde hålla fast hans intresse. Men framför allt skäms jag över min feghet. Över att en del av mig fortfarande vill vara insmickrande och till lags. Och över att en mycket liten del djupt inom mig faktiskt skulle vara beredd att tigga. För vad vet jag, Jack kanske har kommit tillbaka för att tala om att han faktiskt tänker lämna *mig*. Att det finns en där ute som är mycket finare än jag, mer spännande och över huvud taget bättre på att leva, och det förstår jag ju.

Jag knyter nävarna, tar liksom sats. Och i den stunden gör jag ett val.

Jag väljer att glömma, tränga bort det jag sett. Bara ett tag, det blir för mycket annars. Hon, den andra, med honom. Sveket. Jag orkar inte.

Och Jack står alldeles stilla där ute, han förstår ingenting om mig, ingenting om vad jag är och vad jag sett.

Nu hör han att jag öppnar ytterdörren, nu är jag ute på trappan. Han går emot mig på trädgårdsgången och ler och tittar på mig, men han ser inte mig, inte sådan som jag är. Det har han aldrig gjort och det kommer han aldrig att göra. Ser bara vad han vill se.

Nej, säger en röst inom mig. Han ser bara det du låter honom se.

Jack skrattar lätt och lyckligt och tar mig i sin famn. Han luktar inte som sig själv, han luktar som någon annan och det får mig att rysa.

Jag drar efter andan och tar honom i handen. Det är dags att gå in nu, men han dröjer sig kvar.

”Vilken syn”, säger han drömmande. ”Åh, vad jag har längtat hem.”

Jag tittar upp mot huset, försöker se det Jack ser, men jag lyckas inte. För mig ser Tistelblomman ut som en ruin nu.

”Det är kyligt”, säger jag och huttrar till. Jack sliter blicken från huset och tittar på mig i min tunna klänning. Jag försöker le trots att jag egentligen skulle vilja skrika och gråta. Jack är glad, jag märker det. Och jag vill ha det så. Även om det bara är för en kväll, och en natt, ett par korta dagar till. Härda ut. Jag klarar det här. Jag är bra på att härda ut.

Jag säger ingenting om samtalet med inspektör King, och ingenting om brevet som kom med lantbrevbäraren i förmiddags. Erbjudandet om anställning som jag redan tänker mig som en utsträckt hand, något jag kan gripa tag i och använda som en väg ut. Det tjocka kuvertet ligger längst ner i min väska i sovrummet nu. Dubbla kopior på alla sidor. Många, många paragrafer på kansliengelska. Och så den streckade linjen längst bak som jag ska skriva mitt namn på om jag accepterar villkoren.

Det är ett erbjudande om anställning inom en brittisk polisenhet för svåra våldsbrott. Samma specialenhet som kriminalinspektör Steve King just rekryterats till själv. Allvaret i situationen får det att ila i mig.

31

"GUD VAD JAG har längtat. Men varför ringde du inte om strömmen?"

Jack verkar inte ha rakat sig under hela Parisresan och han har fixat håret på ett sätt jag inte sett tidigare. Lockarna ser större och blankare ut, som om han just stigit ut ur en modetidning. Filmstjärna, tänker jag. Han ser ut som en jävla filmstjärna. Jag snörvlar till.

Hans smala ögon glittrar. De där ögonen. Aldrig har någon tittat på mig så, och aldrig kommer någon att göra det igen.

"Nej, det var tydligen problem med att skicka meddelanden. Fast förresten, vad hade du kunnat göra? Du hade bara blivit störd", säger jag och borrar in mig under Jacks arm medan vi långsamt går upp mot huset.

Jack svarar inte, han fortsätter att beundra Tistelblomman medan han drar mig ännu tätare intill sig. Ena handen smyger sig innanför koftan, fingrarna smeker över det tunna klänningstyget. Jag reagerar på beröringen mot min vilja men mina armar är stela och tafatta, det känns som om jag krympt, som om jag är en liten flicka som knappt når upp att krama honom om midjan.

"Vad skönt att få komma hem, komma in i lunken

och bara ta det lugnt igen", fortsätter han. "Kom så går vi in. Nu har jag sett mig mätt på huset, nu vill jag se på dig."

De skotska tonerna i rösten är inte lika sträva som vanligt, en mjukare klang har glidit in i Jacks dialekt. Han är en främling. Jag slinker undan från honom. Jag ursäktar mig med att jag behöver plocka fram ljusen och tända dem och vänder ryggen åt honom.

Jack har med sig en fransk dagstidning hem. På kultursidorna finns en helbild på honom där han står lutad mot galleriets port och småler. Det är ett leende jag känner igen, egentligen bara en ironisk krökning i mungiporna. Håret är stylat på det där nya sättet, utstuderat slarvigt. Någon måste ha föreslagit det, visat honom hur man gör. Kanske hade han varit hos en frisör. Blicken är avslappnad och ser rakt in i kameran.

"Synd att ingen av dina tavlor kom med på bild", säger jag syrligt och ångrar mig genast.

Jack skrattar till, lite förläget tycker jag. Jag förstår inte mycket av texten men jag kan se orden Oxford och Skottland.

"Här, jag köpte med lite grejer." Jack lyfter upp en delikatesskorg på bordet. "Men ingen parfym, för jag tror inte att du tycker om det va?"

"Nej, jag använder inte parfym", svarar jag tonlöst och börjar plocka med de lyxiga förpackningarna. Fikonmarmelad, ostar, choklad. "Jag tror bara att det är någon annan i rummet om jag har parfym på mig."

"Du Maja, kom hit, kom till mig. Hur är det egentligen, har det hänt nåt? Förutom det där med elen? Har jag gjort nåt fel? Du vill ju knappt titta på mig."

Jag sätter mig stum och rak på yttersta kanten av en

köksstol och ser ner under bordet. Tänker på oss, sådana som vi var. Så nyss och ändå en evighet sedan.

”Är du besviken för att vi inte kunde höras av mer?” Han försöker ta tag om mina händer. De ligger som klumpar i hans.

”Nej”, säger jag.

”Alltså jag ville verkligen, men det var så otroligt intensivt. Och jag har nåt fel på min laddare … Men det gick så bra! Jag är jätteinspirerad att börja måla nya saker nu. Och vet du, jag träffade Paula Rego. Alltså, fatta. Hon fick mig att tänka så på dig, åh, du skulle älska henne som person. Vet du att hon just har illustrerat Jane Eyre till en speciell teateruppsättning? Bilderna finns i bokform också, här, jag köpte den åt dig och hon har signerat …”

”Ja, jag vet att Paula Rego är fascinerad av Jane Eyre”, avbryter jag vasst. ”Tack, vad snällt att du tänkte på mig. Jag beundrar henne mycket. Verkligen jättesynd att jag inte var med.”

Jack ser olycklig ut. Jag hör att mitt eget tonfall är bittert och gnälligt men det känns inte längre som om jag har någon kontroll över det. Jag ställer mig upp och drar djupt efter andan innan jag höjer rösten igen:

”Hålet i taket måste fixas innan hösten, det är nåt stort fel på det elektriska och byborna är fanimej inte kloka. Hyresvärden går inte att få tag på, och nu går jag och lägger mig i badet”, fortsätter jag och går snabbt förbi honom innan hans vädjande händer kan ta tag i mig. De där jävla händerna. Jag stannar upp i dörren, vänder mig om och tittar elakt på Jack. Hans kropp har sjunkit ihop. Jag glömmer bort vad jag tänkte säga, sväljer gråten, vänder mig om och flyr upp i huset.

32

HAN FÖLJER MIG upp för trappan, ångerfull men utan att egentligen förstå varför. Sluta, säger jag till mig själv. Sluta solka ner det här ännu mer. Jag vill inte hålla på och leka sådana här sorgsna lekar, vara hätsk och testa gränser. Bli krusad och bekräftad. Det är för sent, det känns ovärdigt, jag borde vara bortom allt sådant nu när jag har bestämt mig för att det är över.

”Kom”, säger Jack tyst och griper tag om mina axlar. ”Det är stormhimmel. Vi klättrar upp i tornet.”

Utsikten från de små fönstren är svindlande, jag tappar andan. Det är en underlig kväll. Luften har en egen lyster och man kan se långt. I fjärran skymtar bergstoppar som jag aldrig sett förut. Branterna verkar häva sig mot himlen och stupar sedan ner igen i lummiga dalgångar. Det är som ett grönt hav och dess skönhet är uråldrig och otillgänglig.

Här och var tränger vassa klippor upp ur vegetationen. Hösten kommer snart att blåsa frost över den nakna stenen, isskorpor kommer att täcka varje häll. Och om bara några månader kommer den första snön att falla tyst och mjukt. Lägga sig i tunga drivor, ogenomträngliga barriärer som växer sig högre och högre, sakta men obönhörligt. Som stänger ute allt ljus och förmörkar sinnet hos de som stannar kvar och utmanar den långa skotska vintern.

En tjutande vind tränger sig in genom springorna och jag huttrar till. Tistelblommans ensliga läge blir extra påtagligt när man tittar ut över landskapet så här. Man skulle kunna förlora sig själv här, tänker jag. Förlora förståndet.

Huset känns plötsligt som en farkost, ett strandat spökskepp. Vi står uppe på bryggan och under oss knakar det och knäpper i skrovet. Jag kommer att tänka på Mary Celeste. De övergivna tallrikarna i köket. De tunga gafflarna. Affischen med oskadade hörn, som aldrig varit uppsatt. Vem har stått här och diskat i samma porslinsho som jag? Vems händer har hållit i de tunga gafflarna? Vem är kvinnan på planschen, vad hände med henne? Vart tog de vägen? De tycks ha försvunnit så hastigt.

Jack korkar upp vinet. Han är allvarlig nu, nästan andaktsfull, som om han på ett undermedvetet plan har förstått att vi inte kommer att dela så många fler vinflaskor.

”Förlåt”, viskar jag. ”Det var inget fint välkomnande du fick. Jag var ensam och … jag vet inte. Många tankar. Jag kände mig nog lite ensam och avskuren. Och lite avundsjuk på ditt fantastiska liv kanske.”

Han fnyser som om jag sagt något idiotiskt.

”Maja, mitt liv känns bara fantastiskt när jag är med dig. Bara då.”

Hans ord får det att strama i halsen på mig. Hur kan han säga så efter vad han just gjort i Paris? Om jag inte hade haft mina förmågor hade jag förstås kunnat tolka drömmen om honom och den andra kvinnan som bara en dröm, men jag vet att det är mer än så. Dessutom hittade jag ju lappen i bilen, lappen han måste ha tappat. Den som bekräftade det hemliga kärleksmötet.

Det strömmar av det obekanta från honom, en slutenhet som stänger mig ute och viskar att han är på väg bort. På väg mot en framtid där det inte finns utrymme för mig. På alla sätt känner jag hur det rämnar mellan oss, sakta och obönhörligt vidgas avståndet.

Vi står tysta och tittar ut medan dagen försvinner. Han håller om mig och jag låter honom göra det. Golvplankorna är smutsiga men Jack har lagt ut ett lapptäcke. Intill det har han ställt en trearmad ljusstake och lågorna rycker i luftdraget.

”Jag tycker att det är lite konstigt att jag inte kunde få hjälp av Annie och Fergus”, säger jag försiktigt när vi satt oss på golvet. ”Jag känner ju inga elektriker här, och förresten ...”

”... vill ingen komma hit ut. Nej, jag vet”, säger Jack. Det finns stänk av trötthet i rösten.

”De verkade ha det så bra när vi var där och åt middag”, säger jag. ”Och pojken är ju helt ... helt ...”

”Adrian är ljuvlig”, säger Jack. ”Men Fergus har väl mycket med sin nya bok antar jag, har gått in i en skrivarbubbla kanske. Det är säkert påfrestande för henne också. Och det finns väl inget förhållande som är ... perfekt.”

En kall ilning genom kroppen.

”Apropå pojken”, säger jag. ”Jag råkade gå förbi Adrians förskola, och han bjöd oss på kalas.”

”Kul”, ler Jack.

”Jag har tänkt på en annan sak”, säger jag. ”Hur var

de funtade egentligen tror du, de som byggde det här huset? Varför bosätta sig i ödemarken av fri vilja, speciellt förr när det inte fanns bilar och kommunikationer?"

"Vad är det för fel på ödemarken?" säger Jack och fyller på mitt glas och sedan sitt eget.

Jag blir sittande en stund utan att dricka. Ljusen brinner snett och hetsigt, det droppar stearin i långa tappar och ner på golvet.

De måste ha varit omedgörliga och skygga människor, tänker jag. Sådana som sett tillräckligt och behövde gömma sig från världen. Gömma sina ansikten från nyfikna ögon, långt borta från missunnsamhet och prat. Vrakgods.

"Namnet Rose McCormick", säger jag nästan ljudlöst. "Säger det dig något?"

Jack stirrar på mig som om jag just stigit upp ur graven. Hans ansikte är vitt som ett lakan.

"Ja. Det namnet säger mig något." Han tömmer sitt glas. "Rose McCormick var den sista som bodde här."

Jack andas häftigt och jag ser att han är irriterad, nästan arg.

"Är det någon i byn som sagt något om Rose McCormick till dig?" fortsätter han. "Jag ville inte att du skulle behöva höra ... du har varit med om så mycket. Du behöver ro, behöver bearbeta ..."

"Nej, lugn. Det finns ju ingen i byn som vill säga ett knyst", säger jag. "Men jag hittade en filmaffisch med henne i skrubben här under trappan."

"Jag ville inget säga, inte dra upp det där. Hålla dig utanför ... det är ju bara prat. Otäckt prat. Det finns väl inte ett enda hus i hela världen som stått uppe i mer än femtio år där ingenting hänt, som inte har en historia."

”Jag vet, det är ingen fara med mig”, säger jag. ”Blev nyfiken bara. Hon var helt betagande, vilka ögon. Vad känner du till om henne?”

”Knappt någonting alls. Men hennes namn stod på den sista lagfarten, jag var ju inne på stadsarkivet och kollade. De hade kopior på överlåtelsen.”

”Vad fick du reda på?”

”Inte mycket. Och även om någon i byn skulle vilja berätta så skulle den versionen säkert vara helt förvanskad. Hela historien verkar vara omgärdad av en massa … ja, du vet. Sånt som jag inte gillar. Vidskepelse och skit. Så jag har inte snokat, vill inte höra några skrönor.”

”Var hon känd? Alltså, hade du hört talas om Rose McCormick tidigare, innan du bestämde dig för att hyra huset?”

”Ja, det ringde väl en liten klocka när jag såg hennes namn där inne på arkivet. Hon var skådespelerska på fyrtio- och femtiotalen. Var nog på randen till det stora genombrottet men något gick fel. Mer vet jag inte, det var tydligen en tragedi på något vis. Man kan ju bara gissa hur det måste ha skvallrats i trakten. Efter henne stod huset tomt länge.”

”Tills nu”, säger jag dämpat. ”Tills vi kom hit.”

”Ja. Tills vi kom hit.”

”Vad hände med henne då?”

Jack sväljer och hans blick glider upp mot fönstret, ut till kvällshimlen.

”Rose McCormick dog här.”

33

FRAMFÖR LILLA Teatern myllrar det av finklädda människor. Jack har överraskat med teaterbiljetter till en turnerande föreställning med ett ganska känt sällskap. *Damen i vitt* heter pjäsen.

”Annie rekommenderade den för flera månader sedan, eller rättare sagt, hon tjatade. Men det var tur, för biljetterna tog slut på nolltid.”

”Du tror inte det blir för kusligt för mig då”, ler jag. Han hajar till men ser lättad ut när han förstår att jag skämtar.

Luften är ljummen och folk har samlats utanför dörrarna inför föreställningen för att njuta av en av de sista sommarkvällarna. Flera teaterbesökare håller i små vinglas och en man i tweed röker pipa. Affischerna i glasskåpen på ömse sidor om ingången föreställer en närbild på ett spöklikt ansikte med gåtfulla ögon, halvt dolda bakom dimstråk.

Medelåldern är ganska hög och det är lätt att upptäcka Annie i vimlet. Hon har på sig en grön sidenklänning och i håret gnistrar ett spänne. Jag känner mig plötsligt väldigt osynlig och formlös i mina murriga ytterkläder.

”Du är jättefin”, mumlar Jack mot mitt öra, som om han läst mina tankar. Han snuddar vid en lös hårslinga och håller kvar fingrarna mot kinden tills jag tvingas titta upp och möta hans blick. Jag blir överraskande gripen av gesten och måste vända ansiktet mot marken igen.

”Men titta, här har vi ju det vackra folket”, säger Annie högt när hon ser oss. Hon lösgör sig från ett samtal med ett äldre par och går oss till mötes. Jag skrattar till och Jack låtsas stryka sig över ögonbrynet på ett ironiskt sätt.

Annie brer ut armarna. Hennes bleka hy är som porslin och hon har lagt rouge på kindbenen med säker hand. Ögonen är sotade och läpparna glansiga, men det ligger något tillkämpat bakom hennes breda leende. Så stannar hon upp mitt i en rörelse och blicken flackar. Hon har fått syn på något bakom oss.

”Men hej”, säger Annie och tittar förbi Jack och mig.

”God afton”, säger en mörk mansröst. Jack och jag vänder oss om. Det är mr Blake, den storväxte hantverkaren. Men han har inte på sig sin vanliga arbetsoverall utan en välsittande mörk kostym och en skjorta som är öppen i halsen. Både det snövita håret och skägget är nyansat och hans solbränna är lika djup som Annies skinn är blekt.

Fergus sluter upp och ger sin fru ett vinglas. Själv håller han en nästan urdrucken ölflaska i handen.

”Så här står ni och kuckilurar”, säger han och kysser min kind innan han skakar hand med Jack och Blake.

Alla bekanta är här, tänker jag och ser mig omkring. Alla utom Lily. Och Adrian.

”Det här ska bli spännande”, säger jag.

”Har du något med pjäsen att göra, Fergus? Den verkar ju vara lite i stil med dina alster”, frågar Jack.

”Nej, men jag känner faktiskt pjäsförfattaren lite, från en skrivarkurs jag höll i. En ung kille från Glasgow, väldigt lovande. Och den lilla ensemblen är faktiskt i världsklass, vi har tur som fått hit dem. Uppsättningen i London gick för utsålda hus i över ett år, fast det inte var någon storproduktion i West End. Jag är så glad att jag tog mig hem snabbare än vad jag hade trott, så jag kunde komma.”

”Fergus har varit på litteraturfestival i Bath”, förklarar Annie. ”Han skulle ha kommit hem först imorgon egentligen.”

”Men nu får vi en helkväll tillsammans i stället”, säger Fergus.

”Och Adrian är hemma och håller ställningarna?” frågar Jack.

”Han har barnvakt”, säger Annie. ”Grannarnas femtonåring var ledig för en gångs skull. Han hade nog gärna följt med i och för sig, men den här pjäsen är inget för barn.”

Hon tar en minimal klunk vin och det blir tyst lite för länge.

”Vi hinner nog inte med någon fördrink innan det börjar”, säger Jack, ”men du får allt bjuda oss på en runda efteråt, Fergus.”

”Varför då?” frågar vår hyresvärd.

”För att kompensera att du hyr ut ett hus med elfel”, ler Jack. ”Här åker man bort ett par dagar och så får stackars Maja klara sig alldeles ensam i ett kolsvart hus.”

Han vänder sig mot mr Blake.

”Tack för att du åkte med henne”, säger han och

klappar den äldre mannen på hans breda axel.

”Jag gjorde ingenting”, säger Blake och ser närmast skamsen ut.

”Men gud”, säger Annie och slår handen för munnen. ”Jag glömde alldeles bort... du kom ju hit Maja. Och jag hjälpte dig inte. Förlåt, det har varit... lite mycket.”

”Det är okej nu”, säger jag.

Mr Blake ursäktar sig och går iväg för att hälsa på några bekanta.

”Nu så”, säger Annie och vänder sig mot Jack och mig och skrattar till. ”Nu börjar det snart. Jag är så glad att se er igen. Förlåt för det där med strömmen, vi ska självklart se till...”

Men hon avslutar inte den meningen utan börjar på en annan i stället.

”Jag har förstått att ni kan tänka er att komma på Adrians födelsedagskalas?”

Jag nickar.

”Väldigt snällt. Han har pratat så mycket om er två. Men jag hoppas ni vet vad ni ger er in på. Barnkalas är nog världens bästa preventivmedel.”

Annie ler olyckligt. Jack smyger in sin hand i min och just då kommer en sorgsen melodi ringlande ut från de uppslagna dörrarna. Det är en startsignal. Någon spelar cello inne i foajén. Alla samtal lämnas hängande i luften och vi dras in av de vibrerande tonerna.

34

PJÄSEN ÄR ETT klaustrofobiskt drama om besatthet och ekon från det förgångna som hemsöker två kvinnor, en yngre och en äldre. Mycket av handlingen kretsar runt en brudklänning som gått i arv till den äldre karaktären, och som representerar förspillda möjligheter och svåra val som gör att den yngre rollfiguren inte vill befatta sig med klänningen inför sitt eget stundande bröllop.

Scenografin är en stor del av behållningen. Den är enkel men genialisk med skeva väggar i olika gråa nyanser som måste hänga samman i något slags mekanism bakom kulisserna eftersom ytorna börjar luta i omöjliga vinklar allteftersom pjäsens stämning blir mer förtätad. Väggarna verkar till och med bli mörkare i färgen tack vare den skickliga ljussättningen och mot slutet ser de nästan svarta ut, skrovliga och liksom brända.

Då och då uppenbarar sig en tredje gestalt, titelpersonen själv. Kvinnan i vitt. Hon spelar en ordlös roll och tycks fungera som en personifiering av de psykologiska hemsökelser som plågar huvudpersonerna. Man anar att detta möjligen är brudklänningens ursprungliga ägarinna. Hon har inte en enda replik men kommer in som en fasansfull tyst påminnelse om det förflutnas närvaro i våra liv.

Hennes ögon är till hälften dolda under trasiga slöjor och långa stunder står hon bara i ett dunkelt hörn nära ridån och stirrar ut över publiken. De andra två på scenen beter sig som om hon är osynlig för dem, och när de kommer nära eller till och med snuddar vid henne är det som om alla inne i teatern skälver i en gemensam rysning.

I efterhand är det framför allt en scen som dröjer sig kvar. Kvinnan i vitt uppenbarar sig mitt i publiken, till synes från ingenstans. Så skrider hon långsamt ner för mittgången mot scenen, där de andra två kvinnorna fallit i sömn efter ett bittert gräl. Hon rör sig trevande med utsträckta armar som griper i luften mot oss i publiken där vi sitter, som för att säga: Det här angår också er.

Hennes huvud vrids nästan mekaniskt när det verkar leta och spana efter något. Jag skulle kunna svära på att ett kyligt vinddrag följer hennes steg och jag blir imponerad av de enkla men effektiva tekniska effekterna. När jag trycker Jacks hand kramar han tillbaka.

Efteråt, när ljusen tänds i salongen och den dystra scenen göms bakom röd sammet, blir stämningen uppsluppen. Många i publiken är märkbart tagna och när Annie springer på oss på väg mot baren ser jag att hennes ögonsmink luckrats upp av tårar.

”Åh vad bra det var. Men jag ser inte till Lily någonstans”, säger jag.

”Nej, hon har tydligen fått ett skov i sin sjukdom, den stackaren”, säger Annie. ”Någon sa att hon blivit inlagd. Jag måste kolla upp det och hälsa på henne. Hon är ganska ensam, Lily. Men kom, ni vill väl hälsa på ensemblen?"

Skådespelarna står och pratar med sin tekniker och Fergus en halvtrappa upp, på en liten avsats med överblick över den vackra foajén. Jag banar mig väg över den röda mattan och under tiden tittar jag upp mot dem. Någon serverar dem vin. De skålar. Jag upptäcker att jag själv håller ett glas i handen, någon har givit mig det, kanske är det Jack. Jag vet inte. Jag kan inte ta ögonen från gruppen där uppe.

Kristallkronorna gnistrar som tusen stjärnor och över takkupolen slingrar sig målade sidenband omkring knubbiga keruber.

Kvinnorna i teatersällskapet har fått rosor som de lagt ifrån sig på det breda mahognyräcket och deras ansikten är avslappnade och skiner av lättnad nu när de är färdiga med sitt arbete för dagen. Sminket har runnit och den yngsta kvinnans hår lockar sig runt pannan. Jag kan se hur Fergus mun rör sig mycket nära den unga skådespelerskans öra och hur hon skrattar artigt. Jag tycker nästan att jag kan känna hennes doft fast jag är så långt ifrån henne. Mysk och söt svett, och en sorts torrhet, som från en rökmaskin.

Jack håller ut armen och jag krokar tag i den medan vi går upp för trappan mot ensemblen. Vi blir presenterade och Jack säger berömmande och intelligenta saker som jag bara hör med ett halvt öra. För det är något som är fel.

"Ursäkta mig", säger jag och jag kan höra att min röst låter gäll och konstig. "Ursäkta mig, men väntar vi inte på någon mer?"

Frågande ögon vänds mot mig.

"Vem skulle det vara älskling?" undrar Jack.

"Den tredje skådespelaren?" säger jag. "Kvinnan i vitt själv?"

Fergus sliter blicken från den yngre kvinnan och tittar på mig med en rynka mellan ögonbrynen. I ögonvrån uppfattar jag att Annie slutit upp.

"Alltså, jag skulle så gärna vilja träffa henne", fortsätter jag. "Hon var fantastiskt skicklig, jag blev väldigt berörd av henne. Tänk att kunna förmedla så mycket utan en enda replik, vilken fysisk prestation. Och vilket ansikte sedan. Det gick liksom inte att ta ögonen ifrån henne."

Den äldre skådespelerskan tar ett skyddande steg närmare den yngre som slickar sig flera gånger om läpparna.

"Hur menar du nu Maja?" säger Jack lågt och låtsas ta mitt vinglas ifrån mig. "Jag tror minsann att min tjej har fått nog här", säger han skämtsamt mot de andra.

Jag fräser något och rycker åt mig mitt vin, tar tre snabba klunkar och snörvlar till. En krypande, kliande känsla i nacken. Den sprider sig ner för halsen och sedan ut över axlarna som om mitt skinn kryllade av små spindlar.

"Jag menar den tredje kvinnan", säger jag och anstränger mig för att låta så lugn och saklig som möjligt. "Er medspelare. Hon som dök upp hela tiden men aldrig sa något."

Deras blickar på mig. De förstår inte.

"Skådespelerskan ...", säger jag medan irritationen börjar gå över i något annat. Något fasansfullt. "Den tredje kvinnan, hon som bara stod där lite vid sidan av scenen och tittade ut över publiken, med det där stela ansiktet ...”

”Maja”, säger Annie allvarligt medan hon leder mig lite åt sidan. Hon studerar mig oroligt. ”Det är bara två skådespelare i den här pjäsen.”

35

ANNIES SYRUM ligger i bortersta ändan av en smal korridor bakom scenen, intill kostymförrådet. På vägen dit passerar vi två loger och ett litet duschrum med toalett för skådespelarna. På korridorens väggar hänger små inramade porträtt med autografer. Kända skådespelare och sångare som framträtt på Lilla Teatern under decennierna.

Jag följer tacksamt med henne under förevändningen att vi behöver gå på toaletten, men det är för lång kö till damrummet i foajén. Det känns skönt att någon tar kommandot, för mig bort från de andras blickar. Bort från sorlet och Jacks frågande ansikte.

”Vill du ha något?” Annies ton är förtrolig. Hon väntar inte på svar utan tar fram en öppnad flaska med skruvkork ur ett litet kylskåp på golvet intill en soffa som är översållad med tygprover. Jag hittar två urdiskade kaffekoppar och håller fram dem. Undrar om Annie ofta sitter här och dricker?

Vinet är torrt och iskallt. En luddig känsla sprider sig under huden och jag slappnar av en aning. Hon gör en ansats till att röja upp så att vi kan sätta oss ner, men jag viftar avböjande med handen. Jag har suttit tillräckligt den här kvällen. Utrymmet är ett trångt och trivsamt arbetsrum med välfyllda lagerhyllor och hattaskar staplade ända upp till taket. Här och var sticker det fram påfågelfjädrar och gamla spetsar. Ett halsband med överdrivet stora kulor spiller över en lådkant. På ett överbelamrat arbetsbord står en avancerad elektrisk symaskin, en overlockmaskin och en trekantig träställning där trådrullar i regnbågens alla färger trängs på små pinnar. Längs med bordsklaffen sitter kraftigare trästavar där garnnystan, läderremmar och sammetsband på spolar är uppradade. En plasthylla med utdragbara fack av det slag man kan se i en järnhandel rymmer nitar, strasstenar, träkulor och en mängd olika slags knappar.

Vi skålar med kaffekopparna och Annie dricker djupt.

”Du är inte den första”, säger hon.

”Den första?” frågar jag.

”Den första som ser henne. Kvinnan som inte är där.”

Jag fryser om armarna och önskar att jag hade min kappa här.

”Bara så du vet”, säger hon och fyller på sin kopp med mer vin. ”Du är inte galen eller så. Min son ser henne också. Och legenden, den har vi hört sedan vi flyttade hit.”

Hon ler sorgset. Jag vet inte vad jag ska säga så jag dricker mer.

”Jaha, här har du min fristad”, suckar hon och slår ut med händerna. ”Om det inte var för Lilla Teatern och några andra faktorer så tror jag inte att jag skulle stå ut här i byn ärligt talat.”

”Ska vi gå tillbaka snart?” frågar jag försiktigt. ”Jag

känner mig faktiskt lite bättre nu, tycker jag."

Annie nickar, snörvlar till och griper den halvtomma vinflaskan om halsen för att ta den med sig.

Den trånga korridoren är glåmig och illa upplyst. På avstånd kan vi höra bruset av röster. Teaterbesökarna sorlar fortfarande omkring baren i foajén men snart kommer man nog att börja dra sig hemåt, eller till puben som har en liten restaurangdel och serverar en sen teatersupé till de som förbokat.

"Vem är det där?"

Jag stannar upp och pekar mot ett av de små inramade porträtten som sitter fastskruvade på den ojämna väggen i korridoren. Det är en ung kvinna med mellanblont glänsande hår. Bilden är svartvit och mycket enkel men hennes ögon är så levande att jag nästan tycker att blicken följer mig.

"Nu gör du det igen", säger Annie och granskar mig med smala ögon.

"Vad då?"

"Påminner mig om min son. Jag svär, om han hade haft en storasyster så hade hon varit ..."

"Hur menar du?" avbryter jag.

Annie spricker upp i ett melankoliskt leende och lutar sig mot väggen. När hon pratar sluddrar hon lite.

"Tja ... Min lille pojke är fullkomligt underbar. Och omtänksam. Och helt obegriplig. Och ganska skrämmande, då och då."

"Han är väldigt fin tycker jag."

"Adrian är totalt fascinerad av det där fotot", säger Annie och petar lite på ramen. Men så drar hon åt sig handen som om hon fått en sticka i fingret. "Han brukar släpa ut en pall hit och klättra upp när han är här med mig. Bara stå här framför henne och glo. Länge.”

”Hur länge?”

”För länge”, säger Annie. Ögonsminket har hamnat under ögonen på henne och plötsligt tycker jag att hon ser otäck ut.

”Vem är hon på bilden?” frågar jag, fast jag tror att jag redan har förstått. Autografen är så snirklig och slängig att den inte går att tyda, men jag har sett de där drömmande ögonen förut. Den graciösa halsen och de perfekta fingrarna som vilar teatraliskt mot nyckelbenet. Det är samma kvinna som på en gammal filmaffisch med oskadade hörn som legat gömd i en mörk vrå i Tistelblomman.

”Rose McCormick”, säger Annie och det låter som en suck. ”En gång i tiden var hon tydligen traktens stolthet. Självlärd bondtös, en osannolik naturbegåvning. Vacker som en saga, ja, du ser ju själv på fotot. Laurence Oliviers agent kom hit av en slump och fick syn på henne i en amatöruppsättning när hon bara var femton år. Tog med henne till London för att göra Ofelia redan veckan efter, på Nationalteatern. Jag tror inte folk här riktigt visste om de skulle tycka att det var skandalöst eller en triumf. Män blev tydligen som tokiga i hennes närvaro, lämnade allt bara efter en oskyldig blick. Ja, hon lär ha haft en förtrollande utstrålning. Kvinnorna måste ha hatat henne. Jag kände till hennes historia redan innan vi flyttade hit men nu är hon nog snart bortglömd. Fast Rose var smått legendarisk i teaterkretsar på sin tid. Tydligen snubblande nära ett stort internationellt genombrott, Hollywood och allt det där.”

”Vad hände med henne?” nästan viskar jag.

”Något gick snett. Det blev ingen film. Hon brann väl alltför klart, flammade upp och slocknade snabbt. Det hände ju ofta på den tiden.”

”Nuförtiden också, väl?” säger jag.

”Visst. Ett hårt liv, nu och då. Sedd och påpassad hela tiden, ständigt i rampljuset. Dyrkad och avskydd. Krav att prestera på den absoluta toppen av sin begåvning hela tiden. Men jag vet inte mycket mer än så.”

”Kom hon inte tillbaka hit? Visst återvände Rose till Barnick?”

”Ja, jag tror det var så”, säger Annie tyst.

”Var hon förändrad då?” frågar jag.

Annie rycker på axlarna.

”Hon flyttade in i Tistelblomman”, säger jag. Det är ett konstaterande, inte en fråga.

Annie fingrar nervöst med håret. Det gnistrande hårspännet har hamnat snett och hon ser plötsligt ut som en flicka som lekt med sin mammas smyckesskrin. Jag kommer på mig själv med att undra hur många år det egentligen skiljer mellan henne och Fergus.

”Jag har hittat en filmaffisch med henne i huset”, säger jag. ”Vet du något om det?”

”Nej.” Hennes röst låter bitter. ”Du har väl märkt själv hur folk är i den här byn? Många är fan inte riktigt kloka. Här får man inga vettiga svar.”

Annie svajar till och stöder sig mot väggen medan hon langar över vinflaskan till mig. Jag tömmer det sista och ställer ner den mjukt på golvet. Hon skrattar till och det ser smärtsamt ut, som om hennes ansikte är på väg att klyvas. Ljudet av hennes röst ekar mellan de ojämna stenväggarna.

”Och efter det där som hände... Nej, jag vill inte

prata om det. Och vi vill faktiskt inte veta", säger Annie och det glädjelösa skrattet slocknar i hennes ögon.

"Det där? Menar du ... huset? Tistelblomman?"

Hon skakar häftigt på huvudet.

"Nu glömmer vi det här. Glöm att jag sa något. Kom nu Maja."

36

MOBILTELEFONEN SURRAR envist någonstans nära mitt huvud. Det är tidig förmiddag och Jack sover på mage, utsträckt i sängen. Jag ser att det är inspektör Steve King och skyndar ut ur sovrummet. Med telefonen tryckt mot örat svarar jag så lågt jag kan.

”Jag har fått tillbaka ditt avtal nu”, säger King i andra ändan. ”Jag vill säga att jag är hemskt glad att du skrev på. Att du är positiv till det här. Vi får ta det steg för steg, men till att börja med tänkte jag att du kunde komma hit någon gång snart och träffa teamet.”

”Absolut”, säger jag dämpat. ”Onsdag?”

Det blir tyst i andra ändan en kort stund. Så skrattar Steve till.

”Exakt vad jag tänkte föreslå. Vill du ha hjälp med att fixa tågbiljetter?”

Jag säger att jag ordnar resan själv. Men jag nämner ingenting om att jag redan planerat min avfärd, och att det är en enkel biljett jag köpt. Att jag tänker packa mina väskor och aldrig åka tillbaka till Jack. Jag vet inte riktigt hur jag ska göra sedan. Jag får väl hitta ett hotellrum för den första tiden, och sedan kanske en inackordering i väntan på något mer permanent, och förhoppningsvis regelbunden lön. Steve King kan säkert ge mig råd.

När jag har avslutat samtalet tassar jag tillbaka mot sovrummet genom korridoren på övervåningen. Träpanelerna ser varma och rödaktiga ut i solljuset som strömmar in genom fönstren. Trots att det blåser kraftigt där ute kommer det att bli en strålande sensommardag.

Tusen små spindelögon följer mig stelt från tapeten när jag smyger in i sängkammaren igen. Och något annat, en obehaglig krypande känsla som får hjärtat att dunka snabbare. En förnimmelse av att faktiskt vara iakttagen. Har Jack vaknat och hört hela samtalet? Låtsas han bara sova?

Nej. Han andas djupt och jämnt, hans rygg under täcket höjer sig och sänker sig långsamt. Jag är precis på väg att lirka mig ner i sängvärmen och pressa mig mot Jacks sovande rygg när något får mig att stanna upp. Det är hans armar. Hans nakna, släta armar. De ser så känsliga ut där de vilar över hans rufsiga huvud. Det är något med hans sovande kropp, ett slags värnlöshet som nästan får mig att brista. Jag biter ihop om snyftningen, pressar undan min förtvivlan.

Jack vrider på sig och ett leende lyser upp ansiktet. Ögonen är fortfarande slutna, han är inne i en dröm. Så säger han något jag inte uppfattar.

”Vad sa du?” viskar jag och sänker mig närmare honom.

”Ska vi ha barn?” mumlar han. ”Maja? Det vill jag.”

”Nej.” Jag stöter ut ordet hårt samtidigt som jag backar ut ur sovrummet. Hjärtat skenar nu och andedräkten svider i halsen. Inte den frågan, inte det ämnet.

Aldrig att jag tänker ta risken att föra vidare det jag är till någon annan.

Jag sitter hopkrupen mot en rasad stengärdsgård på en liten kulle en bra bit utanför tomten med överblick över huset och trädgården. Här uppifrån liknar Tistelblomman en modell, ett leksakshus av målade papplådor som stormarna skulle kunna kasta omkull hur lätt som helst.

Jag ser Jack kliva ut på förstutrappan och söka av området tills han får syn på mig. Vinden trasslar och sliter i mitt hår. Solen har gått i moln.

Jack vandrar upp för sluttningen med tunga steg. Han måste gå framåtlutad, nästan klättra upp för de brantaste partierna. När han kommer upp sjunker han till marken en bit ifrån mig. Huvudet hänger och tystnaden mellan oss är större än hela himlen.

"Det var någon i sovrummet. Var det du?" frågar Jack. Han låter vilsen, nästan förlägen.

"Klart det var jag."

"Vad sa jag egentligen?" säger han olyckligt. "Jag var inte riktigt vaken. Sa jag något dumt?"

Jag slår armarna om mig själv, huttrar till i mitt nattlinne.

"Ja, det måste jag ju ha gjort", mumlar han.

Jag ger ifrån mig ett grumligt ljud som skulle kunna betyda vad som helst.

"Vem var det som ringde?" frågar han så.

"Det var Ashley", ljuger jag. "Jag ska åka och hälsa på honom om några dagar."

"Bra", säger Jack kort och tittar upp. Han ser med ens trotsig ut. "Bra att du kommer bort lite."

”Mm”, säger jag utstuderat sakta. ”Så kanske du kan … jobba lite?”

”Ja, någon måste ju göra det.”

Jag flyger upp och kastar mig mot honom, ruskar hans axlar och nästan skriker i hans ansikte:

”Kom inte med sånt! Våga inte sparka mig under bältet på det sättet.”

En tår tränger sig fram ur Jacks ögonvrå. Han blinkar för att få bort den. Jag fumlar med hans kläder. Han sliter ner mig på marken intill stenmuren. En tanke mal om och om igen i mitt huvud: Det här är fel. Fel, fel.

Jack trycker munnen mot mitt bröst.

”Inte en enda gång”, säger han. ”Inte en enda gång har jag legat med dig utan att fantisera om att det skulle bli ett barn. Fattar du det?”

”Jag är inte värd dig”, säger jag med död röst.

”Skitsnack. Säg som det är för en jävla gångs skull. Säg vad du tänker: Du tycker inte att jag är värdig *dig*. Jag är ju inte ens värd att prata med. Om dina problem, allt du varit med om … Du är ju för helvete fortfarande i chock.”

Jacks mun är alldeles mjuk och underläppen darrar. Jag vill inte se honom så utsatt och vänder undan blicken medan han fortsätter.

”Det måste ju vara därför som du … ser saker. Otäcka saker, som på teatern. Sånt som inte finns. Men du, vi kan jobba med det, ihop. Prata med någon utomstående. Snälla du.”

Jag svarar inte. Drar honom bara över mig och låter honom nagla fast mig på marken. Skulden är en dov mollton under ytan. Jag vrider på huvudet och mellan grässtråna kan jag titta ner mot Tistelblomman.

Här uppifrån är det så uppenbart att huset inte hör hit. Det är en gifttagg som borrat sig ner i landskapet, en skärva som vägrar värka ut och lossna. Som sitter kvar, orubblig och vass, medan människorna kommer och försvinner, föds och går under.

Himlen har mörknat i kanterna. Här går allting fel, tänker jag. Här går allting sönder.

37

EFTERÅT RESER sig Jack med bortvänt ansikte.

Han kan inte titta på mig, tänker jag. Kanske vill han låtsas att jag är hon. Den andra, i Paris.

Han går sin väg utan ett ord, ner mot bilen. Jag sitter kvar. Jack smäller igen dörren och kör iväg. Tomheten när han försvunnit ilar i mig. Jag blir kvar uppe på höjden tills de mulna skyarna börjar se ut som stål och vätan i marken tränger upp genom nattlinnet.

Fåglarna kretsar inte längre ovanför huset. Nu sitter de uppradade på räcket omkring tornet och det känns som om de studerar mig medan jag kommer på fötter, tar mig ner för slänten och öppnar grinden. Hur länge tänker du stanna ute i trädgården, frågar deras svarta ögon. Förr eller senare måste du väl gå in igen?

Jag närmar mig ytterdörren sakta. Kroppen känns stel och kall och smutsig.

Nyckelhålet. Jag kliver upp för förstutrappan. Oändligt långsamt böjer jag mig fram mot det gamla låset. Stryker över metallen, följer dess konturer. Mot handen känner jag hur ett svagt vinddrag strömmar ut. Ljummen luft.

Från andra sidan dörren hörs ett svagt mummel.

viskningar jag inte kan tyda. Nej. Det är bara vinden som ilar.

Jag blundar. Andas. Och så kikar jag in.

Först ser jag ingenting. Sedan ser jag ett par skor på golvet och en del av hallmattan. Men så flimrar något till i dunklet längre in.

Ett fladdrande, som en gles väv. Sedan fylls mitt synfält av ett klart gult ljus.

"Hur länge har du stått här ute på trappan?" säger en röst bakom mig.

Jag rätar på ryggen och tittar yrvaket på Jack. Vad har jag gjort?

I händerna håller han ett obegripligt föremål, en bjärt låda med en stor blå rosett på. Det tar flera sekunder innan jag förstår vad det är: En inslagen present till ett barn. En kikare till Adrian.

"Bra", säger jag svagt.

"Vad då bra? Har du stått här..."

"Ville bara kolla en grej."

"Nu går vi in", säger Jack och rösten skälver. "Det här är ju inte klokt... kom nu."

"Vi måste göra ett grattiskort också", viskar jag. "Det är reglerna."

"Hjälper du mig då?" frågar han mjukt. "Det är kanske dags att jag plockar fram mina ritgrejer igen."

38

REDAN UTE PÅ gatan hör vi tjuten. Jack och jag lirkar oss förbi en tvillingsulky och en cykel med barnsits som står slarvigt parkerad utanför Annies och Fergus hus. Överallt har Annie fäst ballonger på snören som spritter i blåsten. Det sitter ballonger i alla möjliga färger fastknutna i buskarna, runt blomlådorna, på staketet och portklappen. Stojet stiger till en öronbedövande nivå när födelsedagsbarnets pappa slår upp dörren och gestikulerar åt oss att komma in.

”Hej”, säger Fergus. ”Stig på för all del. Här finns varmkorv så vi klarar oss till jul, men bubblet är på väg att ta slut. Fast jag tror inte ni kan klandra mig för det. Och födelsedagspojken har tyvärr satt sig på tvären och gått och gömt sig.”

”Är allt okej med honom?” frågar jag och låter Jack hitta en galge till min kappa bland gyttret i hallen. Runt Fergus hals ligger en tillplattad serpentin och ögonen är lite simmiga.

”Jodå”, säger Fergus och ler ett eländigt leende. ”Honom går det ingen nöd på. Men han fick ingen vargunge, ser ni. Lite svårt att skaffa en sån så här års. Eller någonsin. Men hans kära mor menar förstås att jag inte ansträngde mig tillräckligt hårt. Åh, här har vi ju henne", säger han. "Hittade du något mer drickbart i garaget?"

Annie öppnar hjälplöst munnen men hinner inte svara för i samma stund tränger sig en liten flicka med sneda råttsvansar förbi oss. Hon är inbegripen i någon sorts tafattlek med sig själv men tar sig ändå tid att stanna och daska Fergus hårt i baken med en ketchupkladdig hand.

"Som sagt", säger han och låtsas inte märka något. "Stig in på egen risk."

Ljudstyrkan från vardagsrummet är rent plågsam. Vi följer efter Fergus in i ett kaos av strössel, tjut och pappersskräp som yr omkring ett tiotal barn. Det hade lika gärna kunnat vara hundra.

På soffan sitter en kvinna med långa örhängen och låter två identiska små barn klänga över henne. Hennes ansiktsuttryck är lika krampaktigt som greppet om tårtgaffeln. Den ena tvillingen blöder näsblod men hon verkar inte ha märkt det. Eller så bryr hon sig inte.

"Var är er?" frågar hon och synar Jack uppifrån och ner.

"Vår vad?"

"Er unge?" ler hon med alldeles för många tänder.

"Jag går och letar reda på Adrian", mumlar jag och slinker iväg. Halvvägs upp i trappan kan jag höra Jacks artiga skratt, samt ett avgrundsvrål när något barn klämmer fingret i köket.

"Får jag komma in?"

Men från Adrians stängda dörr hörs inte ett ljud.

"Om jag får komma in så ska jag berätta om vargarna i Sverige", säger jag med kinden mot träet.

Efter en stund hörs en liten röst.

"Jag vill rymma igen", säger Adrian inifrån sin barrikaderade barnkammare. "Dom vill ändå inte ha mig här. Dom *förstår sig inte på* mig."

Jag trycker örat mot dörren. Svaga snyftningar.

"Låt mig komma in, snälla du", säger jag tyst.

Det går en liten stund, sedan trycks handtaget ner och dörren glider upp. Jag stiger in i barnkammaren och Adrian backar tillbaka upp i sin sänghörna där han gjort ett litet bo av kuddar och gosedjur. Jag kryper upp intill honom.

"Grattis på födelsedagen Adrian", säger jag och smeker honom över håret.

"Tack", säger han och snörvlar till.

"Det är helt galet där nere", säger jag. "Mycket lugnare och skönare här."

"Pappa är full", konstaterar Adrian och lyckas låta nästan upprymd.

"Det är nog inte så farligt", säger jag.

"Han tycker att det är mammas fel. Att jag är konstig."

"Du är inte … du är en jättefin kille Adrian."

"Hon blev *dep-ri-merad* när jag var bebis. Fast pappa är minsann också *dep-ri-merad* ibland. För det vet jag."

Pojken läspar lite när han pratar.

"Jaha", säger jag. "Men du, alla blir ledsna och nere ibland. Det är okej."

"Jag vill rymma igen", upprepar Adrian som om han inte lyssnat.

"När du säger 'igen', menar du den där gången du stack iväg och alla fick leta efter dig?"

Han nickar långsamt medan han pillar med de långa

mjuka öronen på en grå kanin av plysch.

”Det är inte bra vet du”, fortsätter jag. ”Att rymma sådär. Fast jag fattar ju att man bara vill sticka ibland. Jag vill också det. Men det är bra att tala om vart man tar vägen i alla fall, för man ska inte göra dem som älskar en illa om man kan låta bli. Och när du försvann så där, då gjorde du din mamma och pappa jätteledsna och oroliga. För de älskar dig. Massor, jag lovar.”

Han tittar misstroget upp.

”Jag lovar att de gör det Adrian”, upprepar jag.

”Du vill fråga mig om något”, säger han med en vuxen självklarhet i rösten och makar sig lite närmare mig. Jag drar efter andan.

”Det stämmer”, säger jag. ”Kände du det?”

Adrian nickar och ger mig den mjuka kaninen.

”Jo”, säger jag, ”du sa en sak till mig om huset en gång. Att det fanns någon där som hade ont. Minns du?”

”Ja, jag minns lite”, säger han och låter som ett barn igen. ”Jätteont.”

”Gör det ont i dig att tänka på det här?”

”Nja. Nej. Både och. Jag är så van.”

Jag nickar och gnuggar kaninens öra mellan tummen och pekfingret.

”Du är inte konstig Adrian”, säger jag försiktigt. ”Och du är inte ensam. Jag … jag är lite som du. Jag kan också känna på mig saker. Se sånt som ingen annan ser.”

”Jag vet det”, säger han och skiner upp i ett litet leende.

”Vill du komma ut till mig och Jack någon dag?” frågar jag. ”Hälsa på oss i Tistelblomman? Det skulle vara mysigt, vi kan gå på upptäcktsfärd på hedarna om du vill.”

Varför säger jag så? Det är ett hugskott, ett infall. Kanske, om pojken och jag är där båda två, om vi känner av platsen tillsammans, så kanske vi skulle kunna ... hjälpa det som dröjer sig kvar. Kanske skulle det kunna rena luften där ute. Och kanske skulle det också ge den här lilla pojken ro från de plågsamma nödsignalerna han tvingas ta emot?

Men Adrian rycker till som om någon nypt honom.

”Du behöver inte”, säger jag snabbt.

”Jo”, säger Adrian och ser mig rakt i ögonen. ”Jag är som du och jag vill också veta vad det är som hänt.”

Vi avbryts av en mjuk knackning på dörren.

”Gubben ... jag tänkte att vi kunde ta tårtan nu. Snälla, kom och var med.”

Det är Annie.

”Hon har grejat med den där tårtan i två dagar”, viskar Adrian och ser skuldmedveten ut.

”Jamen kom då”, säger jag och ställer mig upp och sträcker ut handen. ”Alltså, hon älskar dig så mycket så det är inte klokt. Kom nu så går vi ner och käkar tårta.”

Pojken hasar ut på sängkanten och tar min hand.

39

”SE TILL ATT få en ring på det där fingret för helvete”, säger tvillingmamman och skrattar hest. Sedan drar hon ett hårt bloss på sin cigarett. Hon står lutad mot Fergus och Annies garagedörr. Inne i huset har hennes sockerhöga barn tänt av och somnat i en liten hög under soffbordet med armarna om varandra.

”Va?” säger jag och tittar automatiskt ner på mina händer. De håller om en svart sopkasse som jag tagit med ut. Skönt att komma bort från stojet.

”Ring på fingret”, upprepar hon övertydligt och pekar menande på sitt eget nakna ringfinger. ”Se till att din snygga karl gifter sig med dig.”

”Jaha”, säger jag förvånat.

Hon tar det som ett tack för ett gott råd, lyfter sin plastmugg med vin och skålar med luften.

”Ingen orsak!” Hennes skotska är lantlig och grovhuggen. ”Vilken kille du har. Jag hade inte tvekat. Haha!”

Skrattet avbryts av en skrällande hosta.

”Inte för att det verkar hjälpa dom där inne”, fortsätter hon när hon hämtat sig och sprätter iväg sin fimp mot Annies azaleor. Hon fiskar upp ett mjukt paket ur fickan och bjuder mig innan hon plockar fram en ny cigarett. Jag avböjer.

”Dom har allt, du vet. Adrians mamma och pappa”, säger hon och hytter med tummen in mot huset. ”Allt. Varandra, jobb, pengar, en fin unge. Och ändå.”

”Mm, det verkade kanske lite ... spänt?” säger jag och trycker ner soppåsen i tunnan.

Ytterdörren öppnas och ett par jag bara hälsat som hastigast på kliver ut. Deras lilla flicka hänger lojt i pappans famn. Hon bär en glittrig partyhatt och alla har de sina jackor på.

”Hej då”, ljudar föräldrarna åt oss och börjar gå ner för den kullerstensbelagda gatan.

Tvillingmamman och jag vinkar till avsked.

”Nej alltså, jag vet ju inte hur bra du känner Annie och Fergus, du som är ny i byn och allt”, säger hon förtroligt. ”Men man skulle ju kunna tycka att när man har så mycket ... tja, att det borde vara lättare. Men icke.”

Det börjar bli riktigt kyligt och jag gör en åkarbrasa.

”Det är Tistelblommans förbannelse förstås”, säger hon. En skarp vind drar genom de små trädgårdarna. En viskning från vidderna som får prydnadsbuskarnas löv att darra och rassla.

”Vad sa du?” säger jag och tar ett steg närmare henne. Letar i blicken efter tecken på att hon skämtar. Hittar inga. Hon vet inte var jag bor. Om hon visste skulle hon inte prata så här.

”Du är verkligen ny här va?” frågar hon.

”Ja.”

”Tistelblomman är traktens spökhus. Det har stått öde länge, av goda skäl. Men dom här två var så dumma så de gick och köpte det. Ja, det kunde ju bara sluta på ett sätt."

Hon fumlar med sin cigarett. Jag ser att hennes händer är nariga med hårt nerbitna naglar.

"Berätta mer", ber jag.

"Vet inte om jag vill", säger hon. "Eller om jag borde, rättare sagt. Man vet aldrig... det där stället kastar långa skuggor. Annat var det när man var yngre, då var man ju helt orädd. Fan, det hände att man åkte ut dit nåt gäng, du vet när killarna försökte skrämma upp oss tjejer så att vi skulle bli livrädda och börja klänga på dom..." Hon ler sorgset åt minnet. Så stirrar hon ner i sin mugg. Den är nästan tom.

"Kom", säger jag. "Det finns mer vin i garaget tror jag, vi smiter in."

Hon ger mig en uppskattande blick och jag öppnar porten så försiktigt jag kan.

Där inne luktar det olja, sågspån och cement. Verktyg, ved, cyklar och all möjlig bråte trängs utmed väggarna. Det mesta av golvytan tas upp av en blankputsad veteranbil i sportig modell som delvis är täckt av ett gammalt lakan. Vi smyger runt den, noga med att inte skrapa lacken. Tvillingmamman slår benet mot en cykelpedal och svär med sammanbitna läppar samtidigt som hon fnissar nervöst.

Jag hittar en kartong halvfull med vinflaskor längst in i skumrasket och väljer den enda med skruvkork. En rioja. Vi fyller på i hennes mugg och låter den gå mellan oss på ett konspiratoriskt sätt några gånger innan vi slår oss ner på några trälårar. Vinet smakar ingenting, det är för kallt.

Ett lysrör fladdrar i taket och ett smalt fönster mot

baksidan av huset släpper in lite disigt eftermiddagsljus. I övrigt är garaget dunkelt.

”Tistelblomman är ett hus med långa skuggor sa du. Hur menar du?” frågar jag. Hon ser på mig med uppspärrade ögon som om hon börjar få svårt att fokusera.

”Jo… men nu senast var det ju det där med renoveringen”, säger hon. ”Strax efter att Adrians mamma och pappa hade köpt kåken. Det var ju ett mirakel att dom ens fick ut några gubbar dit alls, måste väl ha betalat tredubbelt. Och sen gick det ju tyvärr som det gick.”

”Hur då?”

”Det hände nog redan andra dagen tror jag. Mr Blake, ja, det är ju honom du ska fråga egentligen. Fast om han vill svara är ju en annan sak… han är ärrad för livet nu. Och hans gesäll dog ju på fläcken.”

”Dog?”

”Jätteduktig kille. Dråsade ner från taket och bröt nacken eller hur det nu var. Fast han hade säkerhetsutrustning och hela skiten.” Tvillingmamman ryser och drar i sitt långa örhänge. ”Men det var nog ingen som var förvånad egentligen. Sånt där har alltid hänt där ute. Men utbölingarna, Fergus och Annie, dom skulle förstås komma hitvalsande med sina pengar och sina stora planer… fast vi som är härifrån, vi vet ju bättre. Hon vill vara ifred. Annars tar hon hämnd.”

Hon. En krypande föraning smyger upp bakom min rygg och sätter klorna i mig.

”Vem är det du menar?” frågar jag. Hjärtat hamrar snabbt nu.

”Tja… åsikterna går isär.” Hon flackar med blicken. ”Jag vet inte riktigt vad jag tror själv, men alla känner ju till berättelserna om henne. En del folk här omkring säger att det är ett gammalt väsen. En sorts *banshee* som håller till där ute, du vet, såna som finns på Irland också."

Jag nickar.

"Men andra säger att det inte är en banshee", fortsätter hon. "Att det är hon … skådespelerskan. Som det gick så illa för. På femtiotalet eller när det nu var. Eller så är det lite sanning i båda. Hon kanske har blivit en sån där … varelse. Ja, vad vet jag. Men det där stället ska man hålla sig borta ifrån, det är helt sant, det svär jag på."

"Gud vad ruskigt det låter. Och det här vet du för att du har varit där?" frågar jag.

Hon nickar allvarligt och drar efter andan innan hon svarar.

"Jag borde ha lyssnat. Då hade jag sluppit se."

"Se?"

"Jo, men man var ung, och jävligt dum. Det kanske är därför det inte har gått så … bra i livet. För mig."

Hon hänger med huvudet och snörvlar.

"Vad såg du då?" frågar jag och kramar plastmuggen med vin så att den börjar skrynklas ihop.

"Jo, det sas ju att man skulle försöka få syn på henne. Innan hon såg en."

Hon tar en paus och jag ser att hon hemskt gärna skulle vilja röka igen.

"Så man åkte ju dit ut då, ja, du vet hur tonåringar är", fortsätter hon. "Nån hade bil. Man hade druckit och det fanns inget att göra. Man ville kolla om det fungerade. Om det var sant."

"Hur då? Om vad var sant?"

"Att … hon var där, i Tistelblomman. Om det stämde

som folk sa. Rutinen var att man drog lott och om man förlorade så var det bara att visa sig tuff.”

”Du förlorade?”

”Kortaste stickan”, ler hon snett. ”Story of my life.”

”Vad gjorde du sedan?”

”Det som förväntades. Smög mig fram till kåken, tassade upp för trappan. Det var liksom rutinen. Dom andra väntade nere vid grinden. Och så skulle man kika genom nyckelhålet. Försöka … se henne. Upptäcka henne innan hon såg mig. Man vill inte att hon ska se en. Men … jag misslyckades. Hon såg mig ju.”

Jag märker att kvinnan är tagen, hon huttrar och ögonen är blanka.

”Hur visste du det?” frågar jag mjukt. ”Hur förstod du att hon såg dig?”

”Det var ingen tvekan”, säger hon och sväljer hårt. ”Jag kikade in, såg något som fladdrade till där inne i mörkret. Något brunaktigt och tunt, ett tyg kanske. Som rörde sig i huset. Genom hallen, på väg mot ytterdörren. Det var hon. Jag borde ha tittat bort då, sprungit bort från huset, men jag hann inte. Jag bara stod utanför dörren helt … tagen. Och hon var så snabb. Hon såg mig.”

”Men, hur vet du att hon såg dig?” frågar jag.

Orden stakar sig när hon fortsätter.

”Det vet man. Hon såg mig. Hon med de gula ögonen.”

40

"MAJA."

Adrian tar tag i min hand så fort vi kommer tillbaka in i huset igen och han släpper inte.

"Kom och titta på mina presenter", säger han med högre röst. Jag följer med honom till ett avskilt hörn.

"Jag är rädd", viskar jag.

"Jag ser det", säger Adrian. "Men du behöver nog inte vara rädd för … henne."

"Du har hört talas om henne?" frågar jag.

"Nja … det är nog mer så att jag *känt* henne. Hon med de gula ögonen, det är väl så hon kallas? Hon som står på vakt inne i huset och kikar ut genom nyckelhålet. Och när man tittar in ser man hennes lysande gula blick. Det sa fröknarna på dagis i alla fall, när dom inte visste att jag lyssnade."

Jag nickar utan ett ord. Munnen är torr som sand. Vatten, jag måste ha något att dricka.

Adrian tuggar i sig det sista av sin tårtbit och går ut till köket. På bordet står saft, vin åt de vuxna och två vattenkaraffer. Han kommer tillbaka med ett stort vattenglas som han håller med båda händerna.

"Här", säger pojken. "Sätt dig ner och drick."

Jag gör som han säger. I ögonvrån ser jag att Jack är fullt upptagen med att leka med tvillingarna, han hjälper deras mamma att lirka på dem ytterkläderna. Det är dags att gå hem. Jag dricker lite till, känner värmen komma tillbaka i händerna. Det sticker och bultar i fingertopparna. Herregud. Hon med de gula ögonen. Jag ryser i hela kroppen.

”Vad vill hon?” viskar jag.

”Jag vet inte … jag kan inte höra henne så bra”, svarar Adrian dämpat. ”Men jag tror inte att hon är … farlig. Jag vill komma ut till er, snälla får jag det? Jag vill känna efter, med dig. Vi kanske kan höra henne bättre tillsammans. Hon vill att någon ska lyssna. Och så tycker jag så mycket om att vara med dig.”

”Jag ska prata med din mamma och pappa om det”, säger jag och sväljer sista klunken. Adrian sticker in handen i min igen. Jag ser upp och tittar mig långsamt omkring.

Annie verkar mer tillfreds nu när Adrian bestämt sig för att delta i sitt eget kalas. Hon halvsitter i soffan och äter en tårtbit med fingrarna och skrattar åt något som tvillingarnas mamma säger. Jack skrattar också. Fergus halvsover i en fåtölj.

Det hjälper. Att vara med Adrian hjälper, det är helande på något vis. Han har sett sina delar av pusslet och jag mina. Snart ska vi lägga samman dem och försöka urskilja helheten tillsammans. Och det blir det sista jag gör här.

”Vi ses snart”, viskar jag. Pojken slår armarna om min hals.

När Jack och jag kommer hem är det nästan kväll. Jag vänder mig om och tittar på honom när han kör, och det slår mig att idag har jag inte tänkt en enda gång på att jag ska lämna honom snart. Inte förrän nu.

”Jag tittade på min gamla målning igen”, säger Jack utan att ta ögonen från vägen. ”Den jag gav Fergus när jag var tonåring. Den … har något.”

”Bara du håller dig på rätt sida om det mörka”, säger jag utan att egentligen veta vad jag pratar om. Jack ser på mig och skrattar till.

”Hur är det med dig Maja? Trött? Hon var lite påfrestande den där, hon med ungarna, fast snäll ändå tyckte jag. Bra tjej.”

Jag nickar.

Vi svänger upp mot Tistelblomman och jag känner mig plötsligt lugnare än på mycket länge. Smärtan över att förlora honom, att vara tvungen att vända ryggen mot det bästa jag någonsin upplevt är inte mindre nu, men den har förändrats. Blivit dovare och mörkare, som om jag vant mig vid tanken på uppbrottet. Accepterat det oundvikliga. Det är en tyngd i kroppen som jag kommer att bära med mig från och med nu.

En rörelse i mörkret uppe vid husgaveln fångar min blick när jag öppnar grinden. Undrar om hon hovrar i hallen precis bakom ytterdörren nu? Spanar ut, redo att stirra varje inkräktare i vitögat. Jag går upp för trappan. Tycker att jag kan se ett litet ljus som fladdrar till innanför nyckelhålet. Ett svagt prasslande ljud, kanske efter hennes långa kjol.

Ännu har jag inte förstått vad det är du vill, Rose. Vem det är du blickar ut efter. Men det kommer jag snart att göra. Adrian och jag ska göra vad vi kan så att du får ro, tänker jag.

41

"ÄNTLIGEN. NU vet jag vad jag ska måla härnäst. Själva temat."

Jack ser nästan febrig ut i sin iver. Han har släpat upp en stor duk från källaren och jag gissar att han tänker ställa i ordning så att han kan börja måla i salongen. Göra om den till sin ateljé.

"Bra", säger jag. "Det låter som om du har tänkt dig en hel serie? Vad ska du inrikta dig på?"

"*Sluagh*", säger Jack leende och pekar på köksfönstret, upp mot den grå förmiddagshimlen. "Först och främst."

Jag kisar ut men ser bara två gråbruna fåglar i skyn.

"Vad är *sluagh*?"

"De var ondskefulla spöken. Skotska mytologiska varelser, verkligt otrevliga. Folk trodde att de hade syndat så mycket i livet att de inte var välkomna i dödsriket, utan var fördömda till en skuggtillvaro här på jorden. Moder jord ville inte ens ge plats åt deras kvarlevor, så de hade inga gravar. De fick driva omkring ute på vidderna, odöda och olyckliga och fulla av vrede. Och gud hjälpe den som stötte på dem."

"Jaha, så du tänker gå tillbaka till ... mörka motiv?"

Jack krafsar sig i nacken.

"Tja... lite kanske. Men inte som förr, inte alls så grovt. Jag vill inte chocka mig till uppmärksamhet längre. Men det finns många fina legender härifrån höglandet, jag har väl någon tanke om att det kunde bli... ja, bra helt enkelt. Om jag försökte skildra dem på mitt sätt. Vad tror du?"

Han ser faktiskt lite nervös ut för vad jag ska tycka.

"Bra", upprepar jag. "Jag gillar det. Och det handlar ju om dina rötter, ditt ursprung. Hur ser de ut förresten, de här *sluagh*?"

"Hemska. Monstruösa. Förvridna och knotiga... Men det vanligaste var tydligen att man såg dem som fåglar. De kunde komma svepande i flockar, alltid från väst. När de sänkte sig över ett hus visste man att någon snart skulle dö. *Sluagh* kom för att försöka ta med sig den döendes själ, kidnappa den kan man säga. Det hände att folk förseglade sina fönster av den anledningen."

"Som här i huset", säger jag. "Här är det ju någon som har förslutit alla fönster."

Jack stannar upp mitt i en rörelse. Håret är rufsigt och faller ner i ögonen på honom. Blicken glänser. Det ilar till i mitt hjärta. Det är så här jag vill minnas honom. Exakt så här.

"Det har du rätt i", skrattar han. "Och vi kanske borde låta dem vara igenbommade. För säkerhets skull."

Jag står ensam i sovrummet och ser mig omkring. Överallt är det spår av mig. En hopvikt tröja på en pall, skissblock och böcker i högar på nattduksbordet, ett par tygskor i ett hörn. Jag borde börja packa nu, plocka ihop mina saker i hemlighet. Bara det viktigaste, så mycket jag kan bära i en axelremsväska. Om fyra nätter ska jag vara borta härifrån. Snart kommer Jack att vara fri att fylla det här rummet med någon annans saker. Marielle A:s till exempel.

Nej. Tänk inte på det där. Tänk framåt.

Jag borde också börja fundera på hur jag ska förklara mig i avskedsbrevet till Jack. Men hur beskriver man det omöjliga?

Jag lyfter upp tröjan från pallen med en kraftlös rörelse men sedan vet inte var jag ska göra av den, så jag blir bara stående med plagget i handen. Och när jag försöker forma ord och meningar som ska uttrycka det allra svåraste är det bara stumt inom mig.

Då brakar det till mot fönstret. Smällen är så kraftig att glasrutan skallrar och jag rycker till av chocken. Jag hinner bara uppfatta något gråbrunt och tufsigt. Det är en fågel. Den har flugit rakt in i fönstret med sådan kraft att rutan måste ha spruckit och fågeln själv måste ha krossat vartenda ben i kroppen. Den ligger säkert alldeles trasig på marken nedanför nu.

När chocken släpper greppet om mig rusar jag till fönstret, tittar på glaset. Och jag ser. Precis ovanför mitt huvud, på utsidan av rutan, finns ett perfekt avtryck efter fågeln. Det är som en stämpel tecknad i damm och fett. Kroppens silhuett är komplett och vingpennorna är vinklade högt ovanför huvudet. De kloförsedda fötterna och näbben, allt syns. Till och med det ena ögat. Fjäderdräktens alla fjun avbildade i ett vackert mönster. Men avtrycket blir osynligt om jag inte står exakt så att ljuset träffar rutan på rätt sätt.

Jag vet inte varför, men blicken vandrar upp för fönstret. Hela vägen upp, alldeles under fönsterkarmen. Jag stirrar mot den översta delen av rutan och ryggar tillbaka. Det finns ett annat avtryck där. Matta fläckar på insidan av glaset. Jag kan urskilja anletsdrag. Näsborrar, läppar, ögonhålor, och själva uttrycket.

Jag backar mot dörren så snabbt att jag snubblar över mina egna fötter.

Hon har stått här i sovrummet, innanför fönstret, mycket högt upp, och tryckt hela ansiktet mot glaset. Hennes hjässa kan inte ha varit långt från taket, klättrade hon upp på något? Det är som dragmärken på rutan, spåren är liksom uttöjda. Jag förstår att hon pressat ansiktet neråt, fortfarande tätt tryckt mot glaset. Munnen ser omöjligt lång ut, vild och djurisk, vidöppen som i ett vrål.

En förvandling. Hennes ansikte, ett mänskligt ansikte och ändå inte.

Det är inte vackert. Inte alls som på bilderna jag sett på den unga oförstörda Rose McCormick, utan förvridet och fasansfullt. En mask av galenskap.

42

JAG ÄR OMSLUTEN av ett väldigt brus. När jag famlar mig ner för trappan mot köket är det som om väggarna dövar mina tankar, trycker ner dem. Alla lampor verkar ha släckts. Andetagen är korta och ytliga. Mitt i kvävningen sträcks två armar mot mig.

”Maja”, mumlar han. ”Jag hörde nåt där uppe. Var det du?”

Jag vet inte vad jag svarar, om jag svarar.

”Det var en grej ... jag vet inte riktigt hur jag ska säga det här.”

Jag ser honom som i en dimma, munnen formar ord men de är svåra att höra, de verkar inte hänga ihop. Är det nu han ska berätta om den andra kvinnan?

Han slickar sig nervöst om läpparna, letar efter något i sin ficka. ”Jag hade egentligen tänkt vänta lite men du är så ... alltså, jag ville ge dig nåt. Här, det är till dig. Det är inget stort.”

Han håller fram sin kupade hand. Jag böjer mig närmare för att se vad det är. I Jacks handflata ligger något som gnistrar.

Nej. Nej. Jag är bunden till dig för alltid Jack, men inte så här.

För det är en ring. Sex slipade stenar formade som en blomma. En rosa blomma infattad i gammalt silver.

När Jack trär ringen på mitt finger glider den på som om den var gjord för mig. Metallen känns varm och len mot huden. Jag känner igen den här ringen, den har tillhört någon annan.

"Jag hittade den i trädgården", säger Jack lågt. "När jag var nere och pysslade lite vid växthuset. Den stack upp ur jorden, precis vid tomtgränsen. I det bortersta hörnet vid stenbumlingen, framför hasselsnåret du vet. Den där skuggiga platsen där ingenting vill växa, bara mossa."

"Så egentligen är det inte en present från dig", säger jag, men han nickar ivrigt och sträcker ut min hand framför sig som om han vill beundra smycket på dess rätta plats. Jag håller fingrarna alldeles rakt och stelt, låter honom göra som han vill.

Jag har sett ringen förut. På filmaffischen. Rose McCormicks vita hand som vilade lätt mot nyckelbenet. Ringen känns plötsligt tung och iskall.

"Nej", säger Jack. "Du har rätt, ringen är ju inte från mig egentligen. Man kanske kan säga att det är en present från Tistelblomman."

*

Jag ligger vaken i mörkret och lyssnar medan Jack skruvar in sig i en orolig sömn. Det tar tid. Då och då suckar han och kastar sig runt men efter en stund lättar det, vad det nu är som hemsöker honom. När hans andhämtning blivit djup och regelbunden vrider jag av mig ringen och släpper den ljudlöst på nattduksbordet.

Fingret där den suttit är domnat och kallt.

Ett svagt dunsande. Det kommer från någonstans i huset. Jag håller andan, väntar på att det ska höras igen. Ingenting. Jag hörde fel.

Jag blundar hårt och spärrar sedan upp ögonen. Blickar ut i det nästan svarta rummet, söker av varje hörn. När jag börjar vänja mig tycker jag nästan att jag kan se det slingrande tistelmönstret på tapeten.

Där. En skiftning. Något långt och smalt som står vid fönstret. Eller är det bara Jacks morgonrock som hänger på en krok? Nej, den rörde sig. Helt lite, nästan omärkligt, men ändå. En minimal huvudvridning.

Det dunsar igen. Den här gången är jag säker. Ljudet är tydligare, det har rört sig närmare sovrummet.

Så hörs en suck. Någon andas ut, långsamt och väsande. Jag rycker till och sängkläderna prasslar onaturligt högt omkring mig. Var det Jack? Nej, sucken kom inte därifrån. Jag sjunker ner under täcket, armarna är spända. Jag fryser och svettas på samma gång. Sucken lät märklig, dov och avhuggen, som om det inte fanns tillräckligt med luft för ljudvågorna att färdas.

Under sängen. Det lät under sängen. Precis där jag ligger, exakt under mitt huvud.

43

NATTEN VANDRAR långsamt genom Skotska högländet. Så lång väg kvar att gå. Molnen ligger lågt, de skymmer månen och stjärnorna.

Jag sjunker så småningom in i en halvsömn, ett skikt av mitt medvetande där jag upplever hennes väsen som helt närvarande och verkligt, en tredje invånare i huset som jag kan tilltala. Och som en huvudvärk kan klinga av och mattas så gradvis att man inte märker med en gång när den är borta, på samma sätt förstår jag att jag inte är rädd längre. Inte för henne.

Hennes gula ögon är springor i mörkret mycket nära mitt ansikte. Ljuset är en reflektion, en återspegling som slungas tillbaka mot betraktaren. De består av alla strålkastare, rampljus och kamerablixtar som riktades mot henne i livet. Nu finns de samlade i hennes blick.

Det susar utanför fönstret. En nordlig vind har drivit ner från bergen. Kylan sipprar genom glas och väggar, svallar i mitt blod. Och det susar här inne, det brusar och sprakar av hennes energi.

Hon har inget ont uppsåt, jag ser det nu. Det är missuppfattningar, rykten. Rena lögner. Hon vill inte skada. Hon vill varna.

Det ljusnar sakta över kullarna. En blackig gryningshimmel och natten bleknar till ett minne. Jacks händer är på mig, mjuka och nyvakna.

Han kommer inte att göra mig illa Rose, inte om jag inte låter honom. Och jag tänker inte låta honom, för jag är ju på väg att försvinna härifrån. Men han kan inte lastas för att det har blivit så här, tro inte det. Det är min egen skuld, min särart och min slutenhet som har tvingat fram förloppet. Det är jag själv som har drivit honom i famnen på en annan, inte på grund av något jag sagt eller gjort utan för det jag aldrig sa. Jag förstår det. Men jag vågade inte ta risken.

Jag vill att du ska kunna släppa taget om den här platsen. Jag vet inte exakt vad du vill, men jag känner din närvaro och det gör pojken också, Adrian. Han säger att det finns någon här som plågas och har ont. Det är väl dig han menar Rose?

Innan jag reser ska vi försöka lyssna till dig, pojken och jag tillsammans. Kanske kommer vi att se helheten då och inte bara lösryckta fragment. Kanske kommer vi att kunna hjälpa dig. Jag hoppas det.

44

JAG KÖR EN omväg förbi Lilys hus innan jag åker för att hämta Adrian. Redan när jag svänger in på gatan ser jag att fönsterluckorna är stängda. När jag kliver ur bilen upptäcker jag att hennes stora katt stryker omkring utanför dörren med ett olyckligt jamande.

En dam i städrock och med en scarf i klut om håret kommer ut från huset intill, ställer sig bredbent på sin förstutrapp och ser på mig.

”Söker du någon?”

”Ja”, säger jag. ”Jag kom för att se hur det är med Lily. Någon i teatersällskapet sa att hon blivit dålig.”

Grannen mjuknar en aning.

”Stämmer. Hon är på hospice nu.”

”Är det så illa?”

Hon nickar allvarligt.

”Och katten?” frågar jag.

”Mittens bor hos mig nu. Slöar i köket mest hela dagarna, när hon inte försöker äta mig ur huset. Men det är skönt med lite sällskap faktiskt.”

Hon ler återhållet, så som människor med löständer gör. ”Katten får gärna stanna. Men ibland blir hon så här orolig, måste ut och inspektera.”

”Ja, det kan inte vara lätt”, säger jag.
Grannfrun gör en outgrundlig min.

Jag köper med mig kaffebröd och på vägen till hospicet ringer jag Annie och säger att jag blir lite sen med att hämta upp Adrian. Jag frågar också om hon vill följa med och besöka Lily, men det visar sig att Annie står i en tygaffär i närmsta stad. Så fort jag hämtat pojken ska Fergus också åka dit för att möta henne och gå ut och äta middag.

”Vi ska försöka ... reparera en del saker mellan oss”, säger Annie och det hörs till och med på rösten att hon rodnar.

Så tackar hon mig för att vi ser efter Adrian.

”Han pratar massor om Jack och dig. Ja, framför allt om dig. Jag tror faktiskt inte att han skulle ha något emot att bli adopterad ...”

”Du”, säger jag. En ingivelse. Jag kan alltid fråga. ”Om ni vill ha lite mer tid för er själva ... och om Adrian vill själv förstås, så får han hemskt gärna sova över ute hos oss.”

”I Tistelblomman?” frågar Annie och låter chockad. ”Över natten? Eller tänkte du att ni skulle vara i vårt hus?”

”Tistelblomman är ju faktiskt också ert hus”, säger jag. Hennes reaktion gör mig irriterad. Om stället inte är gott nog åt hennes familj, varför skulle det då vara okej att hyra ut det till Jack och mig?

Annie skrattar till som för att ta udden av sin starka reaktion.

”Nej, det är bara det att Adrian inte är beredd på att sova över”, säger hon. ”Och han kan få för sig att konstra rejält när något avviker från hans rutiner. Alltså, han är verkligen inte så lätt att ha och göra med alla gånger."

"Jag pratar med honom och med Fergus", säger jag bestämt. "Vi får se vad Adrian själv tycker. Och det kanske vore skönt för honom att få lite semester från er båda också."

Det blir tyst i luren och jag ångrar genast det sista.

"Du har rätt", säger Annie till slut. "Vi säger så. Det blir bra. Om ni vill ha det besväret så är vi… tacksamma. Men bara om Adrian själv säger att han vill sova i Tistelblomman alltså."

45

LILYS SJUKRUM ÄR inrett i hemliknande stil med rosa nylongardiner och daskiga blomstertryck, men de lyckas inte skapa någon trevnad utan får bara sjukhusapparaterna att se ännu mer utomjordiska ut. Den lilla människan i sängen verkar helt främmande, som om hon redan är halvvägs in i en annan värld.

Linoleumgolvens blåmelerade plast når flera decimeter upp på väggarna och jag kan inte hjälpa att associationerna går till bårhus. En slutstation där den skenbara normaliteten kan bytas mot kaos i ett enda slag. En plats där kroppar rämnar och går under. Och då måste omgivningen vara praktisk, lätt att göra ren efteråt.

”Maja ..?”

Rösten från sängen låter trött men alldeles klar. ”Är det du? Här ligger jag. Lyxigt värre.”

”Hej Lily. Ja, det är Maja.”

Jag lägger ifrån mig brödpåsen på hennes bord. Där står redan en torr krukväxt med ett kort i, och en bukett nejlikor. Jag går fram till sängen och ser genast att Lily skulle behöva en ny hårtoning. Jag kanske kan köpa en och be någon sköterska om hjälp.

”Fint att du kom”, säger hon. ”Ni är kvar i Tistelblomman?”

”Ja. Ett litet tag till i alla fall. Vill du ha något?”

”Nej tack”, säger den gamla och håller upp armen med möda. Den är plågsamt smal. ”Det är slang som gäller för mig nu. Men jag luktar gärna lite i den där påsen, är det något med vaniljkräm du tagit med dig?”

Jag skrattar till och gräver i fickan. Men när jag håller upp ringen som Jack hittade i trädgården ryggar Lily tillbaka så gott hon nu kan i sängen. Ögonen är halvslutna och hon andas stötigt. Jag funderar på om jag borde ringa efter hjälp, om det var rätt att komma hit och försöka pressa henne.

”Förlåt”, säger hon och försöker svälja. Det ser ut att göra ont.

”Förlåt för vad? Du har ingenting att be om ursäkt för.”

”Jo, det har jag”, säger Lily bestämt och spänner blicken i mig. ”Jag har varit trilsk och hemlighetsfull. Ville inte berätta.”

”Kanske det ...” Jag drar på det. ”Varför då i så fall?”

Hon fnyser och vrider huvudet mot fönstret.

”Jag ville väl inte älta. Inte återbesöka svåra minnen. Men jag var ju där”, säger hon lågt. ”Som ung flicka. Jag vet. Jag ville väl inte spä på ryktena heller ... men ... det är inte bara prat. Jag har tänkt mycket på det här ska du veta. Försökt få ordning på det i skallen, för det lämnar mig ingen ro. Så jag är glad att du är här.”

”Jag också”, säger jag och tar Lilys hand. Den är torr och oväntat varm.

”Jag såg honom”, viskar hon. ”Inte då, men senare.”

”Vem?” frågar jag.

”Jag kommer till det. Hon tog emot elever där ute i huset under en period. När hon fortfarande var ... Innan hon blev helt folkskygg. Men det var nog bara jag som kom mer än en gång.”

”Elever? Var det Rose som tog emot elever?” frågar jag försiktigt. ”Rose McCormick?”

Lily svarar inte, hon verkar nästan ha sjunkit in i medvetslöshet. Är det här normalt? Ska jag kalla på någon? Jag är precis på väg att resa mig och springa ut i korridoren när Lily rosslar till och slår upp ögonen. Hon kämpar förgäves med att sätta sig upp och jag klappar henne på kinden, försöker lugna henne.

”Vi måste inte prata mer”, säger jag.

”Jo. Det måste vi. Jag har inte lång tid kvar.” Men hon behöver samla sig ännu en liten stund.

”Så du känner igen ringen”, säger jag efter en paus och håller upp det gnistrande smycket. ”Den var hennes, eller hur?”

”Ja”, säger hon och tittar snabbt på den och sedan bort. ”Var har du fått tag på den?”

”Jack hittade den i jorden i trädgården”, säger jag.

Hon muttrar något. Jag stoppar ner ringen i fickan igen och står emot en impuls att torka av händerna mot byxorna.

”Rose McCormicks ring”, fortsätter jag. ”Såvitt jag förstår var hon en skådespelerska som kom härifrån. Hon blev upptäckt och åkte till Hollywood. Men något gick fel och hon kom tillbaka till sina hemtrakter och flyttade in i Tistelblomman. Hon var den sista ägaren och hon dog i huset. Vet du om det stämmer?”

”Det stämmer”, säger Lily och tar sig åt pannan. ”Min mor och hennes väninnor pratade inte om annat vid den tiden. Hela trakten kokade av skvaller och illvilligt sladder om Rose McCormick. Vad som hade hänt, varför hon kommit tillbaka hit. En ung man från bygden friade och fick ja. Han var militär. Men han stod inte ut i längden, hon hade med sig ett och annat i bagaget förstås. Folk var oerhört skadeglada, och den elakheten ... den chockade mig."

"Vad hade hon med sig i bagaget?"

Men Lily måste vila igen. Små svettdroppar har brutit fram på överläppen och jag tycker att ena mungipan hänger lite. Jag väntar. Stryker över lakanet, andas. En doft av antibakteriell handtvätt ligger i luften.

"Gud vet vad de hade givit henne där borta i Hollywood." Lily verkar kämpa mot sömnen nu men fortsätter ändå. "Narkotika av något slag. Det sas att hon blivit ... psykotisk. På inspelningsplatsen, att hon inte kunde arbeta mer."

"Så hon kom tillbaka hit som missbrukare?"

"Det vet jag inte. Men hon hade vanföreställningar, absolut. Såg spindlar och kryp överallt ... jag fick stå och skrubba mig i köket innan vi började, hon krävde det. Klä av mig på överkroppen, gno mig med en nagelborste ... hon inspekterade mig. Ändå hade jag inget emot det på något sätt. Hon var så fin och vänlig, gjorde det till en lek ... jag ville, liksom. Vara henne till lags. Det var ju hennes hus, hennes regler på något sätt. Jag berättade aldrig för någon om det. Inte förrän nu."

"Och sedan började ni ... med vad?"

"Danslektioner. De första åren gav hon danslektioner där ute i huset. Och lektioner i vältalighet, ja, det var faktiskt så jag fick upp ögonen för mitt yrkesval. Rose var oerhört begåvad, hennes språköra ... det fanns inte en enda dialekt hon inte kunde imitera …" Lily gäspar. "Men hon var ju … alltså, hon var ju inte riktigt som hon skulle. Hon borde nog inte fått ta hand om barn."

"Men du åkte dit ändå?"

Lily suckar.

"Ja. Min mamma propsade på det. Hon var sjukligt nyfiken av sig. Man betalade kontant och Rose behövde pengarna. Hon hade blivit ensam då, mannen hade lämnat henne. Det var tragiskt. Sedan fick jag rapportera när jag kom hem. Men jag berättade aldrig allt. Det var för mycket. Och arrangemanget fick ett hastigt slut när han … när jag …"

Lily flämtar efter luft och försöker dra den tunna sjukhusfilten högre upp över kroppen för att värma sig, men misslyckas. Jag hjälper henne.

"Jag orkar knappt trycka på den där jäkla larmknappen själv", säger hon och ler ursäktande. "Patetiskt. Inuti känner jag mig precis som … som förr. I tanken."

"Vill du ha en sniff ur brödpåsen?" frågar jag men hon ler bara snett och skakar på huvudet. Det är snart dags för mig att gå, att låta henne vila.

Och som om hon hörde mig tänka de orden säger Lily:

"Förlåt, men jag orkar inte mer nu."

"Tack", säger jag lågt. "Tack för all din hjälp. Nu förstår jag lite mer."

Men då får hon något oroligt över sig. Fingrarna plockar med filten och det rycker i hennes tunna ögonlock. Håller hon på att få ett anfall?

"Nej … nej", mumlar hon.

"Ta det lugnt Lily, jag hämtar någon", säger jag och går snabbt mot dörren.

”Vänta.”

Jag stannar upp mitt i ett steg.

”Jag såg honom aldrig”, säger Lily dovt. Hon blundar nu. ”Inte då, inte i huset. Men han var där. Det kände man. Det var som om han rörde sig inuti själva väggarna. Han smög sig på mig och knuffade in mig i det där skåpet under trappan. Det var därför jag visste var det elektriska fanns och tänkte att jag skulle kunna hjälpa dig.”

”Vem då, Lily? Vem knuffade in dig i skåpet under trappan?”

Det blir alldeles stilla i rummet i någon minut och jag ska precis vända mig om och gå efter hjälp när hon sätter sig upp i sängen och tittar rakt på mig.

”Rose hade med sig en del i bagaget som sagt”, säger Lily.

”Jaha”, säger jag och tar ett par steg mot sängen.

”Hon var med barn när hon kom tillbaka från USA. En pojke. Det var han som strök omkring i huset, fast jag inte såg honom då. Och jag tror … jag tror att han gjorde Rose illa.”

Så faller Lily framåt i sängen som en marionettdocka som fått sina trådar avklippta.

46

”VAD BRA ATT du är här Adrian”, säger jag och lägger en arm om pojkens axlar. Så liten och smal han är.

Han tittar upp och för en kort sekund ser jag det där bottenlösa allvaret i hans blick.

”Ja. Ganska bra är det”, svarar han.

Sedan rycker han till som för att komma undan och skuttar iväg framför mig den sista biten upp för slänten. Den lilla kikaren slänger runt hans hals.

”Wow! Man kan se hela Skottland härifrån.”

”Knappast”, svarar Jack och låtsas jaga Adrian med utsträckta händer. ”Kan du se sjöodjuret? Eller Inverness? Eller Edinburgh? Nä, just det!”

Pojken fnittrar så att han börjar hicka, studsar undan och trillar ihop i en liten hög i gräset.

Mina tår är redan våta men jag fryser inte, det gör ingen av oss. Vi är varma och rosiga av fotvandringen upp hit.

Längs med höjden löper en smal stig som på ena sidan omgärdas av en låg klipprygg. På andra sidan stupar en ravin bråddjupt. Vi går så nära kanten som vi törs för att titta ner. Det hisnar i magen på mig.

”Titta, en avsats”, säger Jack och pekar ner på en

utskjutande klippa någon meter under oss. Jag sträcker på halsen, ser försiktigt ner. Avsatsen är gräsbevuxen och flat, inte större än en enkelmadrass. Jag ryser och backar undan till en säkrare position. Försöker dra med mig de andra två men de vill titta mer.

"Det är som en balkong", säger Adrian och pekar. "Det växer till och med blommor där nere. Ska vi klättra dit?"

"Kommer aldrig på frågan", säger jag. "Kom nu, vem vill ha en macka?"

En mjölkvit dimma har börjat rulla in och sommaren känns redan som ett avlägset minne. Luften luktar frost.

"Jag vill ha en chipsmacka!" skriker Adrian och går äntligen undan från kanten.

"Jag med", säger Jack.

"Gud vad äckligt, glöm det", säger jag och tar av mig ryggsäcken. "Vi har... tomat, ost och skinka... eller tonfisk med gurka... men oj, titta här, små chipspåsar faktiskt. Och saft."

De samlas runt mig och sträcker sig efter maten. Jack kastar upp chips i luften och fångar dem med munnen till Adrians förtjusning.

Så här skulle det faktiskt kunna vara, tänker jag. Så här skulle det kunna bli.

Nej. Så här kan det aldrig bli för mig. Jag kommer aldrig ta risken att utsätta en ny liten människa för det här arvet, det har jag bestämt.

När vi har ätit upp matsäcken tar Jack fram en liten skissbok med svarta pärmar. Adrian och jag sjunker ner på marken en liten bit ifrån honom och börjar leka med kikaren. Vi riktar in den på olika punkter i terrängen nedanför, och jag visar honom hur man ställer in skärpan genom att justera det lilla hjulet mellan linserna. Han är förtjust.

"Oj, där är Tistelblomman", säger han. "Och grinden... och tornet... och en fågel! Det sitter en fågel på taket, jag kan se det!"

"Kan du hitta växthuset?" frågar jag.

"Mm... Där. Fast suddigt."

"Då vrider du i mitten, pyttelite bara, det räcker."

"Nu! Nu ser jag allt", säger pojken. Men så sänker han kikaren och tittar bekymrat på mig. "Det blir så nära", säger han. "Det är ju som om man stod där nere själv. Fast liksom ännu tydligare. Titta du."

En svettdroppe kittlar längs med min ryggrad när jag tar över kikaren, sätter den mot ögonen och riktar den ner mot trädgården.

"Ser du spindelväven?" frågar Adrian. "Och allt det andra, sakerna inne i växthuset? Man kan se rakt in på golvet för rutorna är så trasiga."

Jag behöver inte ställa om skärpan. Adrian och jag har tydligen samma slags ögon. Jag låter blicken glida över skärvorna i växthusets tak, mot dörröppningen, in på jordgolvet. Där är högen med trasor på marken, det är en gammal trasmatta som ligger där ihoptrasslad, smutsbrun med ränder. Det ser jag tydligt nu. Behövde bara rätt avstånd, och kanske rätt ledsagare också. Det sticker fram en tunn pinne under traven med lump. En metallskodd pinne ser det ut som, kanske en målarpensel?

En skugga drar plötsligt förbi mitt synfält. Den är oskarp och dimmig men får mig att hoppa högt. Jag börjar darra med kikaren, tappar koncentrationen och blir torr i munnen. Ska jag låtsas om något? Nej, det kan ju ha varit vad som helst, ett djur som kom i vägen eller något som blåste förbi.

Jag lirkar av mig kikaren och hänger snöret om Adrians hals igen.

"Titta du, jag ska se om det finns mer saft."

Vinden drar kalla fingrar utmed min kind och jag huttrar till trots att jag egentligen är varm. Plötsligt rycker Adrian mig i jackärmen. Hans ögon är stora och rädda.

"Jag såg nåt Maja", viskar han. "I kikaren. Just nu. Jag såg nåt som… inte var där. Som hände en annan gång."

"Vad då", mumlar jag och drar honom intill mig. Han lutar huvudet mot min jacka och blundar. "Säg det till mig Adrian. Du kan berätta om sånt för mig, det vet du."

"Fast jag vill inte", säger pojken tyst. "Det räcker kanske med att *jag* vet."

"Nej, varför då? Det är mycket bättre att du berättar för mig. Att du delar med dig. Det känns bättre då."

"Ska du säga", säger Adrian och ler försiktigt. Jag måste också le men det blir mest en sorgsen grimas.

"Fast det är bäst", fortsätter pojken. "Att bara jag vet. För annars kanske du råkar illa ut, och det vill inte jag."

"Jag tänker inte råka illa ut", säger jag lågt och tittar snabbt mot Jack där han sitter och tecknar en bit bort. Han verkar inte lyssna på oss alls, han är helt försjunken i en skiss. "Det lovar jag dig, Adrian. Jag har varit med om såna här saker några gånger förut förstår du, och jag kan ta hand om mig själv rätt så bra."

I samma stund som jag säger orden inser jag att jag faktiskt har rätt. Jag kommer att klara det här. Ta mig härifrån och lappa ihop mitt liv på något sätt. Gå vidare.

”Berätta, snälla du”, ber jag honom igen.

Men Adrian kniper ihop munnen och slår armarna i kors över bröstet. Skakar på huvudet så att det tunna ljusa håret flyger.

”Skyddar du någon?” frågar jag viskande.

Pojken blundar hårt och skakar snabbare på huvudet. Jag måste gå mycket varligt fram här.

”Det här är viktigt Adrian, snälla svara mig: Tror du att det är farligt här vid Tistelblomman?”

Han spärrar upp ögonen och sitter stilla.

”Det var i alla fall farligt för … han”, säger pojken.

”Han, vilken då han?”

”Vet inte vad han heter, han, honom. Finns det mer macka?”

Jag drar år mig ryggsäcken och börjar riva runt.

”Här. Ostmacka. Ta lite att dricka också.”

Adrian tuggar snabbt i sig smörgåsen.

”Jag blir alltid så … tom. I magen liksom. I hela kroppen. När jag har sett nåt”, säger han och hickar till. ”Tack för smörgåsen.”

Den där lilla läspningen igen.

”Det var så lite. Men nu vill jag att du säger. Du var precis på väg att berätta nåt om att det var farligt för någon … en han? En pojke?” frågar jag.

”Nej”, säger Adrian irriterat och pekar rakt på Jack. ”Som han.”

”Såg du nåt med Jack?” viskar jag häftigt.

”Nej men alltså, en sån som Jack. Inte en pojke men liksom … en kille?”

”Jaha, då fattar jag. Och vad hände med den här killen då?”

Jag kämpar med att prata tyst och sansat, inte låta

otåligheten skära igenom. Får inte göra pojken mer stressad än han redan är.

”Det kom blod. Väldigt mycket blod”, säger Adrian nästan ohörbart och stirrar ner på sina händer.

”Vi tänker inte mer på det här nu”, säger jag snabbt.

”Jo, fast jag vill säga en grej nu. För det var så konstigt”, säger pojken trevande.

”Men säg då. Du kan viska i mitt öra om du vill. Så tar vi lite godis sen, okej? Och busar med Jack?”

”Okej”, säger Adrian. Så ställer han sig på knä i det höga gräset, lägger armarna om min hals och viskar mot mitt öra:

”Killen som kom hit och skulle laga taket. När mamma och pappa just hade köpt det, och dom var här ute och jobbade med huset. Han ramlade ner. Jag såg hur det gick till, just nu, i kikaren. Han slog sig jättemycket. Så mycket att han dog. Och alla blev så ledsna, och så rädda. För det var så konstigt att han kunde ramla ner. Han var ju fastspänd.”

47

VI HAR HUNNIT ända fram till tomten innan Adrian säger något mer. Han har hållit Jack hårt i handen under hela nedstigningen och varit djupt koncentrerad på var han satte fötterna. Mycket mer fokuserad än när vi gav oss ut på vandringen. Han irrar med blicken och verkar tagen efter det han sett i kikaren, jag ser det och mitt hjärta ömmar för honom. Lilla, lilla vän. Jag vet att det är jobbigt. Jag förstår dig så mycket bättre än jag kan förklara.

När vi kommer till grinden stannar pojken och tittar upp mot Tistelblomman under lugg. Jag kan se på hans kroppshållning att han nog behöver kissa, men ändå gör han sig ingen brådska. Tvärtom. Nu drar han benen efter sig.

”Gå in före du, Jack”, säger jag. ”Ta med ryggsäcken. Och vill du sätta på kaffe är du snäll?

”Visst.”

Jack släntrar genom grinden och upp för trädgårdsgången och lämnar oss stående där. Vi ser honom öppna dörren och försvinna in i huset. Tistelblomman välkomnar honom. Lamporna tänds.

”Vad bra att du vill sova över hos oss”, säger jag.

”Jag har ju varit här förut”, säger Adrian allvarligt. ”En gång. Fast inte innanför grinden. När jag var jätteliten.”

”Ja just det. Det berättade ju din mamma och pappa.”

”Fast jag kommer ihåg det också, helt själv”, säger han. ”Jag satt kvar i bilen. Dom parkerade här. Öppnade grinden och gick upp mot huset.”

”Det var inte dåligt”, säger jag. ”Att minnas nåt som hände när du var en liten bebis.”

Varsamt nu, påminner jag mig själv. Pojken snörvlar och bestämmer sig tydligen för att vara modig. Med ögonen riktade mot ytterdörren tar han liksom sats med hela kroppen. Och så tar han steget genom grindöppningen och in på ägorna. Jag går jämsides med honom.

”Hur känns det?” frågar jag.

”Vad tycker du?” undrar han med tvekan i rösten.

”Det är ju speciellt här. Liksom dubbelt. Både fint och… något annat. Något olycksbådande, förstår du hur jag menar?”

Pojken nickar sammanbitet.

”Minns du något mer av vad som hände när du var här sist Adrian? När du var nästan nyfödd?”

”Lite…”, säger han och gnager på tummen. Vi går mycket sakta tillsammans nu, fram mot de fem stegen i stentrappan som leder upp till den flagnande ytterdörren. Upp till nyckelhålet.

”Ta min hand”, viskar jag. Det går en varm stöt upp genom armen när vi får hudkontakt.

”Wow”, säger pojken lågt. Han känner det också.

”Din mamma och pappa”, fortsätter jag. ”De sa att de fick en jättestark lust att gå upp mot huset, och upp för förstutrappan och titta genom nyckelhålet.”

Han nickar andäktigt.

"Men precis när de skulle göra det så började du storskrika och liksom ... hindrade dem. Från att kika in. Var det så du minns det?"

"Nja ...", säger han osäkert.

"Adrian, du måste berätta för mig, det är jätteviktigt. Är det en osalig ande du känner, som går igen här i Tistelblomman? En uppenbarelse med gula ögon?"

Han nickar stumt.

"Är det Rose McCormick tror du?"

Nu står vi vid nedersta trappsteget. Hans grepp om min hand hårdnar. Så kommer ännu en nick.

"Och ... skrek du för att du kände att det var farligt? Att titta in i hennes ögon?"

Adrian börjar ruska på huvudet.

"Nej!" ropar han.

"Nej?"

"Hon var en jättebra skådespelerska." Han babblar nu. "Jättefin, med stark, vad heter det ... ut-strål-ning. Alla blev så förtjusta i henne. Och glada! Av att se henne. Dom ville titta hur länge som helst. Så var det. Så är det fortfarande! Jag älskar att titta på kortet på henne som hänger på väggen på Lilla Teatern. Hon liksom ... berättar saker för mig ibland. Men hon kan bara viska, jättetyst, munnen rör sig inte. Genom kortet liksom."

Vi går upp för det andra trappsteget. Suget från huset är som en magnet och jag tror att Adrian känner det också. Hans ögon glittrar.

"Men då när du skrek", säger jag. "Jag trodde att du skrek för att du kände på dig något ... för att stoppa dina föräldrar från att kika in? Att du försökte hindra dem från att se in i hennes ögon?"

"Jag skrek för att det gjorde ont", viskar Adrian. Vi står på översta trappsteget nu. Han sträcker ut sin lilla hand och stryker över den blekta blå målarfärgen på dörren. Snurrar med pekfingret omkring nyckelhålet. Och när han talar igen är det med samma skrämmande vuxna röst jag hört en gång tidigare.

"Hon plågas och har ont. Hon får ingen ro. Hon står här innanför och kikar ut för att hon spanar och söker. För att försöka se om ... han är på väg."

"Och varför spanar hon efter ... honom?" frågar jag nästan ljudlöst.

"Han låter henne inte vara", säger Adrian. Hans röst är tonlös nu. "Han försvann ett tag, han har varit borta, men sedan kom han tillbaka. Han ... flyttar henne. Hela tiden. Nya ställen."

"Han flyttar ... på hennes kvarlevor?"

Pojken nickar frånvarande.

"Så vad det här egentligen handlar om", viskar jag, "är en levande som hemsöker en död."

Adrian tittar på mig som om han inte har en aning om vad jag pratar om.

"Jag måste gå på toa nu Maja", säger han bedjande.

Jag trycker ner handtaget och släpper in pojken i den smala hallen.

Jack sticker ut huvudet ur köket. Jag ber honom ta med sig Adrian upp på övervåningen och kolla så att han hittar badrummet.

Jag står kvar, ytterdörren är fortfarande öppen. Bakom mig krymper den sista remsan av ljus hastigt under molnbankarnas tryck. Klippryggen i väst står som en taggig drakfena mot kvällshimlen. Alla fåglar har kurat ihop sig i sina snår och gömt huvudena under vingarna. Snart råder mörkret över höglandet. Det väldiga mörkret som bereder en trygg hamn för det som vill vandra över vidderna utan att bli upptäckt.

*

Jag är den enda som är vaken. En tjock dimma driver ner över sluttningarna. Jag står ensam vid köksfönstret med armarna lindade om kroppen och tittar ut. Dimman skrider upp för tomten och sluter sig som en töckenvägg omkring huset. Jag lyssnar hårt och vaksamt dit ut.

Adrian har somnat i soffan i salongen och Jack på golvet nedanför. Jag har gjort i ordning sovplatser åt oss alla tre där inne och lämnat golvlampan tänd. Dess dämpade sken bäddar in de sovande i en varm ljuskrets.

Adrian ville inte vistas på övervåningen. Han sa det inte rakt ut eftersom han är alldeles för artig, men jag kände anspänningen och stressen.

Så jag gjorde det till en lek. Presenterade förslaget om att sova i salongen som ett roligt påhitt. Vi drog ihop dynor och kuddar åt mig och Jack på golvet precis intill soffan. Så nära att jag kan sträcka upp handen och stoppa om Adrian om det behövs. Stryka hans kind, finnas där om något väcker honom mitt i natten.

Och nu ligger de där, i vad som ser ut som ett litet bo, ett ombonat rede. Jag går in till dem och kurar ihop mig, och utan att jag märker det somnar jag.

Och hela natten igenom står någon ute i hallen och tittar in på oss.

48

VÅR SISTA KVÄLL.

Det händer när han lutar sig över köksbordet för att blåsa ut det sista ljuset. Ljuslågan växer sig starkare i det mörka köket, det ser faktiskt ut så. Och så kränger den till och böjer sig, som om den leker med honom, försöker komma undan. Lågan vill inte blåsas ut, den vill inte slockna.

”Jack.”

Han uppfattar något i min röst, en allvarlig underton som får honom att sjunka ner på sin stol igen.

”Jag har alltid älskat dig. Långt innan vi träffades”, säger jag lågt. Jag vågar inte titta på honom. ”Jag visste bara inte att du fanns. Och när jag mötte dig, då började mitt liv.”

Han sitter alldeles tyst och orörlig, men jag vet att han ser på mig. Bara Jacks blick känns på det sättet.

”Saker förändras”, fortsätter jag. ”Omständigheter och platser. Människor också. Men den känslan kommer aldrig att ändras för mig, det vet jag. Den är evig, jag mäter allt annat mot den. Den definierar mig, vad som än händer. Den känslan har hjälpt mig. Din kärlek har hjälpt mig. Jag behövde bara säga det.”

Och så tittar jag upp och våra blickar möts genom den sista ljuslågan, den som inte vill försvinna när man försöker släcka den. Den som växer sig starkare och försöker böja sig, försöker komma undan. Hitta ett sätt.

I den stunden känner jag bara tacksamhet. Ren, djup och innerlig, inte nersolkad av våra misstag, inte förmörkad av att det måste ta slut. Tacksamhet över att jag alls fick uppleva detta.

Rastlös sömn. Jag är redan i rörelse, på väg. Skuggor klättrar ner från väggarna och stryker nära golvet. Det är han som svikit, men jag som känner mig som en svikare.

Skuggorna kilar fram mot sängen, de tvekar, men inte länge. Upp. Upp i sängen. Långa spindelben krafsar över påslakanet, det går snabbt nu, mot kuddarna, mot våra ansikten. De kryper mot våra halvöppna sovande munnar. Och in.

Jag vaknar före gryningen och har ont i hela kroppen. Jag behöver inte titta på någon klocka, jag vet att det är dags.

Det prasslar i sängkläderna när jag rör mig mot kanten och Jack slutar andas i några sekunder. Jag glider ur sängen och står som förstenad på golvet och väntar. Vet att han snart kommer att dra hårt efter andan och i den processen kanske väcka sig själv.

Vakna inte, min älskade. Sov igenom det här, snälla.

Sorgen är som ett tungt ackord i mitt huvud. Jag måste. Kan inte låta bli att se på honom. Det mörka håret mot örngottet. En skymt av den stubbiga hakan. De täta ögonfransarna som är så långa att de nästan vilar mot kinden. Hans mun ser ledsen ut.

Nej, sluta. Gå nu, bryt dig loss. Annars kommer du aldrig att klara det här.

En hastig blick på väggarna omkring mig. Jag huttrar till. Spindlarna på tapeten verkar nästan ha blivit fler och större. Jag tassar försiktigt ut ur rummet. Vill ta mig så fort som möjligt genom huset och bort härifrån, inte dra ut på plågan. Klarar inte det. När jag tar steget ut i korridoren knakar det i en golvbräda och Jack gnyr i drömmen.

Jag famlar genom övervåningen med mitt noga förberedda klädbylte tryckt mot kroppen. Bryr mig inte om att gå till badrummet trots att munnen är torr som sand, det knastrar mellan tänderna och jag har en obehaglig smak på tungan.

Jag tvingar fötterna att smyga ner för trappan. Lägger fler steg mellan oss, ökar avståndet. Det gör fysiskt ont och jag måste använda all min självkontroll för att inte gå tillbaka till sovrummet igen, lägga mig tätt bakom Jack och stanna där, sluta mina svullna ögon och glömma allt, världen, mig själv.

I köket är det stilla. De sista middagstallrikarna står torra i diskstället av trä. De sista två vinglasen. Mina avtryck är redan bortgnuggade. Jag har kastat allt jag inte kan ta med mig i en svart sopsäck och gömt den säcken nere vid bilen. Han kommer att hitta den så småningom och då kan han bara slänga den, behöver inte gå här och hitta mina saker.

Det enda jag lämnar efter mig är mitt korta brev. Arket är vikt omkring ringen och nerstoppat i ett kuvert. Det står på köksbordet, lutat mot en tillbringare av emalj som jag brukar sätta blommor i. Undrar om Jack kommer att fortsätta med det, plocka blommor och ta in? Nej. Han är inte sådan.

Jag kontrollerar att kuvertet står stadigt och väl synligt från köksdörren.

Sluta nu, gå.

Jag använde tjockt exklusivt brevpapper och jag ångrar mig nu. Det ser bara högtravande och dumt ut, speciellt när man tänker på tarvligheten i själva innehållet. Hans namn är textat på framsidan i en linje jag inte känner igen och det tar några ögonblick innan jag inser att det är så jag skriver nu. Jag ryser när det går upp för mig. Min handstil har plötsligt blivit vuxen.

Ner och ut nu. Ingen återvändo. Genom ytterdörren och mot det daskiga morgonljuset går jag. Den enda väska jag tar med mig ligger redan packad och gömd bland krusbärsbuskarna ute i trädgården under ett tunt lager dagg.

Jag känner mig som en tjuv. Taxibilen är förbeställd och Tomasz har fått order om att vänta någon kilometer nedåt vägen. Utom synhåll, utom hörhåll.

Gruset krasar under skorna. Det låter plågsamt högt. Vänd dig inte om, titta inte tillbaka. Bara gå. Du klarar det. Sätt ena foten framför den andra. Ett steg i taget, ett andetag i sänder. Under resten av livet.

Det ångar om den gågröna marken när vätan stiger upp från slänterna som dansande älvor. Himlens färger börjar redan bli varmare och fylligare, som pasteller.

Jag vet exakt vid vilken krök i vägen man kan se en sista glimt av Tistelblomman om man vänder sig om. Men det gör jag inte. Jag riktar ansiktet rakt fram, hivar väskan högre upp på axeln och fortsätter gå. Remmen är kall och stel.

Tomasz väntar med motorn avslagen. Nattens fukt har runnit i långa rännilar ner för vindrutan, det ser ut som tårar. Han ser mig komma och kliver långsamt ut, öppnar bagageluckan, tar min väska utan ett ord. Blicken är mörk och allvarlig. Jag ser att han vill säga något men också inte. Han förstår. Från solskyddet inne i bilen dinglar fortfarande hans krucifix.

Jag har föreställt mig den här stunden så länge men när taxin startar och vi skumpar ner mellan vidderna i riktning mot avfarten bortom Barnick, till den större landsvägen som leder till tågstationen, då känner jag ingenting av det jag hade förväntat mig. Nästan oberörd. Bara stumhet och ett slags lättnad.

Det är förstås ett skydd, en blockering. Måste ta mig igenom den här dagen. Måste hitta ett nytt läger där jag kan omgruppera, vila, börja tänka på livet bortom detta. Sedan kan jag släppa fram känslorna. Eller kanske inte.

49

MAN HAR SPOLAT golvet inne på tågstationen och våta fläckar krymper långsamt ihop och försvinner på betongen. Ovanför mig kupar sig de viktorianska järnvalven och bortom spåren skymtar en strimma morgonhimmel. Jag är alldeles för tidig, jag borde sätta mig vid ett av metallborden utanför kaffeserveringen som egentligen inte är mycket mer än en lucka i väggen. Men jag fryser och känner mig håglös. Så jag trampar runt väntsalen några varv. Går in i kiosken och låter ögonen fara över tidningsställen utan att se. Ställer ner väskan på marken och tvekar länge framför halstabletterna utan att kunna bestämma mig. Tar en stor vattenflaska men ångrar mig halvvägs fram till kassan, går tillbaka med den, ställer in plastflaskan i drickakylen igen. Orkar inte.

Så tycker jag att jag skymtar ett bekant huvud bakom en reklamskylt ovanpå en hylla. Fergus? En isande blixt skär genom kroppen och jag hukar instinktivt, utan att tänka. Jag backar undan, skyggar. Vill inte att han ska se mig, ställa frågor. Vill inte behöva småprata eller ljuga. Ansiktet hettar av skam och mina fingrar pillar oavbrutet med den avstängda mobiltelefonen i kappfickan. Har Jack vaknat nu? Undrar han var jag är? Har han läst brevet?

Jag bestämmer mig för att jag får slå på mobilen en kort stund först när jag är i sällskap med inspektör King, när vårt möte är klart. Så att jag inte blir frestad att ägna för mycket tid åt att söka efter eventuella meddelanden, eller skicka något ogenomtänkt själv.

Det är fortfarande alldeles för mycket tid kvar innan tåget ska gå. Det står visserligen redan inne på perrongen men är inte öppet för påstigning på länge än. När jag kastar en snabb blick bort mot spärrarna ser jag att några sömniga städare precis är på väg dit bort med sina vagnar. Jag retirerar från väntsalen, går snabbt med nerböjt huvud längs med en igenbommad resebyrå och en sjaskig pub, förbi biljettautomaterna mot utgången. En sotig lukt av grillade hamburgare och varmt bröd dröjer sig kvar men ingenting är öppet. Vill jag äta något får det bli en inplastad dubbelsmörgås från kioskens kyl. Men det vänder sig i magen bara jag tänker på det.

Hoppas Fergus inte ska med samma tåg. Om det nu var han. Och Annie, tänk om hon också är med? Hon skulle förstå omedelbart. Jag vill inte det. Jag behöver vara ensam nu.

En knubbig duva linkar bredvid mig en bit innan den vänder vid dörrarna och går tillbaka mot spåren och papperskorgarna. Jag spejar ut mot den råkalla dagern. Tågstationen är förhållandevis stor men ligger i en liten ort mellan Barnick och närmsta större stad.

Var det den här vägen du tog, du också Rose? Då, för alla år sedan. När du skulle resa iväg och börja ditt nya liv, ditt stora äventyr? Stod du så här och drog in den kyliga skotska morgonluften och sa adjö inom dig, med din lilla resväska av pressad papp i handen? Den som var så lätt, så lätt, eftersom du bara ägde en enda klänning att byta med. Du var oförstörd då, och hela världen låg framför dig. Ja, här stod du med biljetten i fickan och med nedslagna ögon och kappan knäppt hela vägen upp till hakan, så att ingen skulle ta notis om dig. Med håret instoppat i hatten och med din mammas tunna kalvskinnshandskar, en vanvettigt luxuös present från far när han gick på friarstråt, och aldrig använda eftersom mor inte kunde få på dem på sina skurhänder ens om hon ville. Ens om det passade sig.

Jag står orörlig en stund nedanför informationstavlan som tillkännager inkommande och avgående tåg. Blickar tomt upp på de vita bokstäverna utan att läsa ortsnamnen. Är detta min lott, tänker jag. Att alltid vara i rörelse, kringflackande, aldrig riktigt hemma någonstans? Alltid på väg till nästa anhalt, nästa station.

I mitt första hus fanns många rum. Klädkammare, hobbyrum och gillestuga. Gästtoalett och barnkammare. Grovkök och mammas och pappas sovrum. Som sedan bara blev pappas. Det var aldrig något hem. I mina drömmar jäktar jag fortfarande genom de där rummen. De är ekande tomma och dammiga lakan ligger svepta över de få möbler som lämnats kvar. Jag är jagad, sökande, i en evig grå halvdager. En farfarsklocka tickar skoningslöst och taktfast, manar på mig. Skynda dig ut Maja, ta vad du kan, för snart börjar väggarna omkring dig att blöda.

Men jag hittar ingenting att ta med mig. Mina saker.

Skåp och lådor står halvöppna, tomma. Vem har tagit min barndoms saker? Ritpennorna och den lilla plastgarderoben med hemmagjorda Barbiekläder som mormor finstickat på tunna, smala stickor. Plåtskrinet med fotografier. Mina första babyskor. Porslinsängeln med guldtofflorna. Hon som inte kan stå, men som har en ögla så att man kan hänga henne i julgranen. Fast hon är lite för tung. Var finns allt det där nu?

Det spelar ingen roll. Jag intalar mig att jag klippt av alla länkar till ett förflutet som bara gör ont. Fingrarna flyger upp mot bröstet, plockar över kappan. Där innanför har jag nålat fast mormors spindelbrosch på koftan. Den har jag i alla fall. Det är alltid något. Det känns som en liten tröst. En bräcklig lindring, att jag ändå har lite självrespekt kvar. Att jag har försökt göra mig fin, som en vuxen, en dam på väg ut i världen. Som Rose.

När det södergående tåget börjar rulla ut sitter jag vänd mot fönstret. Jag fäster blicken på en punkt på perrongen och låter passagerarna som väntar flimra förbi i frusna ögonblicksbilder. Rynkade pannor. Ansikten som klyvs av leenden. Återseenden och avsked. Alla dessa människor. Som oändliga grenverk sträcker sammanhangen ut sig omkring dem, in i framtiden och tillbaka mot det förflutna. Tanken ger mig yrsel. Och just då ser jag något som får mig att haja till.

Synen passerar på en millisekund utanför rutan men det är tillräckligt. En man och en kvinna i omfamning. Och ett tankefrö börjar gro, en osäkerhet som gräver sig in mot min hjärterot medan tåget plöjer sig ut i den sista skotska sommargrönskan. Betydelsen, den möjliga förklaringen. Möjligheten att jag begått ett fruktansvärt misstag är en bitter kyla som sipprar fram och sprider sig obönhörligt i kroppen. Den lamslår mig och jag hör mig själv kvida.

Glimten jag just sett, fragmentet av en händelse på en livlig tågperrong spelas upp om och om igen i mitt huvud. Var det en sådan glimt jag drömde, misstolkade och gav tyngd? Fel slutsats. Fel betydelse.

Det hände precis vid slutet av den långa plattformen. En äldre kvinna snubblade på något skräp på marken. Hon höll på att falla. En lång ung man stod nära, han såg vad som höll på att hända. Reagerade instinktivt med utsträckta armar. Det fanns något av Jack över honom, annars hade jag förmodligen inte ens tittat till. Den för långa luggen som föll ner över ögonen, kavajen som skulle ha kunnat tillhöra en tre gånger så gammal man. Främlingen på perrongen sträckte ut armarna mot en kvinna som höll på att ramla. Jag ser det framför mig om och om igen i ultrarapid, och den unge mannens ansikte blir Jacks, och den äldre damen är utbytt mot en ung parisiska med dansande lockar.

Armarna, händerna, leendet.

Armarna, händerna, leendet.

Kom här, jag hjälper dig. Självklart. Hur gick det? Ta tag i mig.

Armarna, händerna, leendet.

Leendet som säger: ”Jag är okej, ingenting brutet, oj så dumt, tack snälla du.”

Han böjer sig nära hennes ansikte, och jag uppfattar hennes lättnad, det ser ut som ett brottstycke från en kärleksakt, det gör faktiskt det. Det nästan kärleksfulla lilla leendet mellan dem, trots att de är totala främlingar, de har ingen koppling, det finns ingen konspiration, ingen baktanke, inget förhållande. Det finns inget svek. Sveket är ett fantasifoster, skärvor av en sanndröm men isolerade och tagna ur sitt sammanhang. En produkt av mitt psyke.

Vad har jag gjort?

Jag står emot en impuls att klösa mig själv i ansiktet. Jag vill dra i nödbromsen, kasta upp dörren och hoppa rakt ut på spåret. Springa hela vägen tillbaka till Barnick och Tistelblomman och Jack. Berätta allt. Hålla hans ansikte i mina båda händer när jag gör det.

Men jag sitter kvar, nersjunken i mitt säte. Jag gör ingenting. För det är ju inte bara detta. Andra saker ligger mellan oss också. Det här är den kurs jag har valt, och jag förmår inte vika från den nu. Jag sitter som en staty och låter tåget föra mig längre bort.

50

JAG HAR REST med tåg och taxi i många timmar för att komma fram och vid det här laget är huvudet luddigt av hopplösa grubblerier som inte leder någonstans. Inte visa mig rädd nu, tänker jag. Inte visa att jag tappat skärpan. Att jag tappat allt.

Det pampiga namnet Boxley Hall tillhör en stor tråkig byggnad som mycket riktigt ser ut som en box. Den ligger lite avsides utanför en medelstor engelsk stad, på samma ägor som polishögskolan.

Inspektör King väntar på mig i Boxley Halls reception. När jag ser honom är det som om allt som hänt i Skottland bleknar. De senaste veckorna mister sin tyngd, lite som onda drömmars väv glesnar och faller sönder när man vaknar och slår upp ögonen mot dagsljuset.

Steve King kramar om mig som en god vän, som ju är just vad vi är. Goda vänner.

Kings bruna hy är mörkare än vanligt och jag förstår att han semestrat i solen, kanske hos släkten i Jamaica. Kostymen verkar vara skräddarsydd och jag ser i hans spelande blick att han är mycket glad.

”Tänk att du är här”, säger han nöjt och visar in mig

i en hiss som är helt inklädd i blå heltäckningsmatta, väggarna och taket också. ”Du är så välkommen.”

”Hur är det med familjen?” frågar jag.

Inspektören strålar av stolthet när han visar mig de senaste bilderna på Doreen och deras lilla son i sin mobiltelefon.

”Flytten hit var ju inte direkt det ideala”, säger han och rättar till slipsknuten innan han fortsätter.”Ja, du har ju själv märkt att få städer kan konkurrera med Brighton. Vi trivdes så bra där, den platsen är verkligen speciell. Men det här jobbet, alltså, en sån chans får man bara en gång i livet. Och jag hade tur att Doreen höll med. Om Junior redan hade hunnit börja skolan hade det nog varit en annan femma, inte vill man rycka upp en liten knatte då om man inte absolut måste. Men Doreen är ju frilansjournalist så hon kan jobba var vi än bor. Och vi har köpt ett hus som är helt okej. Fast du skulle bara veta vilka middagar hon kräver som kompensation för flytten. Alltså, fortfarande. Jag måste ha bränt halva första månadslönen på hummer och champagne, och på det viset lär det fortsätta.”

”Din stackare”, säger jag och kliver före honom ut ur hissen.

”Men du behöver nog inte flytta hit”, säger han och blir allvarlig. ”Ett par dagar i veckan tror jag skulle räcka. Fast ibland måste du säkert vara här mer, ofta med kort varsel. Det är ju något att tänka på. Och det blir långa resor för dig. Men det finns övernattningsrum inne i staden, jag kan hjälpa dig att hitta något. Fast det är inga skotska kråkslott precis.”

Jag kommer mig inte för att berätta för Steve att jag

redan är helt inställd på att bo här. Att jag har flytt från Skottland och mitt liv där. Det är för tidigt, för sårigt.

*

”Serious Crime Analysis Section, SCAS, är en speciell insatsstyrka för allvarliga våldsbrott. Den består av en grupp framstående polisutredare”, berättar King med ett stänk av stolthet i rösten. Han lotsar mig genom de ljusa korridorerna där stora växter ramar in grupper av fåtöljer och små bord med välfyllda fruktskålar.

”Men vad sjutton ska de med dig till då?” säger jag.

King drar på munnen.

En kvinna i min ålder med pigga ögon bakom trendiga glasögonbågar kommer gående mot oss. Hon har snygg kostym och dålig hållning och hon flinar till och morsar ordlöst på King innan hon tar sikte på ett stort päron i en skål.

”Joanna Patynowska”, säger King lågt medan vi fortsätter mot hans hörnrum. ”Polskt ursprung, psykolog, kanske Europas vassaste gärningsmannaprofilerare. Mycket bra kollega.”

”Det finns visst en hel del polacker i Storbritannien”, säger jag.

”Jag vet, dessa förbannade utlänningar”, säger King med en suck och låtsas se arg ut. ”Det kryllar ju av dem. Komma hit och ta våra jobb, vad är det för sätt?”

Steve Kings arbetsrum är lika propert som han själv och större än jag hade trott. Soffgrupp med plats för minst tio personer, vattenautomat och storbildsteve med matchande dvd-spelare i ena ändan, och ett L-format skrivbord med två tunna dataskärmar och en whiteboardtavla med blädderblock i den andra ändan.

Tillsammans tittar vi igenom en dvd-presentation för nyanställda. Mest handlar det om rutiner runt nya befattningar, om de säkerhetskontroller som polisen måste utföra på nyanställda, och lite kort om hierarkierna bland befälen.

”Alltså, den här enheten är ju en sorts expertgrupp med handplockade individer”, förklarar Steve när han stängt av teven. ”Vi jobbar egentligen väldigt plant, som jämlikar, oavsett bakgrund. Modernt och smidigt och utan gamla tiders rangsystem inom polisen. Personkemin är viktig här. Det finns ett stort mervärde i att sitta under samma tak också, och vårt mål är enkelt: Vi försöker lösa de allra värsta brotten i landet, ofta den sortens brott som får uppmärksamhet i medierna. Hög profil alltså. Rötterna har vi i roteln för försvunna personer, och vi jobbar fortfarande ganska nära det teamet. Lite förenklat kan man säga att vi arbetar med en databas som för närvarande innehåller 16 000 allvarliga brott. Vi vill hitta samband mellan dem, försöker kartlägga spår och nysta den vägen. Egentligen borde det ha varit självklart för länge sedan att jobba så här, att samköra utredningstekniska fakta och geografiska detaljer och sånt. Andra länder är på väg att organisera liknande grupper med oss som mall eftersom vår statistik är så god. Fast mycket handlar förstås också om klassiskt spaningsarbete och tja, man kan väl kalla det … snutinstinkter.”

”Magkänslan?” säger jag.

”Ja, eller vad man nu ska säga”, säger King. ”Sånt man får genom erfarenhet.”

”Fast jag har ju ingen erfarenhet alls”, säger jag tyst.

”Inte av polisutredningar, nej”, hummar King. ”Det är jag förstås medveten om. Men jag tror rent av att ditt perspektiv blir nyttigt för oss. För mig. Det här med att du kommer in från sidan, du har ju uppenbarligen en förmåga att ... se saker och ting. Med andra ögon.”

”Det var ju fint sagt”, säger jag och jag hör hur gränslöst trött och ledsen jag låter. ”Men jag tror faktiskt att jag är helt jävla blind just nu. Jag vet inte längre vad det är jag ser, kan inte tolka ...”

Steve King stelnar till och får en bekymrad rynka mellan ögonbrynen. Sedan lägger han handen på min arm.

”Vi provar”, säger han mjukt. ”Jag vill att vi provar oss fram. Det är naturligt att du känner dig nervös och ensam i det här, att du inte känner tilltro till dig själv just nu. Du har faktiskt varit med om mycket svåra saker. Jag är imponerad av hur väl du handskas med de spelkort som du fått i livet. Vi kan väl säga så här, att du får helt enkelt lita på *min* magkänsla nu. Och den säger mig att du kan bli en väldigt viktig medarbetare i den här gruppen.”

Jag är rädd för att jag ska bryta ihop om jag tittar honom i ögonen. Det stramar i halsen av återhållen gråt och för att inte tappa kontrollen fokuserar jag på en gul färgpunkt mitt i en målning full av glada prickar som hänger på väggen ovanför Steves dokumentskåp.

”Jag förstår inte heller allt, Maja”, fortsätter han efter en paus. ”Men vi kanske kan försöka förstå mer om dig och dina förmågor tillsammans här. Och jag är säker på att vi kan göra en hel del gott för andra människor på samma gång. Vi behöver dig.”

Ett soligt porträttfoto av Steves treåring Junior står

inramat på skrivbordet så att man kan se det var man än befinner sig i arbetsrummet. Han noterar att jag beundrar barnets skrattande ansikte.

”Doreen ville att jag skulle ha en snygg bild på henne också, men jag vet inte jag”, säger King och jag tycker nästan att han rodnar under den mörka hudtonen.

”Äsch, sånt där kan lätt bli lite fjantigt”, säger jag, tacksam över att vi bytt ämne. ”Dessutom är hon ju så snygg din fru, så du skulle väl bli totalt distraherad och inte få något gjort då.”

”Exakt. Och jag har ju henne alltid i mobilen, närmast hjärtat. På tal om det, hur går det med sambolivet? Hur har ni det?”

Jag känner att jag blir tyst så länge att det till slut inte finns någon anledning att bryta den tystnaden. Den är talande nog.

”Oj då”, säger King och ser bedrövad ut. ”Det var tråkigt. Tror du att det kommer att ordna sig? Nu blir jag lite orolig för dig. Det här jobbet tar allt man har ibland, och då är det viktigt att man har det bra på andra sätt.”

”Jag fattar det”, säger jag nästan ohörbart. ”Men nu är det som det är och jag har inte tänkt gå tillbaka till honom. Det är över. Jag vet inte hur man gör sånt här. Förhållanden alltså. Jag hoppas att det inte kommer att vara ett hinder för mitt arbete.”

”Du kanske borde ta en öl med Patynowska”, säger han.

”Jaså, är hon är inte bara Europas bästa profilerare utan expert på hjärtefrågor också?”

”Nej för fan”, säger Steve och skrattar sorgset. ”Hon ligger i sin andra skilsmässa.”

51

KING OCH JAG lämnar Boxley Hall, sneddar över parkeringsplatsen och promenerar bort till en hamburgervagn som står uppställd en bit utanför anläggningens grindar.

Två civilklädda män, kanske lärare på polisskolan, har precis fått te och smörgåsar i varsin brun papperspåse. De hälsar glatt på oss medan de förser sig med socker och servetter från en uppfällbar bräda vid sidan om serveringsluckan. De tittar roat på Steves stora ståltermos som han tagit med sig från kontoret.

Han ställer ner sitt exklusiva kaffe på ett bord med parasoll och fastgjorda bänkar av den typ man ibland ser på rastplatser. Jag fingrar på min mobiltelefon i fickan.

Omkring oss breder åkrar och ängar ut sig och på avstånd kan man höra det ändlösa bruset från en motorväg. Flackheten i det här landskapet känns ovant efter veckorna i Skotska höglandet. Ett annat land.

Vi beställer dubbla varma smörgåsar och King föreslår att vi ska dela på en påse pommes frites också.

"I say, det ska slås på stort? Då förstår jag att ni firar något idag", säger tanten i luckan och blinkar. "Lika noga med vad han stoppar i sig som vanligt, eh?" frågar hon mig och sträcker ut två tomma porslinsmuggar som vi kan hälla upp Steves medhavda kaffe i.

”Jag tror jag förstår en del av det du går igenom”, säger King när vi slagit oss ner. ”Det kan vara väldigt slitsamt, sånt där. Men det är ju också ett slags kall. Alla vi som arbetar här har olika förmågor, olika specialkompetenser som vi ofta har utvecklat från medfödda talanger och förädlat genom utbildning och erfarenhet. Och om vi inte hade ett bra och positivt utlopp för dem så skulle det fresta på ännu mer, det är jag övertygad om. Och bara för att din speciella förmåga inte passar in i någon existerande vetenskaplig förklaringsmodell så betyder inte det att jag inte vill ha dig här. Jag vet vad jag har sett och vad du kan. Som sagt: Vi behöver dig, Maja.

”Utbildning”, säger jag tyst. ”Det är just det. Jag skulle behöva vägledning. Jag känner mig så ensam i detta, så orutinerad. Jag kan ofta inte lita på vad jag ser och känner, inte tolka det.”

”Det håller jag inte med om”, säger King och gnuggar sig om hakan. ”Men jag förstår vad du menar. Och du är nog inte ensam, det finns säkerligen andra med liknande … känslighet. Kompetens. Som inte sällan anlitas i utredningar faktiskt, även om jag aldrig själv … alltså, jag trodde det var fullständigt vansinne. Innan jag träffade dig.”

Jag ler snabbt. King besvarar leendet och fortsätter: ”Är det inte så att du har en bekant vars mamma …?”

”Ashley Morris, just det. Min gamla klasskamrat, från Stratford ursprungligen. De har varit väldigt snälla mot mig sedan jag bestämde mig för att inte återvända till Sverige. Hans mamma Angela har någon helande förmåga, eller snarare, hon verkar kunna diagnostisera olika hälsotillstånd genom att lägga handen på en kropp. Ett slags röntgensyn, för att uttrycka det banalt. Hon och Ashley, det är bara dem jag har pratat lite med om det här. Ja, och så med dig då."

"Och hon är ingen bedragare?"

Jag skakar häftigt på huvudet.

"Prata mer med henne", säger King och tar en klunk kaffe. "Och om hon känner andra, bekanta dig med dem. Åk och hälsa på. Knyt band, bli en del av en gemenskap. Ställ frågor, och berätta om dig själv. Självklart fattar jag att om man har såna gåvor vill man inte prata om det med vem som helst. Men tro mig, när man är omgiven av våldsbrott och ond bråd död hela tiden måste man ha likasinnade att dela bördan med."

"Och en jäkla massa kaffe?" flinar jag snett.

King fyller högtidligt på våra koppar från sin termos innan han svarar.

"Ja. Man måste ha en jäkla massa kaffe. Men Maja, jag menar allvar."

Han skruvar på korken och ser mig allvarligt rakt in i ögonen innan han fortsätter. "Den där gemenskapen jag talar om, den kan ibland fungera som ens enda livförsäkring."

Jag ser tillbaka utan att blinka och lyssnar.

"Sedan har vi det här med din konstutbildning. Jag betraktar det som en spetskompetens som vi inte får glömma bort", säger King.

Jag skruvar på mig men han fortsätter.

"Du får inte lägga hela den biten på hyllan. I stället tror jag faktiskt att det är något vi borde jobba vidare med."

”Jaha, okej farsan.”
King drar på munnen.
”Men hur menar du?” fortsätter jag. ”Som någon fantombildstecknare då eller? Sitta med vittnen och spåna med ett skissblock?”
”Du får låta hur spydig du vill”, säger han. ”Mig lurar du inte, det är bara en fasad för att du är osäker. Men du har rätt på en punkt; det är faktiskt exakt så jag har tänkt att vi ska börja. Med skissblock och utredningsmaterial till hands, och ibland med faktiska möten med vittnen och uppgiftslämnare. Porträtt låter bra, visst, men föremål och platser är också viktiga. Och känslor, aningar ... Alltså, det finns inget egentligt facit på hur ett bra förhör ska gå till, vi sätter själva de gränserna, även om jag självklart kommer att ge dig träning i vissa grundläggande tekniker. Men vi måste hitta nya vägar också, så att vi kan få med dig på ett sätt som upplevs som naturligt, som kan förklaras för vittnet. Och för dig vill vi ju hitta bra metoder, ge dig något slags verktyg, en plattform att utgå från när du nu ... gör det du gör. Uppfattar saker.”
Då ringer min mobiltelefon. Jag ramlar nästan av bänken. Det är Jack, tänker jag. Hjärtat stångar mot bröstkorgen. Jack, Jack, Jack. Du har läst brevet nu. Magen drar ihop sig och jag börjar frysa. Jag kan inte svara, kan inte prata med dig Jack. Om jag hör din röst så kommer jag att gå i tusen bitar.
Men något får mig ändå att plocka upp telefonen och titta hastigt på den. Displayen visar Jacks nummer. Steves ögon viker inte från mig. Han ställer ner kaffemuggen lite för hårt och en plötslig vindby blåser ner några av hans servetter på marken. Jag möter

Kings blick i en sekund och tittar sedan på den ringande mobilen i min hand igen, som om den vore ett obegripligt föremål.

"Tänker du svara?" frågar han. "Tänk om det är viktigt."

"Ja... förlåt", säger jag. Vill inte. Men av någon anledning svarar jag ändå.

Under tiden ser jag hur Steve King samlar ihop vårt skräp och går bort mot hamburgervagnen för att lämna tillbaka våra lånade muggar. Fortfarande utan att släppa mig ur sikte.

Det är inte Jack i andra ändan. Det är Annie. Hon presenterar sig inte ens och hennes röst är alldeles upplöst.

"Maja, var är du?"

"Ett par timmar bort."

"Jag sitter på sjukhuset."

"Varför då?"

Det blir tyst i ett par sekunder. Något piper i bakgrunden. Ett mekaniskt pipande. Varningssignaler.

"Det är... illa", säger hon och drar efter andan.

"Vem... Vad är det som har hänt?"

Jag snarare känner än ser att inspektör King slutit upp nära mig. Han har fått en återhållen vaksamhet över sig, som en panter precis före språnget.

"Skadorna... Och pojken är borta...", säger hon innan rösten tonar bort. Hon låter chockad.

"Berätta för mig", säger jag så lugnt jag kan trots att det känns som om jag inte får luft. "Berätta vad som har hänt. Jag är på väg, jag kan komma snart."

"Snart... åh, du måste skynda dig, det är... kritiskt."

"Vad är det?"

”Adrian … är försvunnen. Och Jack … Jack …”

”Vad är det med Jack?” säger jag medan världen omkring mig skingras och försvinner.

Hon andas hackigt i andra ändan som om hon gråter, men det är ett torrt ljud utan tårar.

”Vad är det med Jack?” upprepar jag och varje stavelse låter som ett vrål i mitt huvud.

”Jag sitter hos honom nu”, säger Annie. Hennes röst spricker. ”Du måste skynda dig Maja. De säger att det kanske inte är så mycket tid kvar. De försöker fortfarande få tag i hans föräldrar men … han är inte ensam i alla fall. Jag är här hos honom.”

”Du … är hos honom? Hur menar du Annie?”

”Jag vakar. Hos honom.”

Det räcker med en enda blick från mig för att King ska inse vidden av samtalet.

”Du måste tillbaka”, säger han och trycker på sin egen telefon. ”Kom.”

52

EN SPÄD GRÅHÅRIG kvinna som ser ut att vara klädd för en ridtur möter oss i trapphuset på väg upp mot Boxley Halls tak. Jag kan höra att en helikopters rotorblad redan startat på landningsplattan där uppe. Verkligheten alla detaljer framstår med så plågsam tydlighet att de blir overkliga. Skruvarna som håller samman ledstången. Kings slips som blåst upp och lagt sig över hans axel. Den är fodrad i ljusgrönt siden med små, små prickar.

Kvinnan är kortare än jag men det finns ändå något med hennes pondus, något respektingivande som gör att jag upplever henne som huvudet högre än Steve King. Det står klart för mig att detta är hans chef. Vår chef.

”June Campbell. Hemskt tråkigt att behöva träffas så här”, säger hon och trycker min hand kort. ”Inspektör King har berättat om dig och jag är så glad att vi ska få möjlighet att samarbeta. Men nu måste du koncentrera dig på det här.”

King nickar sitt bifall.

”Det … tack”, säger jag och på samma gång känner jag hur allt blod försvinner från huvudet. Steve tar tag i mig precis innan jag ramlar mot trappavsatsens betonggolv.

"Vi tar hand om varandra inom kåren", säger June Campbell och hennes blick är lugn och blå.

Jag minns ingenting av färden tillbaka till de vindlande kullarna, över sjöar och älvar, lapptäcksrutiga åkrar och höstliga skogar. Minns inte de taggiga kustremsorna eller havet i fjärran. Minns inte landningen eller ett enda meningsutbyte med helikopterpiloten. Bara June Campbells lugna blå blick.

Så är jag där. På centralortens sjukhus. Och jag ser plötsligt mig själv utifrån: Hur jag går fram mot en sjukhussäng och tar Jacks hand. Omgivningen är suddig, bara sängen är tydlig. Och jag känner det genast. Ingenting. Jack finns inte kvar här. Det ligger bara en sargad kropp framför mig.

Den ser så värnlös ut mellan stora blinkande maskiner att det skär i mig. Slangar löper in i och ut ur honom och huden är så vit att den skiftar mot blått. Bandagen har blött igenom och sedan torkat i rostbruna fläckar och jag blir märkligt arg, vill skrika och bråka så att någon kommer och byter dem, tvättar honom och gör honom fin.

Han är delvis insvept i ett sjukhuslakan och jag skulle vilja täcka honom mer, stoppa om honom ordentligt. Dölja den här livlösa återstoden av en människa från främmande blickar. Men jag vågar knappt röra honom. Bröstkorgen höjer och sänker sig sakta men inte på egen hand. Jag fattar Jacks hand som samtidigt inte är hans. Känner dess tyngd och dess helvetiska viktlöshet.

Plötsligt är det som om jag faller. Jag står där på

golvet och bara faller, rätt ner. Det tar inte slut. Jag kommer att falla igenom, rakt igenom jorden.

Jag sluter ögonen men svimningskänslan blir för stark, jag öppnar dem långsamt igen. Den ligger kvar som förut, kroppen som inte längre är Jack. Jag fortsätter falla. Jag har förlorat honom och nu förlorar jag mig själv.

Då hörs ett svagt pickande från fönstret. Jag vrider huvudet mot dagsljuset. Det står en fågel där ute på fönsterblecket och kikar in med pigga svarta ögon. Samma sorts gråbruna fågel som brukar hålla till ute vid Tistelblomman. Jag lyfter armen som en stel vinkning. Fågeln lägger huvudet på sned och tar ett litet skutt innan den lyfter och flyger sin väg. I samma stund bryter en enda solstråle igenom molnen.

53

I DEN STUNDEN kapas något inom mig. Ett slags förtöjning som brister och går av. En tunn vajer som har styrt mig fram tills nu, hållit mig uppe och i framåtsträvande rörelse. Kanske är det mitt hopp jag mister, eller mitt förstånd.

Nu hänger jag inte samman längre och det känns underligt befriande. I huvudet finns en enda tanke, det enda som spelar någon roll, och den tanken är isande vit. Jag griper tag i den och håller fast med hårda fingrar.

Jag bryr mig inte om konsekvenserna. Nu ska det här avslutas.

"Jack hann ringa ett samtal, kalla på hjälp. De hittade honom i Tistelblommans kök", säger Annie dämpat. Hennes ögon är fortfarande beslöjade och jag undrar om någon givit henne lugnande medel. Men nu verkar hon hur som helst ha fått mål i mun. "Adrian hade varit med honom, han hade tagit sig dit på egen hand såvitt vi förstår", fortsätter hon. "Kanske med sparkcykeln. Det måste ju ha tagit timmar. Det var tydligen det enda Jack sa, det sista han sa. Om och om igen innan han ... förlorade medvetandet. Adrian. Att Adrian var borta."

”Skallgång?” frågar jag. ”Misstanke om brott?”

Hon nickar apatiskt. Jag har noterat att ett par konstaplar står i sjukhuskorridoren. Har ingen lust att prata med dem.

”Och var är Fergus?” säger jag lågt.

Hon rycker bara på axlarna och undviker min blick.

”Jag måste ut härifrån”, mumlar jag. ”Din bil.”

Det är ingen förfrågan, det är en order. Och i samma stund börjar mitt frusna blod äntligen rinna igen. Tankarna fungerar.

”Okej ...” Annie ser ställd ut men hon räcker över sin bilnyckel utan att protestera.

När jag kliver ut på sjukhusets parkering brusar det i öronen och pulsslagen känns i hela kroppen. Jag gjorde mig osynlig, tänker jag. Jag bara gick. Ingen stoppade mig, ställde en enda fråga.

Jag kisar upp mot molnen. Det kommer att vara mörkt om någon timma. Då kan inte skallgången efter Adrian fortsätta. Herregud. Lilla gubben.

Vad gjorde du ute vid Tistelblomman? Och varför blev Jack tvungen att skydda dig med sitt liv? Och vad hände med dig sedan, var finns du nu?

Tanken snuddar vid gamla gruvschakt ute i landskapet. Stupen, de vassa klipporna. Ihoprasade underjordiska gångar långt från närmsta hus, där en liten pojke skulle kunna bli liggande i veckor, månader ... En rysning far genom mig. Sluta. Behärska dig. Du vet inte vad du kommer att möta där ute.

54

"LILY", viskar jag.

Den gamla sover med halvöppen mun. Huden är spänd över kindknotorna och hon är hårt omstoppad med extra filtar, ända upp till hakan. Säkert har hon bett om att få ha det så. Varmt och skönt. Någon har tonat Lilys hår och borstat det mjukt och luftigt. Tystnaden är vilsam och jag märker att det inte längre luktar antibakteriell doftfri tvål i rummet, det doftar vanilj. De stora blinkande och brummande maskinerna är borttagna.

Lily gnyr svagt i sömnen men ser inte ut att plågas. Plötsligt bär inte mina ben längre och jag sjunker ner på den yttersta kanten av Lilys säng, fast det säkert är förbjudet. Så lirkar jag av mig skorna oändligt försiktigt, drar upp benen och kurar ihop mig intill hennes tunna kropp. Inte så att jag nuddar, då skulle det kanske göra ont, men tillräckligt nära för att jag ska kunna känna den värme som fortfarande strömmar ut från henne. Bara en kort stund. Samla lite styrka.

"Maja?" En frågande viskning och en hand stryker över mitt hår.

"Lily", mumlar jag och kommer upp i halvsittande.

Sedan kanar jag sakta ner från hennes sjuksäng.

”Nej, stanna kvar”, ber hon. ”Det var trevligt.”

”Är det ensamt här?” frågar jag.

”Åh nej, det springer så mycket folk här hos mig att man kunde tro att det var mellandagsrean på Harvey Nichols”, ler hon matt.

”Du sa en gång… att du hade varit mycket ensam i ditt liv”, säger jag.

Det är underligt hur lätt det går att prata när tiden är knapp och allt ovidkommande skalats bort.

”Det stämmer”, nickar hon och blinkar några gånger. Hon är sömnig igen.

”Har det varit… svårt?” frågar jag.

”Ibland. Men väldigt ofta har det varit skönt.”

”Jag skulle behöva veta mer om Roses barn”, säger jag. ”Om hennes lilla pojke.”

Lily får genast något skarpt i blicken. Jag känner hur det pirrar i fingertopparna.

”Jag kan inte tassa runt det här längre”, säger jag. ”Det är bråttom. Jack är… borta. Och Adrian, Annies pojke, saknas. Vad är det du vet?”

”Vet inte”, säger hon. ”Vill inte anklaga någon… Har bara mina aningar. Jag är så ledsen, Maja. Så ledsen.”

Hon klappar min handrygg. Jag blinkar några gånger.

”Man borde ha lämnat Tistelblomman ifred”, fortsätter Lily. ”Varför ville de egentligen…” Men hennes röst klingar av och hon tappar tråden. Blicken försvinner ett tag innan hon rycker till som om hon just vaknat. I flera sekunder tittar hon sökande på mig som om hon kämpar med att komma ihåg vad hon ville säga.

”Och Rose McCormicks lilla pojke?” frågar jag dämpat.

”*Lilla pojke!*” Lily spottar ut orden med en ilska som förvånar mig. Eller så är det kanske inte ilska, kanske är det något annat. Rädsla.

”Det måste vara århundradets mest förskönande omskrivning”, fortsätter hon och blundar.

”Hur menar du? Visst fanns det en liten pojke i Tistelblomman? På femtiotalet eller så?”

”Liten pojke, jo, ja”, säger hon igen. Tonfallet är sorgset nu. Jag ser att hon huttrar under filtarna. ”Fast Kaleb var bara en stackars ’liten pojke’ i sina egna ögon. Inte för någon annan.”

”Vad var han då?”

”Han var ett vidunder. Ett monster.”

”Menar du att han var ... vanskapt?”

”Inte på utsidan. Men det var något fel med honom, i huvudet. Väldigt fel. Kanske var han född sådan, eller så blev han det med tiden. Det kan ju inte ha varit så lätt att ... men å andra sidan var det nog inte så lätt att vara mamma till honom heller. Kanske såg hon honom aldrig för den han verkligen var. Hade hon gjort det hade han ju kunnat få hjälp, innan ...”

Hon ser plågad ut och hänger med huvudet.

”Det är viktigt det här, Lily.”

”Om man bara hade vetat ... Men det där hade ingen kunnat förutse. Det var ... för vidrigt. Ändå borde man ju ha anat ... jag själv kanske borde ha anat ... och gjort något.”

Hennes röst dör ut och jag tror att hon ska somna igen när hon knyter de beniga händerna och verkar samla sig.

”Dra ut min låda”, säger hon. ”Det finns ett brunt fotoalbum där.”

Jag öppnar hennes hurts och ser genast vad hon menar. Får fram det tjocka läderbundna albumet och följer hennes anvisningar tills jag hittar rätt uppslag.

Men först hinner jag skymta små svartvita fotografier tagna i solsken, av en knubbig baby i vit kort kolt med en jättelik rosett i det tunna håret. Och av en konfirmand med runda kinder och skratt i ögonen. En snygg ung kvinna med kattliknande solglasögon. Hon står lutad mot en öppen sportbil och i bakgrunden syns det böljande landskapet.

”Åh, den var fin”, mumlar hon och pekar svagt när bilden på bilen flimrar förbi. ”Den bilen skaffade jag för egna pengar. Min far tog kortet, han tyckte det var ett idiotiskt köp men som tur var lyssnade jag sällan på honom. Jag har inte varit så glad i något annat jag skaffat mig, någonsin. Den bilen var liksom en symbol för min frihet.”

”Jag tycker att jag känner igen din bil.”

”Ja, han författaren köpte den av mig. Sedan, när jag inte kunde köra längre. Er hyresvärd. Jäklar vilken puts jag hade på det åket. Han kör den aldrig efter vad jag har förstått. Ville bara … ha den liksom. Precis som med Tistelblomman. Visste inte vad han gav sig in på. Landskapet borde ha fått göra sitt med huset. Återerövra det. Förpassa alltihop till glömskan. Men i stället kom de där utsocknes hit och började … mata det. Ägna sig åt det. Så att saker började … hända. Igen.”

Lily sjunker tillbaka mot kuddarna och försöker hämta andan. Det låter smärtsamt.

”Och pojken … Roses son?” påminner jag.

Hon suckar.

”Jo. Jag hade ett kort vikariat i byskolan innan jag började min utbildning”, säger hon dovt. ”Rose McCormicks Kaleb ... han måste ha varit i tioårsåldern då.”

”Han gick i byskolan?”

”En enda dag”, säger hon och kniper ihop ögonen som om hon försöker värja sig från minnet. Som om det gör fysiskt ont i henne att tänka på.

”Men du hade träffat honom tidigare, när du var i Tistelblomman?” frågar jag.

”Såg honom aldrig”, säger Lily. ”Men han ... överföll mig. Och knuffade in mig i det där skåpet under trappan upp till tornet. Jag hörde bara hans hemska skratt, det kom liksom emot mig från alla håll där inne i mörkret. Han kan inte ha varit gammal alls, men det lät på samma gång så vuxet. Själv var jag väl nästan tretton.”

Hon skruvar på sig.

”Jag måste ha suttit instängd där i minst en timma, det var kolsvart och jag vågade inte ens bulta på dörren. Det där skrattet skrämde mig halvt från vettet. Och Rose märkte ingenting, hon var i salongen och hade satt på musik och ... tja, drömt sig bort. Eller dåsat kanske. Min far kom körande för att hämta mig förstås, men jag kom ju inte ut till honom som uppgjort efter mina lektioner. Han undrade var jag var och jag kunde höra honom tuta utanför grinden. Det lät så avlägset, som om han var i en annan värld. Jag visste att han var där ute, men jag vågade ändå inte ge ett ljud ifrån mig. Jag trodde att jag skulle bli kvar där för alltid, att Kaleb ville ha mig för sig själv där i mörkret, som lekkamrat. Till slut fick far gå fram till huset och knacka på. Och då ... då förstod han ju hur det stod

till i det hushållet. Det var sista gången jag var där."
"Och sedan kom Kaleb till byskolan?"
Lilys ansikte är askgrått.
"Ja. Flera år senare. Det hade gått ut något påbud om skolplikt, folk viskade om vanvård, att Rose McCormick blivit en enstöring när hennes man lämnade henne, att hon hade en pojke som inte var som han skulle och som hade blivit halvt förvildad. Men det ingen hade förstått var ju att det var mycket värre ställt ute i Tistelblomman än så."
"Vad hände?" frågar jag. Svetten har brutit fram i mina handflator.
"Han kom. Till skolan. Han kom gående nerifrån vidderna, vandrade ensam genom byn. Vi hade bara en enda klass då, alla åldrar gick tillsammans. Det som hände var självklart vårt fel, mitt och mr Everetts, men ... vi visste inte vad vi skulle göra."
"Vad var ert fel, Lily? Och vem var mr Everett?
"Skolläraren. Han var en fin man, man hade respekt för honom utan att han behövde ta till nävarna. Det var en stor klass, det var därför jag ryckte in ibland. Som hjälp. Det var meningen att jag skulle ägna mig mest åt de yngsta barnen. Men när ... Kaleb kom trampande över skolgården ... min första instinkt var att ta så många barn jag kunde i famnen och springa därifrån så fort benen bar."
"Men det gjorde du inte", viskar jag.
"Nej. Jag lyssnade inte på min instinkt. Man ska ju inte döma hunden efter håren heller, han var trots allt ett barn. Och det var också rörande på något vis, att han tagit sig ner till byn för egen maskin. Vi trodde ju att han ville delta i undervisningen ... vi förstod inte hur

han var … Vi betedde oss helt omdömeslöst förstås, det var uppenbart i efterhand. Det var skolfotografering den dagen också till råga på allt, och en flicka började blöda näsblod precis innan … Så det var en del extra att stå i. Vi tappade uppsikten."

Jag kan se att det här tär på Lily.

"Jag vill höra vad som hände", säger jag. "Tack för att du vill berätta, fast det är svårt."

"Ja, det är svårt, men jag måste få det här sagt. Det är viktigt. Det var något med hans ögon", säger hon och det låter som om hon uppbådar det allra sista av sina krafter. "Allt det andra, det hade kanske inte framstått som så farligt efter ett tag. Jag menar, man kanske hade kunnat vänja sig vid hur han såg ut. Ja, du kan ju se själv, skolfotot ska finnas där någonstans. Men det ligger löst, jag kom mig aldrig för att klistra in det. Jag ville liksom inte ta i det, inte efter det som hände. Jag vill inte se det nu heller."

"Ögonen?" säger jag. "Du sa att det var något med Kalebs ögon?"

"Vansinne blandat med slughet", säger Lily och slår ner blicken. "Där. Där har du kortet. Jag ser att hörnet sticker fram."

Jag kan genast identifiera den unga Lily på fotot där hon står, allvarlig i prydlig skjortklänning och pagefrisyr. En klunga av mindre barn står tryckta mot henne. De ser livrädda ut. Ingen på fotot ler. Mr Everett, skolläraren, har tweedkostym med väst. Han är inte den längsta personen i gruppen.

I stället tornar en högrest pojke upp sig ytterst i raden. Han står som en säck med dinglande armar och kraftiga händer. Till och med på den lilla bilden ser man den ingrodda smutsen, de oklippta naglarna.

Kalebs skjorta är alldeles för liten och hänger i fransar. De andra barnen på bilden har dragit sig undan från honom och fotografen har fångat ett ögonblick när den flicka som står närmast stirrar på honom med hypnotisk skräck målad över hela ansiktet.

Kalebs oklippta hår slokar som stripor av blött hö över pannan. Ögonen glimmar som två svarta skärvor. Munnen gapar halvöppet som om han inte kan stänga den ordentligt, eller inte vill.

”Han var tyst och lugn i början. Svarade inte på tilltal men såg ut att lyssna”, säger Lily tyst. ”Han följde instruktioner, gick med ut på skolgården, ställde upp sig för fotografen. Jag tyckte synd om honom förstås. Men motviljan var starkare. Jag skämdes över att jag kände så. Men jag borde ha tagit mina onda aningar på allvar.”

Hon försöker svälja. Det knarrar i Lilys torra hals. Jag inser att mina fingrar kramar hårt om hennes filt.

”Och sedan?”

”Det hände på första rasten”, viskar Lily. ”Kaleb gick bärsärkagång. Det var som en explosion, en tunna krut som antändes. Han bröt både armar och ben på ett av skolbarnen, det var som om han kastade med en trasdocka. Hon tappade medvetandet, flickan, det var nog tur egentligen. De andra barnen såg ju ... resten. När skolläraren gick emellan.”

Hon är för upprörd för att berätta färdigt och måste ta en paus.

”När skolläraren gick emellan ...?” upprepar jag tyst efter en liten stund.

Lily samlar sig och rösten är helt lugn.

”Jag har grubblat mycket på det här. Tänkt att jag har fel. Jag vet att jag är gammal och sjuk och går på starka mediciner, och det borde vara omöjligt, men ändå ... Jag vill inte göra om samma misstag. Vill inte ignorera min instinkt den här gången. Det var bra att du kom.”

Hon ser svag ut och jag makar mig försiktigt närmare hennes kuddar för att höra.

”Maja, jag har sett de där ögonen igen. Här i trakten. Allt annat är förändrat, och det borde vara omöjligt men ...”

Hon avslutar inte meningen.

”Du är säker?” frågar jag. ”Han har kommit tillbaka?”

Hon nickar svagt.

”Man borde väl ha förstått”, viskar hon. ”För tio år sedan eller så grävde någon upp Rose McCormicks grav. Jag tror att det måste ha varit han. Att han återvände till trakten redan då, att han ville ... ha tillbaka henne.”

”Vad hände med skolläraren?” frågar jag tyst. ”Mr Everett? När han gick emellan?”

Lily sträcker ut sin spröda hand och söker min. Nackmusklerna orkar inte längre hålla huvudet rakt och det glider ner snett åt sidan. Hon blundar medan hon talar, håller mig hårt.

”Mr Everett blev sig aldrig mer lik. Han räddade livet på flickan som blev attackerad. Men Kaleb bet av halva hans ansikte.”

55

NÄR JAG KLIVER ut från Lilys hospice är jag omtöcknad och matt men det tilltagande mörkret får mig att skynda på stegen. Någonstans där ute finns Adrian. Liten och frusen och rädd. På väg att bli bestraffad för vad han sett, och möjligen vad han har förstått. Bestraffad för den han är. Det tänker jag inte tillåta. Vi ska inte ha fler offer nu.

Vindarna kastar med Annies lilla bil och försöker knuffa den av vägen. Jag kör framåtlutad och sammanbiten tillbaka till huset där allt började och där allt kommer att få sitt slut.

Tistelblomman ligger nersläckt och ruvande, som om själva huset står på helspänn. Trädgården ser märkligt igenvuxen ut nerifrån vägen och taket i värre skick än någonsin. Som om elementen redan börjat närma sig från alla håll för att försöka utplåna de mänskliga spåren, knäcka bärbuskarnas kvistar och låta höglandets ogräs ringla upp över grusgången. Krossa de få rutor som fortfarande är hela i växthuset. Det kanske är som Lily säger. Att naturen borde lämnas ifred för att återta den här platsen och göra den hel igen.

Jag parkerar och går mot grinden. Den står öppen,

slår och gnisslar. Jag sparkar upp den, blundar hårt helt snabbt och går så in på tomten.

De svarta fönsterrutorna buktar och böljar, men jag inser att det är en synvilla, något som sker inom mig och inte framför mina ögon.

Ytterdörren står på vid gavel. Jag går upp för trappan och så är jag inne.

I köket ligger två stolar omkullvälta på golvet och ett nästan fullt saftglas står på bordet. Mitt kuvert till Jack är borta, men bordsskivan är översållad med färgpennor, ritpapper och några reklamblad. Och smulor. Kaksmulor. På en av stolarna hänger en liten munkjacka med svarta stjärnor på blå botten. Jag känner igen den, det är Adrians. Han kom hit när jag lämnade huset, senare samma dag. Varför? För att skydda Jack? För att varna honom?

Ett kallt vinddrag och en murken lukt. Ögonen far mot den mörkaste och mest avlägsna hörnan, mot källardörren. Lukten och vinddraget kommer därifrån, dörren står på glänt. Och på köksgolvet precis framför tröskeln finns en smetig fläck. Jag vill inte titta närmare, det var här det hände. Någon slog livet ur Jack. Inget spöke utan en människa av kött och blod. Har det här hänt på grund av att jag åkte iväg? Fanns det något i min närvaro här som avskräckte?

Jag vänder mig mot köksbordet igen. Försöker pussla ihop händelserna med hjälp av spåren som lämnats kvar. Adrian var här. Adrian och Jack. De satt här och ritade, Adrian kanske försökte berätta något. Förklara vad han knappt förstod själv.

Min blick flackar över de övergivna ritsakerna. Jacks teckningar är lätta att känna igen, en krokodil med snälla ögon, en igelkott iklädd små gummistövlar. Och så flera barnsligare teckningar, klotter. Mest rutmönster och cirklar som hänger samman. Jag lyfter på bladen, vrider och vänder, när ett av de häftade reklambladen singlar ner på golvet. Erbjudanden från en matbutik. Något glider ur som i slow motion. Ett styvare ark. Det är en almanacka omgiven av små annonser från lokala firmor, samma sort som de hade på bageriet. Men på den här almanackan har en barnslig hand klottrat i marginalen. Adrian.

Då ser jag det. En fullständigt alldaglig annons, men iögonfallande på grund av pojkens klotter runt omkring. Pojken har suttit och ringat in annonsen med orange filtpenna, så hårt och länge att papperet luckrats upp.

Det är bara en ruta med ett tryckt namn och ett telefonnummer. Men ett nummer jag använt. Och ett namn... ett namn vars bokstäver liksom löses upp och friläggs framför mina ögon, som om trycksvärtan släppt från papperet. Som om namnet krumbuktar sig och försöker ombildas till sin rätta form. Adrian hade också förstått vem som egentligen hemsökte Tistelblomman.

Då drar en skugga förbi utanför fönstret. Jag ser hastigt upp. Kanske är det bara molnen som vandrar över himlen men jag reser mig ändå och spejar ut mot trädgården. Jag vrider kroppen och närmar mig köksfönstret så försiktigt jag bara kan, jag försöker kika ut utan att själv bli sedd.

En gestalt står orörlig där ute, en bit ifrån huset. Det är han. Jag rycker till och drar mig tillbaka, trycker mig mot fönsterkarmen med hamrande hjärta. Adrian syntes inte till. Var är pojken? Jag räknar till tjugo, femtio, hundra. Kylskåpet surrar inte, strömmen är borta igen. För att någon har slagit av den, igen. Han.

Så vrider jag långsamt kroppen och flyttar tyngdpunkten så att jag ska kunna kasta ännu en snabb blick ut i trädgården.

Men det är tomt där ute. Jag vågar mig på att sträcka kroppen ännu lite närmare rutan, måste få bättre överblick, min vinkel är för snäv.

Då skjuter hans ansikte upp underifrån, precis utanför köksfönstret. Han är så nära att jag skulle kunna sträcka ut handen och röra vid honom om det inte var för fönsterglaset mellan oss. En kort sekund är vi ansikte mot ansikte, men jag kan inte se några anletsdrag, det är för mörkt. Men jag hinner tänka att han måste stå på något, eller så är han mycket lång.

Sedan duckar han och försvinner.

56

JAG KASTAR MIG ut i hallen. Förväntar mig att han ska vara på väg in, att jag ska höra de släpande stegen, se honom torna upp sig i dörröppningen och stänga ute det sista dagsljuset. Och då ska jag stå där och möta honom. Inte kurande och skrämd bakom dörren, kikande genom nyckelhålet. Inte som Rose. Nej, ansikte mot ansikte.

Men hallen är tom. Ytterdörren står vidöppen, jag har låtit den vara så. Jag går fram och ställer mig på tröskeln och tittar ut mot den annalkande kvällen. Kom fram nu, kom och visa dig. Kom in i huset, kom bara, du är ju hemmastadd här. Jag väntar på dig. Men jag tänker inte leka dina lekar mer.

Ingen kommer. Tystnaden är öronbedövande.

Alla fyra dörrarna i korridoren på övervåningen är stängda. Det ser jag genast i skenet av min ficklampa. Från dörren i bortersta ändan hörs ett försiktigt skrapande ljud. Sovrumsdörren. Roses sovrum.

Där var hon nog hela tiden mot slutet, tänker jag mig. Där fick hon hålla till, fången i sitt eget hus och i sitt eget plågade sinne.

För att du ville ha det så, Kaleb. Du skar av henne från världen. Du förseglade fönstren på nedervåningen. Du intalade dig själv att hon var din fiende. Och sin egen.

Ett svagt krafsande kommer återigen från dörren längst bort. Kanske finns ljudet verkligen, kanske är det någon där. Eller så är det ett eko från en annan tid då Rose satt ensam i sitt sovrum som en bruten människa. Böjd över toalettbordet med håret i stripiga tovor ner mot axlarna. Stirrande ut genom fönstret med sina lysande ögon. En gång var de ögonen hennes lycka, hennes vinstlott i livet. Så hypnotiskt glittrande, man hade aldrig sett på maken. Bruna med en förunderlig gyllengul ring närmast pupillen. Den där blicken var det man ville åt, den trängde rakt in i kameran, genom filmduken, lyste upp i den mörka biosalongen och grävde sig hela vägen in i publikens hjärtan.

Blicken som falnat nu, och skimrar med vansinnig feberglans. Ut över de blåsiga vidderna blickar hon från sitt ensliga hus, bortom horisonten. Inte ner i trädgården på sin son. Han som är hennes fångvaktare och hennes undergång. Hemsökelsen som hon bar med sig hela vägen tillbaka hit, under skinnet. Han är straffet för att hon trodde att hon kunde ta sig bort, bli en annan och bättre. Livet hånar henne. Kaleb är hennes påminnelse, hennes evig plåga.

Det raspar igen. Rose är där inne. Mot slutet hade hon inget annat uttryckssätt än att fylla väggarna med svarta spindlar. Spindlarna som alltid är där, som kryper i ett virrvarr framför hennes ögon, både när hon blundar och när hon tittar. De som kilat runt under huden på henne ända sedan filmstudions leende män i kostymer övertalade henne att ta de där preparaten. De som skulle göra hennes blick ännu mer brinnande, ge henne kraft och energi att arbeta tjugofyra timmar i sträck. Deras leenden var som dödskallars grin. Man säger inte nej till de grinande dödskallarna. Deras skjortor var så mjuka och deras nypor så hårda.

Allt har smält samman för henne nu. Hon vet inte längre skillnaden mellan att drömma med ögonen öppna eller slutna. Mellan hallucination och verklighet. Hundratals spindlar, tusentals, överallt.

Krafsandet har tystnat nu. Jag andas knappt. Hon har rätat på ryggen där inne i det svarta sovrummet. Hon lyssnar, hon vet att jag står här ute i korridoren. Att jag har kommit tillbaka. Kanske tänker hon gå mig till mötes? Ja. Där. Ett släpande steg inne i sovrummet. Försiktigt, tvekande. Och så ett till.

Kom ut du Rose. Jag är här nu. Jag förstår nu att du har försökt varna mig, varna oss. Men snart är det över. Snart kan både du och jag lämna Tistelblomman för alltid.

57

JAG VÄNDER RYGGEN mot sovrumsdörren och riktar ficklampan mot den lilla trekantiga dörren i väggen under trappan.

När jag vrider runt nyckeln öppnar sig låset med ett klick. Utrymmet under trappan är litet och tomt, precis som jag minns det, men någonting är annorlunda. Det finns märken i dammet på golvet. Jag hukar mig ner och stryker med fingrarna över golvplankorna. Avtrycket efter en klack, en halv skosula. Och en stickande lukt, som av lösningsmedel eller färg. Då ser jag ett skrapmärke i träet. Det ser ut som om någon släpat in ett tungt föremål i skrubben. Skrapmärket fortsätter in under golvlisten vid den bakersta väggen.

Jag backar ut ur utrymmet och nästan springer tillbaka ner till hallen och genom köket. Källarlukten av jord och ohyvlat trä känns starkare nu.

Det är råkallt nere i Tistelblommans källare och när fingrarna hittar spadens lena, slitna skaft flammar en liten gnista upp inom mig. Bra. Koncentrera dig på din uppgift, allt det andra kan du ta sedan. Om det blir något sedan.

Jag lyssnar till den lilla rösten och återvänder upp,

kliver snabbt förbi de omkullvälta stolarna och den hemska fläcken på köksgolvet. Jag tittar inte. Registrerar inte. Stänger det ute. Min energi behövs till annat än sorg nu.

Något har ändrat sig i husets atmosfär, jag känner det i hallen. En ny intensitet, tryckande och farlig. Andetag bakom stängda dörrar. Blod som brusar genom ett levande hjärta. Förbjudna tankar som fått gro och fräta i lönndom. Någon annan finns här nu. Någon har kommit för att besöka Rose McCormick. Någon har kommit för att besöka mig.

Jag går upp för trappan med spaden slängd över ena axeln. Trappan knarrar och klagar under mina fötter. Flera brädor verkar plötsligt ha satt sig, blivit skeva. Som om spikarna som håller allt på plats börjat släppa. Träpanelerna i den smala korridoren ser smutsiga och slitna ut. Kanske förvränger mörkret min syn men jag tycker nästan att målarfärgen bubblar, som om något lever och sjuder där under. Här och var har de solkiga tapeterna lossnat i skarvarna och håller på att släppa från väggarna. Eller stötas bort.

Jag stannar framför den rangliga trappan upp till tornet. Lyfter upp ansiktet och lyssnar. En spänd, vaksam tystnad. Huset håller andan.

Jag krånglar mig in i det lilla rummet under trappan till tornet igen. Där inne sätter jag mig på knä på golvet och hittar någorlunda balans. Så höjer jag spaden mot väggen längst in, måttar, tar sats och börjar hugga.

Jag hackar och stöter, bänder loss bit efter bit av den murkna spånskivan. Till sist slänger jag spaden bredvid mig och bräcker loss de sista bitarna med bara händerna.

Ficklampan börjar lysa svagare men jag ser ändå. Den dolda kammaren.

Jag går ner på alla fyra, makar mig längre in i skrubben. Dammet sticker i näsan.

Det står ett hus där inne. Ett Tistelblomman i miniatyr, som ett dockskåp. Men det här är ingen leksak. Det finns ingenting idylliskt över den här undangömda tingesten. Jag lyser med ficklampan över dess utsida. Varje detalj finns återgiven i mindre skala, pedantiskt utfört. Gjutjärnsräcket runt tornet och burspråket. Hårfina sprickor i de skeva fönsterkarmarna. Mögelfläckar och mossa på taket. Flera pannor vinda och trasiga. Den flagiga blå ytterdörren, till och med… nej, det kan väl ändå inte vara möjligt? Till och med hålet i taket. Varje skavank och defekt. Tistelblommans förfallna yttre, hela dess fördärvade karaktär har återskapats i den här sällsamma avbilden. Det lilla huset har något tvångsmässigt och djupt obehagligt över sig.

Något skymtar bakom ett av fönstren. Jag hukar närmare golvet. Är det inte en liten lampa som hänger i taket där inne? Då inser jag att modellen har riktigt fönsterglas men dess rutor är inte större än tändsticksaskar. Och bakom de små fönsterrutorna är alla rum inredda. Ett kallt finger löper längs med min nacke när jag inser det.

Jag måste ställa ifrån mig ficklampan på golvet och lägga mig på mage för att kunna sträcka in båda armarna. Det måste finnas ett sätt att titta inuti huset. Kan man lyfta undan taket kanske? Det är svårt att komma åt, och jag trevar längs med de ojämna väggarna för att hitta öppningsmekanismen. Jag känner över minutiöst sammanfogade små stensegment och snidat trä.

Där. Fingrarna hittar en skarv. Och ett litet mässsingslås, bara en ögla och en hake runt en knopp, på modellens ena sida. På andra sidan sitter det gångjärn i skarven. Jag pillar på den lilla låsanordningen, sätter nageln under haken och knäpper upp den.

Jag krokar fingrarna under takkanten och drar försiktigt. Framsidan på det lilla huset glider upp och blottar innanmätet. Jag drar hårt efter andan.

Varje småsak, Tistelblommans hela essens finns här. I ficklampans darrande sken far mina ögon över hallen, salongen, köket. Över perfekta dockmöbler, handmålade tapeter kompletta med fuktfläckar och slitage, golvbrädor smala som glasspinnar, mattor med små, små stygn. Någon måste ha tillbringat år med det här. Kanske ett helt liv. Jag kisar mot det lilla köket. Där står samma bulliga kylskåp som i verkligheten, fast i miniatyr. Och under köksbordet… nej, det är inte möjligt. Ficklampan glider ur mitt grepp. Jag mår illa. En storm stiger inuti mig, en orkan. Det tjuter och ringer i öronen.

Jag fumlar över golvet, hittar lampan och får fatt i den. Riktar dess ljusstråle mot det lilla köket igen, och in under matbordet. Det ligger två små dockor där. Ihopslingrade. De är så naturtroget gjorda att det inte går att ta miste på vilka de ska föreställa. Paret är Jack och jag. Deras ansikten är mindre än frimärken och det svartnar för ögonen på mig när jag ser att dockorna har riktigt hår limmat på sina huvuden.

58

JAG LÅTER ficklampans ljuskägla vandra vidare inuti den otäcka modellen av Tistelblomman. Längs med den smala korridoren och fram till skrubben under trappan.

På avstånd hör jag tunga fotsteg. Någon rör sig genom huset, närmare och närmare. Upp för trappan. Jag låtsas inte märka något.

Det tog längre tid än jag hade trott, tänker jag. Tappade du modet?

Inne i det lilla huset står den trekantiga dörren under trappan på glänt. Jag sträcker in handen och pillar försiktigt upp luckan. Vad kommer jag att hitta i den minimala lönnkammaren? Ett ännu mindre hus, litet som en sockerbit? Eller en svart spindel som kilar upp över min handrygg?

Nej. På den pyttelilla golvrutan ligger ringen. Sex stenar infattade som en blomma. En ring som suttit både på Roses finger och på mitt eget.

”Du kom tillbaka?”

Rösten bakom min rygg är kall som stål. Oändligt sakta vänder jag mig mot dörröppningen. Hans långa gestalt tornar upp sig som en svart silhuett mot korridorens gråa dunkel. Han står bredbent i sin arbetsoverall och jag ser genast att han håller ett barn i famnen. En pojke som andas ryckigt och vettskrämt. Adrian.

”Ja, Kaleb”, säger jag släpigt. Jag fumlar efter spaden där den ligger på golvet nära mina fötter. Hoppas han inte märker vad jag håller på med. Jag vänder mig mot honom och spärrar upp ögonen. ”Jag kom tillbaka till Tistelblomman”, fortsätter jag. ”Precis som du. Du återvänder ju hela tiden, inte sant? Eller jag kanske ska kalla dig för Blake, för det är väl ditt nya namn?”

”Jag trodde...”, säger han och den mörka stämman skälver en aning. ”Jag trodde att jag hade fått bort dig för gott.”

Jag får bara en chans här, tänker jag. Gör det här rätt nu, för Adrians skull. Lilla gubben. Dig får han inte skada. Fingrarna rör sig försiktigt mot mitt vapen.

Plötsligt börjar han skratta. Det får honom att låta manisk, som en galning.

”Ja du”, säger jag svagt. ”Det var dumt av mig. Snälla, skona mig, jag gör vad som helst.”

På samma gång gör jag ett behärskat utfall. Jag griper tag om spaden, kröker ryggen och hugger bladet rakt ner mot golvet med siktet på hans stora arbetskänga.

Men jag kan inte svinga spaden så bra i det trånga utrymmet, och han är förberedd och drar undan benet. Men jag träffar ändå kanten på hans sko, precis vid stålhättan, och eftersom jag lägger hela min kroppstyngd bakom är det tillräckligt för att få den store mannen ur balans en kort stund. Adrian har avläst situationen, lirkat upp sin lilla knytnäve och slår till honom rakt på näsan i exakt rätt stund.

Kalebs grepp om Adrian slaknar för ett ögonblick och pojken slinker ur hans famn, pinnar kvickt ner för trappan, genom hallen och rakt ut mot vidderna.

"Spring, Adrian, spring", vrålar jag samtidigt som jag tar mig ut genom öppningen. Jag hinner precis undan de enorma gripande nävarna som sträcker sig efter mig. Men när jag når slutet av korridoren och ska störta ner för trappan och ut genom hallen tappar jag balansen. Vristen böjer sig på ett obehagligt vis men jag får fatt i ledstången och kastar mig ner utan att tappa fart. Mina fötter känner den här trappan så väl nu och jag tar två steg i taget, vräker mig framåt och ut.

Men Kaleb kan också vägen, och han brakar efter mig som ett vilt djur. Jag sladdar ut på trädgårdsgången och känner hur avståndet mellan oss krymper avsevärt för varje meter. Han kommer att få tag i mig.

I skymningsmörkret ser jag Adrians lilla suddiga figur framför mig. Han är redan halvvägs upp för slänten bortom vändplatsen. Bra. Du har förstått. Vi ska upp på klippkanten.

Jag halkar men återfår greppet i det fuktiga gräset. Snart är jag uppe på kanten, snart är jag med Adrian och kan hålla om honom.

Men så är Kaleb ikapp mig. Starka händer sliter ner mig och jag faller hjälplöst. Hans tyngd är oerhörd och han luktar våt hund och kyrkogårdsmylla.

59

"HJÄLP MIG ATT förstå", säger jag med min sista utandningsluft. Trycket lättar en aning. "Dig, och henne. Din mamma."

En rossling skräller genom hans väldiga kropp.

"Finns inget att förstå." Rösten är iskall. "Tistelblomman är en helgedom, mitt kungarike. Ingen annan ska vara här. Ni har ingen rätt."

Jag koncentrerar mig på att ligga ytterst stilla. Avbryt inte, låt honom …

"Hon var galen", fortsätter Kaleb. Hans väldiga händer greppar mina överarmar bakom ryggen och mitt ansikte är hårt pressad mot jorden. Hans knä kilar fast korsryggen. Det gör ont, det gör mig arg. Bra. Jag kommer att behöva ilskan.

"Och hon såg mig genom ett filter av galenskap, trodde att det var jag som var … fel. Defekt. Och det blev en självuppfyllande profetia", fortsätter han. Tonen är mässande nu. Han vill berätta det här.

"Hennes vanföreställningar drev bort alla. Förstår du hur det känns? Vad sånt gör med en? Den vreden."

Han trycker mig ännu hårdare mot marken och jag tänker på det som Lily sa, om flickan han attackerade i byskolan. Hur han slängde med henne som en trasdocka, bröt både armar och ben. Och jag tänker på vad han har gjort med Jack ... nej. Sluta, tänk inte på det, inte nu.

Högt ovanför oss kretsar några fåglar, jag uppfattar dem nätt och jämnt genom mörkret. Snart kommer man inte att kunna se något alls här uppe på höjden.

Har du gömt dig ordentligt, Adrian? Sitter du i en klippskreva och vågar nästan inte andas? Kan du uppfatta det här? Hör du mig?

"Far lärde mig en del om snickeri, men när han lämnade oss gick det snabbt utför med henne. Och då gick det utför med mig också, och jag blev en nattvandrare. Lärde mig att komma och gå som jag ville i huset."

Och det har du fortsatt med, tänker jag. Kommit och gått som du har velat. Till ditt kungarike. Lönnkammare, skrapningar och knackningar. Och modellen av huset med de två små dockorna omslingrade under köksbordet. Dockor med riktigt hår. Hår som du måste ha klippt från våra huvuden när vi låg och sov. Hur många gånger har du stått och tittat på oss i skydd av mörkret?

"Hon var rädd för mig", säger han hest. "Rädd för sitt eget barn. När hon försökte arbeta och tog hem elever blev jag svartsjuk förstås. Hon tog i dem, hjälpte dem att tvätta sig. Såg på dem, försökte lära dem saker. Jag spionerade och började drömma svarta drömmar om vad jag ville göra med såna där små fina."

Jag blundar. Koncentrerar mig på att andas. Det svider i lungorna. Var finns du, Adrian? Om du kan höra mig, vet du, jag tror att det finns ett sätt ...

"Ja, jag kanske stängde in henne på ett sätt. Blev

hennes fängelse, och hennes fångvaktare. Men hon ville också ha det så", säger Kaleb. "Hon hade sett allt, varit ute i stora världen, och sedan vänt den ryggen."

Jag mumlar något som jag hoppas låter lugnande. Vill få honom att fortsätta, förlora sig i det som varit. Slappna av en aning, släppa ner garden. Det kliar och sticker i mina leder, i knogarna och fingrarna.

Jag lirkar lite med huvudet. Måste. Nacken ligger i en omöjlig vinkel. Går det? Ja, hans grepp är fortfarande fast men det hårdnar inte när jag skruvar på mig. När jag rör mig skär en vass liten sten in i kinden. Jag märker hur det blir vått och varmt men känner inte själva såret. Det har blivit mycket tyst.

"Hur dog hon, din mamma?" viskar jag och grimaserar. "Var det hennes eget val?"

Han snörvlar. Börjar han bli svagare? Ser du det också Adrian? Akta dig bara, var försiktig så att han inte …

"Det var nog så", säger Kaleb och den mörka rösten skälver till. "Hon höll sig mest i sitt sovrum. Och så en natt fick hon nog. Det var när jag hade kommit tillbaka från byn alldeles blodig i ansiktet. För att de tittade konstigt på mig, de där andra. Hon sa inget men hon visste väl att det var slutet på något. Den natten klättrade hon upp i tornet, stod där länge alldeles orörlig och blickade ut. Sen kastade hon sig ner för trappan. Ljudet av hennes fallande kropp … duns, duns …"

Jag sväljer. Fortsätt, tänker jag.

"Men hon lyckades inte", säger Kaleb. "Jag tror hon bröt ryggen, slog sig fördärvad i huvudet, hon hade ingen styrsel. Ögonen rullade runt, runt. Alldeles hjälplös. Jag bar in henne till badkaret, spolade upp varmt vatten och la en spegelskärva på badkarskanten. Där låg hon och bara skrek. Inga ord. Bara skrek, rakt ut, länge. Nåt sprack inuti mitt huvud då. Nåt som var trasigt redan innan.”

”Och sen begravde du henne?”

”Styckade henne först”, säger han och låter nästan stolt.

60

HANS TONFALL får mig att må illa.

"Du ... styckade henne", säger jag svagt.

"Man måste göra det med en sådan kvinna", säger Kaleb. "Jag hade hört om det, far berättade om de gamla traditionerna. Annars kan hon bli en *baobhan sith* och vandra osalig i markerna för all tid."

Eller så blir hon det ändå, tänker jag.

"Hur gammal var du då, Kaleb?"

"Biologisk ålder elva och ett halvt", säger den store mannen mekaniskt, som om han läser innantill ur sin egen sjukjournal. "Men på andra sätt fyra fem år kanske."

Rösten är mer tveksam nu. "De kom på mig", fortsätter han. "Handen ... stack upp. När de kom för att hämta mig, efter det där som hände i skolan. Och ta mig till ... ett annat ställe. Det fanns folk där, mycket folk. Och en fin park, och en snickeriverkstad. De hjälpte mig. Och sen fick jag komma ut, många år senare, då hade jag fått vitt hår. Och då åkte jag genast hit igen, för jag hade längtat hem. Och längtat efter att nattvandra igen."

Kaleb sänker rösten, lutar sig närmare mitt huvud.

”Och det första jag gjorde när jag kom ut”, viskar han, ”var att ta mig till kyrkogården och gräva upp hennes grav. Plocka upp delarna och bära hit dem. Sprida ut dem igen, i alla väderstreck, här ute där hon hör hemma. Och nu måste jag flytta på dem hela tiden. Det är min uppgift. Hitta nya ställen. Annars får hon för mycket frid och ro, och det förtjänar hon inte.”

Vinden friskar i, det väser utefter marken och gräset rasslar. Någon i huset som plågas och har ont, tänker jag. Någon som står innanför sin ytterdörr och kikar ut. Hon med de gula ögonen. För att hon hela tiden är på sin vakt, rädd att han ska komma tillbaka.

”Och du höll legenden vid liv”, viskar jag. ”Du spädde på spökhistorierna.”

”Ja. Det gick bra till att börja med”, säger han nästan ljudlöst. ”Jag blev utsläppt och ville återerövra mitt kungarike. Jag planerade, jag var slug. Sa precis vad de ville höra på institutionen. Och sedan var det enkelt. Ingen kände igen mig när jag kom tillbaka till Barnick, det hade gått så lång tid. Jag började kalla mig Blake och skaffade vänner, en liten firma. Och om någon försökte närma sig huset...”

”Så såg du till att det hände kusliga saker”, säger jag. ”Eller ännu värre? För huset blev ju sålt och då fick du skruva upp vidrigheterna.” Min röst är starkare nu, det känns som om jag växer. ”Killen som jobbade för dig, din gesäll, som dog under renoveringsarbetet... det var ingen olycka, inte sant? Det var du.”

”Jodå. Då drog de sig tillbaka minsann, utbölingarna. Den rödhåriga har jag haft ögonen på hela tiden. Jag har hållit mig extra nära henne, blivit hennes vän, så nära att hon inte skulle kunna... se mig. Om det bara inte vore för hennes satans unge ..."

"Adrian", säger jag. "Han heter Adrian. Varför vill du åt honom? Vad har han gjort för ont, det är ju bara ett oskyldigt barn."

Något närmar sig oss genom dunklet, mycket långsamt, från höger sida. Jag kisar och tycker att jag kan urskilja ett svagt gyllene ljussken som flackar och letar. Kaleb stelnar också till.

"Pojken", upprepar jag svagt. "Vad har du emot honom egentligen?"

"Han måste bort", säger Kaleb tonlöst. "Allt det här är hans fel."

"Varför då? Hur kan allt detta vara den lilles fel?" frågar jag. Min kropp har börjat skaka okontrollerat nu, tänderna klapprar. Jag håller på att bli farligt nerkyld och ett tvivel börjar gro inom mig. Jag vet inte om jag kommer att klara det här.

Jo, det kommer du, viskar en liten barnröst i mitt huvud. *Så här ska vi göra ...*

"Ungjäveln gick bort sig", muttrar Kaleb. "Det blev skallgång. Samma dag fick jag en hjärnblödning och blev liggande på verkstadsgolvet. Räddningstjänsten var helt upptagen med att leta efter honom, det är begränsade resurser här ute. Jag ringde men ingen kom, inte på fyrtiofem minuter. De var helt sysselsatta med att leta efter pojken."

"Men du kan väl inte skylla det på honom?"

"Jo, det kan jag", ryter Kaleb. "Om det inte hade varit för den där förbannade ungen så hade jag fått vård inom tio minuter. Inte blivit liggande som konvalescent i flera månader. Kunde inte ens äta själv i början. Och det var då de jävlarna hyrde ut huset, till din karl. Och han blev kvar, för det var ju så lugnt och idylliskt då. Eftersom jag inte var här och kunde ..."

"Skrämma slag på någon, ha ihjäl någon", viskar jag. I samma ögonblick skjuter jag ifrån allt vad jag orkar och pressar mig upp från marken.

Då drämmer Adrian sin lilla stövel i bakhuvudet på Kaleb. Han har stått på pass bakom honom och väntat utan ett ljud. Pojken har uppfattat mina signaler och nu gör han precis som jag har hoppats.

Slaget är inte tillräckligt för att skada Kaleb, men nog för att bringa honom ur fattningen en kort stund. Jag tar chansen, kommer på fötter och störtar bort från honom, högre upp på höjden, mot klippkanten.

Adrian är vid min sida och tillsammans rusar vi mot den absoluta toppen, den smala kammen som stupar brant åt båda sidor.

Kastvindarna här uppe är starka och Adrian trycker sig nära mig. Jag lyfter upp honom och han slår benen om mig. Så snubblar jag fram, vidare mot den rätta punkten. Bakom oss flåsar Kaleb tungt. Han närmar sig. Tre meter. Två meter. En meter. Jag vänder mig inte om, jag vet ändå. Adrian klamrar sig fast vid min kropp.

"Jag är så rädd för honom", mumlar pojken. "Så rädd, så rädd. Han säger att jag ska bli hans lekkamrat, att jag ska stanna här för alltid."

"Vad hände tidigare idag?"

Kaleb har slagit av på takten. Han vet att vi inte kommer undan.

"Jag blev orolig", säger Adrian tyst. "För Jack. Jag kände att nåt hade ändrats här ute. Men jag förstod inte att det var för att du hade åkt din väg. Jag ... han där, han säger att han är som starkast här ute. Starkare när du försvann. Jack försökte skydda mig men ...”

Adrian viskar det sista. Han gråter inte men den lilla kroppen darrar.

”Det var inte ditt fel”, säger jag. ”Tänk aldrig att det var ditt fel.”

Jag backar försiktigt mot den yttersta klippkanten. Inte trampa snett nu, inte snava. Pojken och jag andas i samma panikslagna takt. Inuti hans bröstkorg trummar hjärtat som på en liten sparv.

”Tycker du att jag är en sparv?” viskar Adrian mot min kind.

”Nej”, mumlar jag. ”Du är en falk. Hoppa ... nu.”

I samma stund slår jag ut med armarna och Adrian kastar sig handlöst åt sidan, tumlar mot branten bortom klippkanten, och försvinner ner för stupet.

61

JAG STÅR ALLDELES stilla. Kaleb är så nära att jag kan se hans ansikte. Uttrycket slår över från blodtörst till total misstro när Adrian försvinner utför stupet, och sedan vrede. En mörk och vansinnig vrede. Han börjar vagga med huvudet från sida till sida.

Molntrasor driver över himlavalvet och täcker den bleka månen. Några sekunder passerar.

Då tar jag ett halvt steg närmare honom.

"De tog ihjäl min hund", säger han. "De tog ihjäl Maggie."

"Jag tänker inte ge upp", säger jag lugnt. "Inte utan strid."

Kaleb stirrar på mig med underlig livlös blick.

"Väljer du min rättvisa?" viskar jag. Ännu ett halvt steg mot honom. "Eller så gör vi på ett annat vis. Vi går ner härifrån tillsammans, och så ringer jag polisen. Så får du bekänna för dem och ta följderna. Egentligen borde jag inte ge dig något val men jag har min heder. Så välj nu. Min rättvisa eller lagens? Bestäm själv."

Kaleb höjer sin breda näve och slår till mig i ansiktet. Slaget kommer utan förvarning och det är så hårt att jag borde ramla till marken, men det gör jag inte.

Det är som om min ryggrad har blivit utbytt mot stål och jag svajar bara till lite. Kinden bränner. Han slog mig på samma ställe som stenen skar in och nu börjar blodet rinna snabbt. Jag ser honom stint i ögonen. Jag vet att blodet ser svart ut för honom och mitt ansikte är kallt och vitt i månljuset.

”Jag kanske inte riktigt är som man ska vara, men det är inte du heller”, säger han. Tonfallet är iskallt men skymtar jag inte en glimt av osäkerhet i ögonen? Han nickar i riktning mot stupet där jag just kastat ut pojken. ”Och vad har jag att bekänna tycker du?” Han ler, lägger till och med huvudet på sned. Det är ett galet leende.

”Du har slagit sönder och samman den enda man jag någonsin älskat”, säger jag dovt. ”Jag tycker att du ska ge upp nu Kaleb. Följ med mig ner, lugnt och fint. Bekänn och ta ditt straff, det blir lindrigare så. Sona dina brott. Det är det bästa. För jag tror faktiskt inte att du vill ta det här med mig ensam. Jag har nämligen någonting som inte du har.”

Jag låter min röst bli en tunn liten viskning, vill tvinga honom närmare.

”Vad då?” säger han och han gör som jag vill, han lutar sig mot mig, ner mot mitt ansikte så att han ska kunna höra vad jag säger, det är en reflex.

”Ingenting kvar att förlora”, skriker jag. I samma ögonblick gör jag ett utfall, men den här gången är Kaleb beredd. Han är alltför stark och alltför snabb, han fångar min handled i luften och tvingar armen bakåt. Med sin andra stora näve tar han tag om min hals och lyfter mig rakt upp. I hans ansikte kan jag se barnet han en gång var, ett känsligt drag över munnen.

Jag snarare hör än känner hur något krasar inuti min nacke. Mörkret omkring oss pulserar.

Jack, tänker jag. Jack. Du och jag, alltid. Och så sluter jag ögonen.

62

ETT VARMT GULT ljus omsluter mig från alla håll. Det splittras ut åt sidorna i en kaskad som gnistrar mot kvällshimlen. Vinden har lagt sig, sorgsenheten har klingat av. Jag hör bara ett stilla nynnande nu, som en vaggvisa. Mjuka händer lyfter mig och bär mig uppåt och framåt. Jag kan vandra på vinden, jag vet det, jag känner det. Jag ska gå hela vägen hem till Jack. En lyckokänsla större än alla andra uppfyller mig. Det spränger, rötter rycks upp och fästen lossnar. Alla nervtrådar sprakar. Mitt livs lyckligaste stund. Nej. Det är fel. Det här är mitt livs sista stund.

De euforiska sinnesförnimmelserna klingar av i takt med att den insikten stiger till ytan. Jag hänger över ett väldigt stup, jag kastas hit och dit som en vante, en stor hand kramar min hals. Hans vanmakt och ständiga plåga är som ett svart dis omkring oss.

Och jag är helt kraftlös, förbrukad och slapp. Gnistorna omkring mig är synvillor, de falnar och dör som tomtebloss. När de försvinner framstår svärtan under mig som gränslös, den sträcker sig ner i evigheten.

Vita prickar dansar framför ögonen, de blir röda när de når ut i kanterna. Inget syre kvar i blodet. Kommer jag att hinna dra ett sista andetag när han släpper mig, fylla lungorna med luft medan jag faller?

Kanske välkomnar jag det här. Adrian klarar sig. Han är så duktig, skickligare än jag fast han är så liten. Nu sitter han och kurar på en gräsbevuxen klippavsats någon meter under ravinens kant, men det vet inte du och därför har han en chans. Så du kanske har vunnit över mig, men den segern blir inte långvarig. För Adrian har förstått och han kommer att berätta.

Då blir greppet om min hals plötsligt lösare. Jag ser hur gräset blänker vått en bit under skorna när han vänder sig över fast mark. Det knastrar i strupen men jag får luft. Och prickarna slutar dansa framför mina ögon, och jag ser, Kaleb. Du vill ju inte heller vara här. Du är trött, orkar knappt mer. Du har fått nog, vill att det här ska få ett slut. Du vill lämna Tistelblomman.

Men han tittar inte på mig. Han ser förbi mig, över klippkanten, ut i luften.

Så ligger jag med ens på marken. Känner vätan, kylan, sorgen som klöser och river. Känner skräcken. Känner att jag lever. Och att jag vill fortsätta leva.

Någon annan är här.

Kaleb stirrar på henne. Jag kan se honom tydligt nu för hon lyser upp hela klippryggen. Det strålar om hennes ansikte, ut från ögonen. Han hukar sig inför hennes blick, en sorglig bruten gubbe. Inget odjur.

Jag tar mig upp på knä, darrar häftigt och klarar det knappt. Kaleb märker ingenting. Hans blick är fixerad vid henne, vid det lysande ansiktet. Lika vackert som i hennes glansdagar, nej, vackrare. Hon lockar på honom och han stapplar närmare, det är hos henne han vill vara. Hon breder ut armarna; kom, lämna de levande. Du har gömt dig i skuggorna så länge, kom och var hos mig. Jag ser dig för vad du är nu, och jag är inte rädd för dig längre.

Så kliver Kaleb över kanten, rätt ut, oseende och bländad. Han faller ljudlöst och länge mot ravinens klippiga botten. Tystnaden ekar mellan bergväggarna.

63

"DET FINNS EN liten chans att han klarar sig", säger ambulansmannen. Så huttrar han till trots sin kraftiga nylonjacka. Han verkar lite lantlig, ska nog egentligen inte prata om sånt med mig, men omständigheterna är så speciella att reglerna kanske ruckats en aning just denna natt.

Ambulansen står blinkande nedanför slänten och jag förstår inte varför de inte kan stänga av de irriterande lamporna som snurrar runt, runt. Jag halvligger på en väggfast brits. Den känns vanskligt smal, som om jag skulle kunna ramla ner och slå i golvet när som helst. Sjukvårdaren ser över blånaderna på min hals.

"De fick vinscha upp honom", fortsätter killen. "Alldeles sönderslagen förstås, men vid medvetande. Eller vad man ska kalla det. Om han överlever så blir han i alla fall aldrig mer som förut."

Jag sluter ögonen och känner hur fingrar i latexhandskar klämmer försiktigt på kotorna i nacken. Ett svagt knarrande ljud, som om handskarna pudrats med något mjölaktigt.

"Adrian", säger jag men det blir bara ett kraxande. "Pojken..."

”Mår bra”, säger ambulanskillen. ”De fick upp honom lätt. Helt oskadd och återförenad med mamman. Så skönt, jag var själv med i skallgången tidigare. Pappan har förresten också dykt upp. Han var i Edinburgh på något seminarium och hade visst avstängd mobil.”

Latexhanden släpper min nacke.

”Du hade en jäkla tur. Svullnaden kommer att bli värre innan den går ner, och du kommer att vara stel och öm som bara den. Men om någon vecka går det över. Jag tror du är okej.”

Det knackar försiktigt på utsidan av ambulansen. En annan ambulansman står där ute i mörkret och blåsten i en neongul regnjacka. Han håller i en stor telefon som liknar en komradio.

”Jag tänkte bara att jag ville berätta så fort jag fick anropet”, säger han. ”De hörde just av sig från sjukhuset. Det gäller Jack Winter.”

Tusen tankar hinner fara genom huvudet. Organdonationer, hans mamma som måste vara helt förstörd. Allt som behöver ordnas på rätt sätt, fint och värdigt. Jag borde vara där, tänker jag. Jag vill se honom en gång till, jag måste åka dit nu genast. Paniken får det att börja brusa i öronen, den stiger som ett kvicksilver i mig. Hoppas jag hinner, att de inte redan har flyttat honom till en naken brits i ett mörkt nedkylt rum, att de inte har dragit ett lakan över hans ansikte …

Jag ser att förarens mun rör sig men jag uppfattar inte orden. Inte förrän den yngre vårdaren tar mig om armarna och talar mycket långsamt nära mitt ansikte förstår jag vad som sägs, men jag kan ändå inte tro på det, inte ta det till mig.

”Han har vaknat. Jack Winter har vaknat upp.”

64

ETT HUS DÄR man kan gömma sig från världen, men inte från sig själv.

Ett hus med stenväggar som ter sig annorlunda varje gång man ser dem. Det är definitivt något särskilt med ljuset här ute.

Adrian springer över Tistelblommans gräsmatta. En hundvalp studsar efter honom, rufsig och gläfsande. Regnet rispar grå snedstreck i luften, det är snöblandat men ingenting som lägger sig. Jag tänker på bildäcken, körningen som ligger framför mig. Det ska nog gå.

Jag vänder mig mot huset och höjer handen till en sista vinkning. Jack stöder sig mot mig och mot sin käpp.

"Tänker ni två ge er av någon gång, eller?"

Det är Annie som ropar. Hon har kommit ut på Tistelblommans trappa med en sjal över huvudet och nu pekar hon upp mot de tunga molnen. "Om ni har svårt att slita er får ni komma in igen, Fergus har just satt på te. Hörde du det Adrian", hojtar hon i riktning mot växthuset. "Vi ska snart äta."

"Nej, det är bra", ropar Jack. "Tack för allt, vi ville bara ta en sista..."

Ta hand om varandra, Annie, tänker jag. Det är ju

här ni vill vara, det är hit ni har längtat sedan ni såg huset första gången. Långt innan det blev tydligt hur mycket som låg i vägen och hindrade er. Så njut av huset nu, fyll det med er icke-perfekta och innerliga familjekänsla. Hitta ron, kom nära varandra igen. Ni vill ju varandra så väl, ni vill vara tillsammans och se bortom det som varit.

Och det är vad Tistelblomman vill ha nu när hörnen är utvädrade och rummen är tömda på mörka skuggor. Huset behöver skratt och värme. Sådant sätter sig i väggarna, det ger återklang, jag vet det. Gör det här till ett lyckligt hem. Och se till att fixa taket innan vintern kommer.

Det är vad er pojke behöver också. Er två, och en ny miljö. Utrymme att läka inuti och växa sig starkare, bli bekväm med sin egenart. Jag hoppas verkligen att han lyckas bättre än jag. Han är i alla fall mindre ensam än jag är. Än jag var.

Annie viftar farväl och går in igen. Ytterdörren är inte längre flagig utan nymålad i en förgätmigejblå ton.

Adrian står kvar nere vid grinden och ser länge efter vår bil. Han vinkar inte, men han ler. Håret är genomvått av regn. Den lilla hunden som liknar en vargunge hoppar upp och ner intill honom i ett glädjerus, lika dyngsur den.

Jack lutar sig tillbaka i sätet och blundar. Han har ont, jag ser det på hans sammanbitna min. Blånaderna i ansiktet är nästan borta nu men andra skador finns kvar, kommer kanske aldrig att läkas helt.

Marielle A fanns inte. Eller, hon fanns, men inte som jag trodde. Inte som jag drömde. I själva verket är hon en 69-åring som tycker om att ta en liten öl på någon av uteserveringarna som kantar Boulevard Bourbon, en av Paris livligaste gator med många rullskridskoåkare. Kropparna i rörelse påminner henne om Duchamp. Hon är Jacks franska gallerist. De hade stämt träff vid denna gata när en tjej med vågigt hår snubblade på en spricka i asfalten mitt framför Jack. Hon kunde ha slagit sig illa om han inte handlat instinktivt och fångat upp henne. Allt detta tänker jag när jag sitter bakom ratten på väg bort från Tistelblomman.

”Boulevard Bourbon”, mumlar jag.

Det är först när Jack reagerar som jag inser att jag pratat högt.

”Vad sa du?”

”Inget viktigt”, svarar jag och sätter på vindrutetorkarna på en högre hastighet. Så harklar jag mig.

”Jag vill säga förlåt för att jag har varit så svår”, säger jag. ”Men jag har alltid klarat mig själv, gjort allt på egen hand. Bara litat på mig själv. Till och med när jag bott tillsammans med andra har jag känt mig fullständigt ensam.”

Jack kastar lite med huvudet för att få den långa luggen ur pannan. Håret är fuktigt, det droppar på kragen.

”När jag var… borta där ett tag”, säger han. ”På sjukhuset, när mitt hjärta hade stannat, precis när du kom dit. Då såg jag saker.”

”Vad då för saker?”

”Jag såg min döda bror. Jag vet inte vad jag ska tro om någonting längre.”

”Det har jag aldrig vetat”, säger jag tyst. ”Jag ska berätta mer, men inte nu. När vi kommer fram.”

”Fram?” säger Jack och snörvlar. ”Vet du vart vi ska då?”

”Ja”, säger jag osäkert efter en kort stund. Jag ser i ögonvrån hur han ler förvånat. Då trycker jag ner gasen hårdare och kör vidare så fort jag vågar.